O EXORCISMO DA MINHA MELHOR AMIGA

O EXORCISMO DA MINHA MELHOR AMIGA

GRADY HENDRIX

Tradução de Edmundo Barreiros

Copyright © 2016 by Grady Hendrix
Todos os direitos reservados.
Publicado originalmente em língua inglesa por Quirk Books, Filadélfia, Pensilvânia.
Publicado mediante acordo com Ute Körner Literary Agent, S.L.U., Barcelona – www.uklitag.com

"I Think We're Alone Now", letra e música de Ritchie Cordell. Copyright © 1967 EMI Longitude Music. Copyright renovado. Todos os direitos administrados por Sony/ATV Music Publishing LLC. 424 Church Street, Suite 1200, Nashville, TN, 37219. Copyright international assegurado. Todos os direitos reservados. Reproduzido com a permissão de Hal Leonard Corporation.

"Like A Virgin", letra e música de Billy Steinberg e Tom Kelly. Copyright ©1984 Sony/ ATV Music Publishing LLC. Todos os direitos administrados por Sony/ATV Music Publishing LLC. 424 Church Street, Suite 1200, Nashville, TN, 37219. Copyright internacional assegurado. Todos os direitos reservados. Reproduzido com a permissão de Hal Leonard Corporation.

TÍTULO ORIGINAL
My Best Friend's Exorcism

ARTE DE CAPA
Doogie Horner

PREPARAÇÃO
Paula Di Carvalho
Thais Entriel

ILUSTRAÇÃO DE CAPA
Hugh Fleming

REVISÃO
Luiz Felipe Fonseca

ADAPTAÇÃO DE CAPA
Anderson Junqueira

DIAGRAMAÇÃO
Ilustrarte Design e Produção Editorial

ARTES DE ABERTURA DE CAPÍTULO
Larissa Fernandez e Leticia Fernandez

CIP-BRASIL. CATALOGAÇÃO NA PUBLICAÇÃO
SINDICATO NACIONAL DOS EDITORES DE LIVROS, RJ

H435e

Hendrix, Grady
  O exorcismo da minha melhor amiga / Grady Hendrix ; tradução Edmundo Barreiros. - 1. ed. - Rio de Janeiro : Intrínseca, 2021.
  320 p. ; 23 cm.

  Tradução de: My best friend's exorcism
  ISBN 978-65-5560-196-1

  1. Ficção americana. I. Barreiros, Edmundo. II. Título.

21-72591

CDD: 813
CDU: 83-3(73)

Meri Gleice Rodrigues de Souza - Bibliotecária - CRB-7/6439

[2021]
Todos os direitos desta edição reservados à
EDITORA INTRÍNSECA LTDA.
Rua Marquês de São Vicente, 99, 3º andar
22451-041 – Gávea
Rio de Janeiro – RJ
Tel./Fax: (21) 3206-7400
www.intrinseca.com.br

Para Amanda.
Ela sabe os motivos. *

---

* Mas, se não souber, sugiro que ela procure seu advogado e se informe sobre as duas ordens de proteção e a queixa-crime que descreve tais motivos detalhadamente, e também consulte sua consciência, porque revelar o paradeiro dos corpos finalmente permitirá que minha família coloque um ponto-final em tudo isso.

O exorcista está morto.

Abby está em seu escritório, olhando fixamente para o e-mail. Ela clica no link que a leva à página inicial do jornal que ainda chama de *News and Courier*, embora o nome já tenha mudado há quinze anos. O exorcista aparece bem no meio da tela, calvo e com um rabo de cavalo, sorrindo para a câmera em uma foto 3x4 desfocada. Abby sente a mandíbula doer e a garganta se fechar. Nem percebe que prendeu a respiração.

O exorcista estava transportando madeira cortada até Lakewood e parou na estrada a fim de ajudar um turista a trocar o pneu. Enquanto apertava as porcas, uma minivan entrou pelo acostamento e o atingiu em cheio. Morreu antes que a ambulância chegasse. A motorista da minivan tinha três analgésicos diferentes no organismo — quatro, se incluirmos a cerveja. Foi acusada de dirigir sob efeito de álcool e drogas.

"Cuidado constante ou morte ao volante", pensa Abby, lembrando-se da campanha de segurança no trânsito. "A escolha é sua."

O slogan lhe vem à cabeça, uma frase de efeito da qual ela mal se lembrava, mas agora não imagina como pôde esquecer. Esses outdoors tomavam todas as estradas da Carolina do Sul quando ela estava no ensino médio. Neste momento, seu escritório, sua teleconferência marcada para onze horas, seu apartamento, sua hipoteca, seu divórcio, sua filha… nada disso importa.

Ela voltou vinte anos no tempo e está em um Golf MK1 caindo aos pedaços com a janela aberta e o rádio berrando uma música da banda UB40 enquanto acelera pela ponte velha, o ar doce e salgado em seu rosto. Ela vira a cabeça para a direita e vê Gretchen, com o cabelo louro balançando ao vento, descalça e com as pernas cruzadas sobre o banco. Elas cantam junto com o rádio a plenos pulmões, desafinadas. É abril de 1988, e o mundo pertence às duas.

Para Abby, "amiga" é uma palavra que se desgastou com o excesso de uso. "Sou amiga dos caras da informática", diria ela, ou "Vou encontrar algumas amigas depois do trabalho".

Mas ela se lembra de quando a palavra "amiga" podia arrancar sangue. As duas passavam horas classificando suas amizades, tentando determinar quem era melhor amiga ou só colega, debatendo se alguém podia ter duas melhores amigas, escrevendo o nome uma da outra repetidas vezes em caneta roxa, inebriadas pela alegria de pertencer a outra pessoa, de ser escolhida por uma total estranha, alguém que queria conhecer você, outra pessoa que se importava com a sua existência.

Ela e Gretchen eram melhores amigas, aí chegou aquele outono. E elas sucumbiram.

O exorcista salvou a vida dela.

Abby ainda se lembra do ensino médio, mas as recordações vêm em imagens, não em eventos. Ela se lembra das consequências, mas as causas são indistintas. Nesse momento, tudo está voltando em uma torrente implacável. Os gritos no gramado. As corujas. O fedor no quarto de Margaret. O Bom Cachorro Max. O incidente terrível que aconteceu com Glee. Acima de tudo, ela se lembra do que houve com Gretchen e de como tudo deu errado pra cacete em 1988, o ano em que sua melhor amiga foi possuída pelo demônio.

É 1982. Ronald Reagan lançava sua Guerra às Drogas. Nancy Reagan falava a todos que "Basta Dizer Não". O Epcot Center foi enfim inaugurado, a Midway lançou Ms. Pac-Man nos fliperamas, e Abby Rivers virou oficialmente uma adulta porque tinha finalmente chorado em um filme. Foi durante *E.T. — O Extraterrestre*, e ela voltou várias vezes ao cinema para assistir de novo, fascinada por sua reação involuntária, impotente sob o jugo das lágrimas que escorriam quando o E.T. e Elliott se abraçavam.

Foi o ano em que ela completou dez anos.

Foi o ano da Festa.

Foi o ano em que tudo mudou.

Uma semana antes do Dia de Ação de Graças, Abby entrou na sala da sra. Link com vinte e um convites em formato de patins e chamou toda aquela turma do quarto ano para o Redwing Rollerway no sábado, 4 de dezembro, às três e meia, a fim de comemorar seu décimo aniversário. Esse seria o momento de Abby. Ela assistira a *Roller Boogie* com Linda Blair, vira Olivia Newton-John em *Xanadu* e Patrick Swayze sem camisa em *A febre dos patins*. Após meses de prática, ela estava tão boa quanto os três juntos. Ela não seria mais a Abby fracote. Diante dos olhos de toda a turma, ela iria se tornar Abby Rivers, Princesa dos Patins.

O feriado de Ação de Graças passou, e, no primeiro dia de volta à escola, Margaret Middleton caminhou até a frente da turma e convidou todo mundo a visitar seu haras de cavalos de polo para um dia de montaria no sábado, 4 de dezembro.

— Sra. Link? Sra. Link? Sra. Link? — Abby acenou loucamente. — Esse é o dia da minha festa de aniversário.

— Ah, sim — disse a sra. Link, como se Abby não tivesse pregado patins gigantes com as informações da festa no meio do quadro de avisos da turma. — Mas você pode adiar isso.

— Mas... — Abby nunca dissera "não" a uma professora, então fez o melhor que pôde. — Mas é meu aniversário.

A sra. Link suspirou e fez um gesto tranquilizador para Margaret Middleton.

— Sua festa só começa às três e meia — respondeu. — Tenho certeza de que todos podem ir depois de andar a cavalo com Margaret.

— Claro que podem, sra. Link. — Margaret Middleton sorriu com afetação. — Vai ter tempo de sobra.

Na quinta-feira anterior a seu aniversário, Abby levou vinte e cinco cupcakes do E.T. para a aula como lembrete. Todo mundo comeu, o que ela considerou um bom sinal. No sábado, ela forçou os pais a chegar uma hora antes no Redwing Rollerway para arrumar as coisas. Às 15h15, parecia que o E.T. tinha explodido por todas as paredes do salão de festas. Havia balões do E.T., toalhas de mesa do E.T., chapéus de festa do E.T., Reese's em miniatura ao lado de cada pratinho do E.T., um bolo de sorvete de chocolate e manteiga de amendoim decorado com a cara do E.T. e, na parede atrás de sua cadeira, o bem mais valioso de Abby, que não podia, sob nenhuma circunstância, sujar, manchar, furar ou rasgar: um pôster oficial do filme, que seu pai levara para casa do cinema e lhe dera de aniversário.

Finalmente, o relógio marcou três e meia.

Ninguém chegou.

Às 15h35, o salão continuava vazio.

Às 15h40, Abby estava quase chorando.

Na pista, tocava "Open Arms", do Journey. Todas as crianças maiores passavam patinando pela janela de acrílico que dava para o salão de festas, e Abby sabia que estavam rindo dela por estar sozinha em sua festa de aniversário. Cravou as unhas com força na pele clara do interior do pulso, concentrando-se na dor para conseguir segurar o choro. Finalmente, às 15h50, quando cada centímetro de seu pulso estava coberto de meias-luas vermelhas, Gretchen Lang, a garota nova esquisita que havia acabado de ser transferida de Ashley Hall, foi empurrada para dentro do salão pela mãe.

— Olá, olá — entoou a sra. Lang, com suas pulseiras chacoalhando. — Sinto muito pelo... Cadê todo mundo?

Abby não conseguiu responder.

— Estão presos na ponte — respondeu a mãe dela, indo ao resgate.

O rosto da sra. Lang relaxou.

— Gretchen, por que você não dá o presente para sua amiguinha? — insistiu ela.

A mulher enfiou nos braços de Gretchen um tijolo embrulhado e empurrou-a para a frente. Gretchen se inclinou para trás e forçou os calcanhares no chão. A sra. Lang tentou outra tática.

— Não conhecemos esse personagem, não é mesmo, Gretchen? — perguntou, olhando para o E.T.

Ela devia estar brincando, pensou Abby. Como podia não conhecer a pessoa mais popular do planeta?

— Eu sei quem é — protestou Gretchen. — É E.T., o... extraterrível?

Abby não conseguia acreditar no que estava ouvindo. Do que aquelas malucas estavam falando?

— O extra*terrestre* — corrigiu Abby, recuperando a voz. — Porque ele é de outro planeta.

— Que gracinha — disse a sra. Lang.

Em seguida, deu suas desculpas e caiu fora dali.

Um silêncio mortal envenenou o ar. Todo mundo remexia os pés com desconforto. Para Abby, aquilo era pior do que estar sozinha. A essa altura, estava totalmente óbvio que ninguém apareceria em sua festa de aniversário, e seus pais precisavam encarar o fato de que sua filha não tinha amigos. Para piorar, uma garota estranha que não sabia nada sobre extraterrestres estava presenciando sua humilhação. Gretchen cruzou os braços, amassando ruidosamente o papel do presente.

— Foi muito gentil de sua parte trazer um presente — disse a mãe de Abby. — Não precisava.

Claro que precisava, pensou Abby. É meu aniversário.

— Feliz aniversário — murmurou Gretchen, empurrando o presente para Abby.

Abby não queria o presente. Queria seus amigos. Por que não estavam ali? Mas Gretchen simplesmente ficou parada igual a uma idiota, com o presente estendido. Como todos olhavam para Abby, ela pegou o presente, mas depressa, para que ninguém se confundisse e achasse que ela estava gostando do andamento das coisas. Soube na mesma hora que era um livro. Será que essa garota não tinha a menor noção? Abby queria coisas do E.T., não um livro. A menos que fosse um livro do E.T.

Mesmo essa pequena esperança morreu quando ela desembrulhou cuidadosamente o papel e se deparou com uma Bíblia para crianças. Abby virou o livro, esperando que talvez fosse só uma parte do presente, e a outra envolvesse o E.T. Mas não havia nada na contracapa. Ela o abriu. Nada. Era realmente um Novo Testamento para crianças. Abby ergueu a cabeça para ver se o mundo inteiro havia enlouquecido, mas só viu Gretchen a encarando.

Abby sabia quais eram as regras: precisava agradecer e fingir animação para não ferir os sentimentos de ninguém. Mas e quanto aos *seus* sentimentos? Era seu aniversário, e ninguém estava pensando nela. Ninguém estava preso na ponte, todo mundo estava na casa de Margaret Middleton andando a cavalo e dando à menina todos os presentes de Abby.

— Como é que se fala, Abby? — incitou a mãe.

Não. Ela não ia dizer obrigada. Se agradecesse, estaria dando a entender que tudo estava bem, que não havia problema em ganhar uma Bíblia de uma pessoa estranha que ela nem conhecia. Se agradecesse, seus pais achariam que ela e aquela esquisita eram amigas, e iriam se assegurar de que Gretchen fosse a todas as festas de aniversário de Abby dali em diante, e ela nunca mais ganharia outro presente além de Bíblias para crianças.

— Abby? — insistiu a mãe.

Não.

— Abby — alertou o pai. — Não faça isso.

— Você precisa agradecer a essa garotinha agora mesmo — concluiu a mãe.

Em um clarão de inspiração, Abby se deu conta de que tinha uma alternativa: sair correndo. O que eles poderiam fazer? Derrubá-la? Então correu, esbarrando em Gretchen com o ombro e fugindo para o barulho e a escuridão do rinque.

— Abby! — chamou a mãe, mas a música do Journey abafou sua voz.

O supersincero Steve Perry entoava os versos acima do ressoar de pratos e guitarras poderosas que martelavam as paredes do rinque em ondas fortes enquanto casais apaixonados patinavam juntos.

Abby passou desviando entre os garotos mais velhos que carregavam pizzas e jarros de cerveja, todos eles patinando pelo carpete e gritando com seus amigos, então entrou no banheiro feminino, se enfiou numa cabine, bateu a porta laranja, desabou no assento do vaso sanitário e mergulhou na infelicidade.

Todo mundo queria ir para a fazenda de Margaret Middleton porque Margaret Middleton tinha cavalos, e Abby era uma idiota estúpida por achar que as pessoas iam querer vir ao seu aniversário e vê-la patinar. Ninguém queria vê-la patinar. Eles preferiam montar cavalos, e ela era estúpida, muito, muito estúpida por ter pensado o contrário.

"Open Arms" ficou mais alta quando alguém abriu a porta.

— Abby? — chamou uma voz.

Era aquela fulana. Abby ficou desconfiada na mesma hora. Seus pais provavelmente a haviam mandado para espionar. Abby puxou os pés para cima do assento do vaso.

Gretchen bateu na porta da cabine.

— Abby? Você está aí dentro?

Abby ficou parada e conseguiu reduzir o choro a um choramingo baixo.

— Eu não queria te dar uma Bíblia para crianças — explicou Gretchen através da porta. — Foi minha mãe que escolheu. Eu disse a ela para não comprar. Eu queria te dar alguma coisa do E.T. Eles tinham um que o coração acendia.

Abby não ligou. Essa garota era péssima. Ela ouviu movimentos fora da cabine, então a cabeça de Gretchen apareceu embaixo da porta. Abby ficou horrorizada. O que aquela garota estava fazendo? Estava rastejando para dentro da cabine! De repente, Gretchen apareceu na frente do vaso sanitário, embora a porta estivesse fechada, o que significava que ela queria privacidade. Abby ficou chocada. Encarou aquela garota insana, esperando pelo seu próximo movimento. Lentamente, Gretchen piscou os enormes olhos azuis.

— Eu não gosto de cavalos — falou ela. — Eles fedem. E não acho que Margaret Middleton seja uma pessoa legal.

Isso, pelo menos, fez algum sentido para Abby.

— Cavalos são idiotas — continuou Gretchen. — Todo mundo acha que eles são bacanas, mas eles têm cérebros como os de hamsters e, se você fizer um barulho alto, eles se assustam mesmo que sejam maiores que nós.

Abby não soube o que responder.

— Eu não sei patinar — disse Gretchen. — Mas acho que as pessoas que gostam de cavalos deviam, em vez disso, comprar cachorros. Cachorros são legais, menores que cavalos e inteligentes. Mas nem todos. Nós temos um cachorro chamado Max, mas ele é burro. Se latir enquanto está correndo, ele cai.

Abby estava começando a se sentir desconfortável. E se alguém entrasse e visse aquela pessoa esquisita dentro da cabine com ela? Sabia que precisava dizer alguma coisa, mas só havia um único pensamento em sua mente, e ela o externou:

— Queria que você não estivesse aqui.

— Eu sei. — Gretchen balançou a cabeça. — Minha mãe queria que eu fosse na festa de Margaret Middleton.

— E por que não foi? — perguntou Abby.

— Você me convidou primeiro — respondeu Gretchen.

Foi como se um raio rachasse o crânio de Abby em dois. Exatamente! Era isso o que vinha dizendo. Seu convite foi feito antes! Todo mundo devia estar ALI, com ELA, porque ela os convidara PRIMEIRO, e Margaret Middleton a COPIARA. Essa garota sabia das coisas.

Talvez nem tudo estivesse arruinado. Talvez Abby pudesse mostrar a essa esquisita como patinava bem e ela contasse para toda a escola. Todos iriam querer ver, mas ela nunca mais faria outra festa de aniversário, então eles nunca a veriam patinar a menos que implorassem para que ela se apresentasse diante de toda a escola, aí talvez ela topasse e deixasse todo mundo deslumbrado, mas só se eles implorassem muito. Ela precisava começar impressionando essa garota, o que não seria difícil. Ela nem sabia patinar.

— Eu ensino você a patinar, se quiser — disse Abby. — Sou muito boa.

— É mesmo? — perguntou Gretchen.

Abby fez que sim com a cabeça. Alguém finalmente a estava levando a sério.

— Eu sou *muito* boa — concluiu ela.

Depois que o pai de Abby alugou patins, ela ensinou Gretchen a amarrá-los bem apertado e a ajudou a caminhar pelo carpete, mostrando como levantar bem alto os pés para não tropeçar. Levou Gretchen para a zona de patinação de iniciantes e ensinou alguns movimentos básicos, mas, depois de alguns minutos, estava morrendo de vontade de mostrar suas habilidades.

— Quer ir para o rinque grande? — perguntou Abby.

Gretchen fez que não.

— Não vai ser assustador se eu estiver com você — disse Abby. — Não vou deixar que nada de ruim aconteça.

Gretchen pensou por um minuto.

— Segura a minha mão?

Abby pegou as mãos de Gretchen e a puxou para a pista bem no momento em que o locutor anunciou que era hora da patinação livre, e de repente o rinque se encheu de adolescentes passando por elas na velocidade da luz. Um garoto levantou uma garota pela cintura no meio da pista, e eles giraram. O DJ ligou o globo de espelhos, e estrelas começaram a brilhar sobre tudo, e o mundo inteiro girava. Gretchen se encolhia quando os adolescentes passavam a toda, por isso Abby virou de frente para ela e patinou de costas, puxando-a pelas mãos macias e suadas, integrando-as no fluxo. Elas começaram a patinar mais rápido, fazendo a primeira curva, depois mais rápido, até que Gretchen ergueu uma das pernas e deu impulso, em seguida fez o mesmo com a outra, e então elas estavam patinando de verdade. A bateria começou, o coração de Abby disparou, o piano e o teclado começaram a tocar, e "We Got the Beat" saiu rugindo pelos alto-falantes. As luzes que atingiam o globo de espelhos pulsavam, girando com a multidão, orbitando em torno do casal no centro da pista, e elas estavam no ritmo.

Freedom people marching on their feet
Stallone time just walking in the street
They won't go where they don't know
But they're walking in line
We got the beat!
We got the beat!

Abby estava cantando a letra totalmente errada, mas não importava. Ela sabia, com mais certeza do que já soubera qualquer coisa, que era sobre ela e Gretchen que The Go-Go's estavam cantando. Elas tinham o ritmo! Para qualquer outra pessoa, elas seriam duas crianças dando voltas no rinque lentamente, fazendo curvas bem abertas enquanto todos os outros patinadores passavam zunindo, mas não era isso o que estava acontecendo. Para Abby, o mundo era um lugar cheio de brilhos, tomado por luzes rosa-shocking, verdes fluorescentes, turquesa e magenta, e elas piscavam a cada batida da música, e todo mundo dançava, e as duas deslizavam tão rápido que seus patins mal tocavam o chão, derrapando nas curvas, ganhando velocidade, e seus corações batiam ao ritmo da bateria. Gretchen tinha ido à festa de Abby porque Abby a convidara primeiro, e ela tinha um pôster de verdade do E.T., e agora elas podiam comer o bolo inteiro sozinhas.

De algum modo, Gretchen soube exatamente o que Abby estava pensando. Sorria de volta para Abby, que não queria mais ninguém em sua festa de aniversário, porque seu coração estava batendo no ritmo da música, elas estavam girando, e Gretchen gritou alto:

— Isso! É! Incrível!

Então Abby esbarrou em Tommy Cox, se emaranhou em suas pernas e caiu de cara, fazendo com que o dente de cima furasse o lábio inferior e espirrasse sangue por toda a sua camisa do E.T. Seus pais precisaram levá-la ao hospital, onde Abby levou três pontos. Em determinado momento, os pais de Gretchen foram buscá-la no rinque de patinação, e Abby não tornou a vê-la até segunda-feira, no primeiro tempo.

Naquela manhã, seu rosto estava inchado como um balão prestes a explodir. Abby foi cedo para a sala, tentando não mover os lábios inchados, e a primeira coisa que ouviu foi a voz de Margaret Middleton.

— Não entendo por que você não foi — repreendia Margaret.

Abby a viu assomando sobre a carteira de Gretchen.

— Todo mundo foi e ficou até tarde. Você tem medo de cavalos?

Gretchen estava encolhida na cadeira, com a cabeça baixa e o cabelo espalhado sobre a carteira. Lanie Ott permanecia ao lado de Margaret, ajudando-a a censurar Gretchen.

— Eu montei um cavalo, e ele saltou duas vezes — acrescentou Lanie Ott.

Então as duas viram Abby parada na porta.

— Eca! — exclamou Margaret. — O que aconteceu com seu rosto? Parece vômito.

Abby ficou paralisada pela raiva que crescia em seu interior. Ela tinha ido parar na emergência! E agora elas estavam sendo cruéis em relação ao acontecido? Sem saber o que fazer, Abby tentou contar a verdade.

— Tommy Cox esbarrou em mim de patins, e eu precisei levar pontos.

À menção do nome de Tommy Cox, Lanie Ott esboçou em vão uma resposta, mas Margaret era mais durona.

— Até parece — rebateu ela.

Abby se deu conta de que, ai, meu Deus, Margaret podia simplesmente espalhar que ela era mentirosa e ninguém jamais acreditaria em Abby.

— Não é legal mentir, e é grosseiro ignorar o convite de outras pessoas. Você é mal-educada. Vocês *duas* são mal-educadas — completou a garota.

Foi quando Gretchen levantou a cabeça.

— Abby convidou primeiro — retrucou ela com um olhar raivoso. — Então *você* é a mal-educada. E ela não está mentindo. Eu vi.

— Então vocês são duas mentirosas — sentenciou Margaret.

Alguém estendeu o braço por cima do ombro de Abby e bateu na porta aberta.

— Ei, baixinhas. Alguma de vocês sabe onde... Ah, oi, fofinha.

Tommy Cox estava a oito centímetros de Abby, com seu cabelo louro cacheado emoldurando o rosto. O botão de cima da camisa estava desabotoado, mostrando um colar de conchinhas brancas, e seu sorriso revelava dentes inacreditavelmente brancos. Ondas pesadas de gravidade emanavam de seu corpo e se derramavam sobre Abby.

O coração dela parou de bater. O coração de todas parou de bater.

— Caramba — disse ele, franzindo o cenho e examinando o lábio inferior de Abby. — Fui eu que fiz isso?

Ninguém nunca olhara o rosto de Abby tão de perto, muito menos o veterano mais maneiro do Colégio Albemarle. Ela fez um esforço para balançar a cabeça afirmativamente.

— Está feio — falou. — Dói?

— Um pouquinho? — respondeu Abby, sem forças.

Ele pareceu triste, então ela mudou de ideia.

— Mas não é nada de mais — completou com uma voz esganiçada.

Tommy Cox sorriu, e Abby quase caiu para trás. Ela fizera Tommy Cox sorrir. Era como ter um superpoder.

— Bacana — disse ele.

Em seguida, estendeu uma lata de Coca-Cola cheia de gotas de condensação.

— Está gelada. É bom para o seu rosto, certo?

Abby hesitou, então pegou a lata. Ninguém abaixo do sétimo ano tinha permissão de usar as máquinas de vendas, e Tommy Cox fora até as máquinas de refrigerante e comprara uma Coca para Abby.

— Bacana — ecoou ela.

— Com licença, sr. Cox — disse a sra. Link, entrando na sala. — É melhor você tomar seu rumo de volta para o prédio dos alunos mais velhos antes que leve uma advertência.

A sra. Link caminhou pesadamente até sua mesa e largou a bolsa sobre o tampo. Todo mundo continuava olhando fixamente para Tommy Cox.

— Pode deixar, sra. L — respondeu ele. Então ergueu uma das mãos. — Toca aqui, garota.

Em câmera lenta, Abby retribuiu o gesto. A mão dele era fria e forte, quente e firme, mas macia. Tommy se virou para sair, deu um passo, olhou para trás e piscou para Abby.

— Fica na boa, gatinha — falou ele.

Todo mundo ouviu.

Abby se virou para Gretchen e sorriu, fazendo seus pontos se soltarem e a boca se encher de um líquido salgado. Mas valeu a pena quando ela se virou e viu Margaret Middleton parada igual a uma idiota sem ter o que dizer. Elas não sabiam, mas foi ali que tudo começou, na sala da sra. Link: Abby sorrindo para Gretchen com grandes dentes ensanguentados, e a amiga sorrindo timidamente de volta.

Abby levou aquela lata de Coca-Cola para casa e nunca a abriu. Seu lábio cicatrizou, e os pontos saíram uma semana depois, deixando uma casca feia e vermelha que Hunter Prioleaux disse que era uma DST, mas que Gretchen nunca sequer mencionou.

No período em que seu machucado estava cicatrizando, Abby decidiu que era impossível sua amiga não ter visto *E.T.* Todo mundo vira *E.T.* Então, um dia, ela a confrontou no refeitório.

— Eu nunca vi *E.T.* — repetiu Gretchen.

— Impossível — rebateu Abby. — O jornal diz que até os russos viram *E.T.*

Gretchen mexeu em seus feijões-manteiga enquanto tomava uma decisão.

— Promete não contar a ninguém? — perguntou.

— Aham — respondeu Abby.

Gretchen se debruçou para perto. As pontas de seu cabelo louro e comprido tocaram seu bife com molho.

— Meus pais estão no Programa de Proteção às Testemunhas — sussurrou ela. — Se eu for ao cinema, posso ser raptada.

Abby ficou animada. Gretchen seria sua amiga perigosa! A vida estava finalmente ficando empolgante. Só havia um problema.

— Então como você pôde ir à minha festa de aniversário? — perguntou ela.

— Minha mãe achou que não teria problema — explicou Gretchen. — Eles não querem que o fato de serem criminosos me impeça de ter uma vida normal.

— Então pergunta pra ela se você pode ver *E.T.* — insistiu Abby, voltando ao assunto importante. — Se quer ter uma vida normal, precisa ver *E.T.* Senão as pessoas vão achar que você é esquisita.

Gretchen chupou o molho da ponta do cabelo e fez que sim com a cabeça.

— Tá bom — disse ela. — Mas seus pais vão ter que me levar. Se eu for vista com os meus pais em público, um criminoso pode reconhecê-los.

Abby encheu a paciência dos pais até que concordassem, apesar da mãe acreditar que assistir a um filme mais de uma vez fosse perda de tempo, dinheiro e neurônios. No fim de semana seguinte, o sr. e a sra. Rivers deixaram Abby e Gretchen no Citadel Mall para a sessão das 14h20 de *E.T. — O Extraterrestre* e foram fazer compras de Natal. Por levar uma vida resguardada no Programa de Proteção às Testemunhas, Gretchen não tinha ideia de como comprar ingressos nem pipoca. Na verdade, nunca sequer fora ao cinema sozinha, o que era bizarro para Abby, que podia ir de bicicleta até os Mt. Pleasant 1-2-3 e ver as sessões de matinês por um dólar. Gretchen podia ter pais criminosos, mas Abby se sentia muito mais experiente.

As luzes se apagaram, e, a princípio, Abby temeu não amar *E.T.* tanto quanto das últimas vezes, mas aí Elliott chamou Michael de bafo de pênis e ela riu, então o governo chegou e Elliott se comunicou com o E.T. através da parede de plástico e ela chorou, lembrando novamente a si mesma que aquele era o filme mais poderoso do mundo. No entanto, quando Elliott e Michael roubaram a van pouco antes da grande perseguição final, um pensamento terrível veio à cabeça de Abby: e se Gretchen não estivesse chorando? E se as luzes se acendessem e Gretchen estivesse chupando suas tranças como se aquele fosse um filme qualquer? E se ela odiasse?

Ficou tão estressada com aquelas questões que não conseguiu aproveitar o final. Quando os créditos começaram a passar na tela, Abby permaneceu sentada no escuro, infeliz, olhando bem à frente, com medo de se virar para Gretchen. No momento em que os créditos agradeciam o condado de Marin por sua colaboração, Abby não aguentou mais e olhou para a garota, que encarava a tela com o rosto totalmente inexpressivo. Abby sentiu uma dor no coração, mas, antes que dissesse qualquer coisa, viu a luz da tela se refletir no rosto molhado da amiga. O coração de Abby relaxou, e Gretchen se virou para ela e perguntou:

— Podemos ver de novo?

Elas puderam. Depois jantaram no Chi-Chi's, onde o pai de Abby fingiu que estava fazendo aniversário e os garçons puseram um grande sombreiro em sua cabeça, cantaram para ele o parabéns mexicano e deram sorvete frito grátis a todos da mesa.

Foi o melhor dia da vida de Abby.

— Preciso te contar uma coisa séria — afirmou Gretchen.

Era a segunda vez que ela dormia na casa de Abby. Os pais estavam em uma festa de Natal, por isso as duas comeram pizzas congeladas enquanto assistiam a *The Powers of Matthew Star* e *Falcon Crest*, que acabara de terminar. A última série não era tão boa quanto *Dinastia*, mas *Dinastia* passava nas quartas à noite e Abby não tinha permissão para assistir por ter aula cedo no dia seguinte. Gretchen não tinha permissão para assistir a nada. Seus pais tinham regras rígidas sobre TV e não assinavam canais a cabo porque era muito perigoso ter seus nomes na conta.

Com três semanas de amizade, Abby já estava acostumada a todas as regras estranhas do Programa de Proteção às Testemunhas. Nada de filmes, nada de TV a cabo ou de qualquer outro tipo, nada de ouvir rock, nada de biquíni, nada de cereais açucarados no café da manhã. Mas Abby aprendera com filmes algo assustador sobre o Programa de Proteção às

Testemunhas: às vezes, sem aviso, as pessoas sob proteção desapareciam da noite para o dia.

E agora que Gretchen tinha algo importante a dizer, Abby sabia exatamente o que era.

— Você vai se mudar — disse ela.

— Por quê? — perguntou Gretchen.

— Por causa dos seus pais — respondeu Abby.

Gretchen fez que não com a cabeça.

— Eu não vou me mudar — afirmou ela. — Mas você não pode me odiar. Precisa prometer que não vai me odiar.

— Eu não odeio você — disse Abby. — Você é legal.

Gretchen continuou brincando com o tecido xadrez do sofá, sem olhar para Abby, que começou a ficar preocupada. Ela não tinha muitos amigos, e Gretchen era com certeza a pessoa mais descolada que ela já conhecera depois de Tommy Cox.

— Na verdade, meus pais não estão no Programa de Proteção às Testemunhas — confessou Gretchen, remexendo as mãos no colo. — Eu inventei isso. Eles só me deixam ver filmes para crianças pequenas até eu fazer treze anos. Não contei que ia ver *E.T.* Falei que ia ver *Heidi's Song*.

Houve um longo silêncio. Lágrimas escorreram por seu nariz e pingaram no sofá.

— Você me odeia — concluiu Gretchen, balançando a cabeça.

Na verdade, Abby quase pulou de alegria. Ela nunca acreditara totalmente naquela história do Programa de Proteção às Testemunhas, porque, como dizia sua mãe, se algo parecia bom demais para ser verdade, provavelmente era mentira. Se os pais de Gretchen a tratavam como um bebê, então Abby era a mais descolada. Gretchen precisava dela para ver qualquer filme para maiores de doze anos ou para acompanhar *Falcon Crest*, então elas sempre precisariam ser amigas. Mas Abby também sabia que Gretchen podia deixar de ser sua amiga agora que tinha lhe revelado um segredo, por isso resolveu retribuir.

— Quer ver uma coisa muito nojenta? — perguntou ela.

Lágrimas respingaram no sofá quando Gretchen assentiu.

— Muito nojenta mesmo — avisou Abby.

Gretchen não parava de chorar, cerrando os punhos até os nós dos dedos ficarem brancos. Abby pegou uma lanterna na gaveta da cozinha, puxou Gretchen do sofá e a arrastou para o andar de cima, até o quarto de seus pais, atenta para ouvir se um carro entrasse na garagem.

— Não devíamos estar aqui — disse Gretchen no escuro.

— Shh — respondeu Abby.

Levando Gretchen, ela passou pelo baú ao pé da cama e entrou no closet do pai. Ali dentro, atrás das calças, havia uma mala. Dentro da mala havia um saco plástico preto, e dentro do saco plástico preto, uma grande caixa de papelão contendo uma fita de vídeo. Abby acendeu a lanterna e iluminou a caixa do VHS.

— *Bad Mamma Jama* — leu ela. — Minha mãe não sabe que ele tem isso.

Gretchen limpou o nariz na manga e pegou a caixa. Na capa, uma gigantesca mulher negra vestida apenas com um fio dental estava inclinada para a frente, abrindo bem a bunda. Olhava para trás e, com um batom que combinava com o esmalte laranja, sorria como se estivesse muito satisfeita por duas garotas estarem olhando para sua bunda. A legenda sob a foto avisava: "Mamma está com a *janta* no *forno*!"

— Eca! — guinchou Gretchen, jogando a fita para Abby.

— Eu não quero isso! — gritou Abby, atirando-a de volta.

— Esse negócio encostou em mim! — exclamou Gretchen.

Abby derrubou Gretchen na cama e segurou a amiga à força enquanto ela se debatia, então esfregou a fita por todo seu cabelo.

— Eca! Eca! Eca! — gritou Gretchen. — Eu vou morrer!

— Você vai ficar grávida! — disse Abby.

Esse foi o momento. Quando Gretchen parou de mentir para Abby sobre o Programa de Proteção às Testemunhas, quando Abby mostrou a Gretchen o fetiche secreto do pai por mulheres negras e gordas, quando as duas lutaram na cama de seus pais. Depois dessa noite, elas viraram melhores amigas.

✝

Tudo aconteceu nos seis anos seguintes. Nada aconteceu nos seis anos seguintes. No quinto ano, elas não tinham o primeiro tempo na mesma sala, mas Abby contava a Gretchen tudo o que tinha acontecido em *Remington Steele* e em *Vivendo e aprendendo* na hora do almoço. Gretchen queria que a sra. Garrett fosse sua mãe, Abby achava que Blair estava quase sempre certa sobre tudo, e as duas desejavam ter a própria agência de detetives particulares quando crescessem, onde Pierce Brosnan tivesse de fazer tudo o que elas mandassem.

A mãe de Gretchen recebeu uma multa por excesso de velocidade com as meninas no carro e disse "merda" em voz alta. Para que não contassem nada ao sr. Lang, ela as levou à loja da Swatch no centro e as subornou com relógios novinhos. Abby ganhou um Jelly e comprou com o próprio dinheiro um protetor de tela verde e outro rosa, que ela torceu juntos; Gretchen ganhou um Tennis Stripe com protetor de tela verde e rosa combinando. Depois de brincarem lá fora, elas cheiravam a pulseira do relógio uma da outra e tentavam descobrir o aroma de cada uma. Abby disse que a dela cheirava a madressilva e canela, e a de Gretchen, a hibisco e rosa, mas Gretchen retrucou que as duas só tinham cheiro de suor.

Gretchen dormiu seis vezes na casa de Abby em Creekside antes que o sr. e a sra. Rivers finalmente deixassem a filha passar a noite na casa da amiga em Old Village, a parte esnobe de Mt. Pleasant, onde todas as residências eram majestosas e tinham vista para a água ou jardins enormes, e se qualquer morador visse uma pessoa negra caminhando pela rua que não fosse o sr. Little, pararia seu Volvo e perguntaria se ela estava perdida.

Abby amava ir à casa de Gretchen. Ela morava na Pierates Cruze, uma rua de terra em formato de ferradura onde a numeração das casas seguia a ordem errada e o nome da rua era escrito errado porque pessoas ricas podiam fazer o que quisessem.

Seus pais moravam no número oito. A construção era um cubo cinza enorme com vista para a baía de Charleston, e a parede dos fundos era uma janela inteiriça de vidro com dois andares de altura. O interior era tão estéril quanto uma sala de cirurgia, cheio de ângulos pontudos, superfícies rígidas, aço reluzente e vidro que era lustrado duas vezes por dia. Era a única casa em Old Village que parecia ter sido construída no século XX.

Os Lang tinham um píer onde Abby e Gretchen nadavam (desde que usassem tênis para não cortar os pés nas ostras). A sra. Lang arrumava o quarto de Gretchen semana sim, semana não, e jogava fora qualquer coisa que considerasse desnecessária para a filha. Uma de suas regras era que Gretchen só podia ter seis revistas e cinco livros de cada vez. "Quando termina de ler, você não precisa mais deles", esse era seu lema.

Então Abby ficava com todos os livros que Gretchen comprava na B. Dalton's com sua mesada aparentemente infinita: *O primeiro amor*, de Judy Blume, que as garotas sabiam ser todo sobre elas (exceto pelas partes nojentas no fim); *Duas vidas, dois destinos* (em segredo, Abby acreditava que Gretchen fosse Caroline, e ela, Louise); *Os últimos na Terra* (que fez Gretchen ter pesadelos com a guerra nuclear); e os que elas precisavam levar para a casa dos Lang escondidos no fundo da mochila de Abby, todos escritos por V.C. Andrews (*Jardim dos esquecidos*, *Pétalas ao vento*, *Os espinhos do mal* e, o mais escandaloso de todos, *Minha doce Audrina*, com seu repertório infinito de perversão sexual).

Mas, na maior parte do tempo daqueles seis anos, as duas ficaram no quarto de Gretchen. Elas faziam listas infinitas: melhores amigos, amigos legais, piores inimigos, os melhores professores e os mais malvados, que professores deviam se casar uns com os outros, qual era seu banheiro favorito da escola, onde elas estariam morando em seis anos, em seis meses, em seis semanas, onde morariam quando se casassem, quantos filhotes seus gatos teriam, quais seriam as cores de suas festas de casamento, se Adaire Griffin era uma vadia ou apenas incompreendida, se os pais de Hunter Prioleaux sabiam que o filho era uma cria de Satã ou se ele os enganava também.

Era um teste infinito da revista *Seventeen*, um processo eterno de autoclassificação. Elas trocavam elásticos de cabelo, liam as revistas *YM, Teen* e *European Travel and Life*. Fantasiavam sobre condes italianos, duquesas alemãs e Diana, a princesa de Gales; sobre passar verões em Capri e esquiar nos Alpes. Em suas fantasias compartilhadas, homens europeus negros constantemente as acompanhavam em helicópteros e voavam com elas para suas mansões escondidas onde domavam cavalos selvagens.

Depois de conseguirem entrar escondidas numa sessão de *Flashdance*, Abby e Gretchen viviam tirando o sapato na mesa de jantar e botando o pé com meia na virilha uma da outra. Abby esperava até que Gretchen estivesse levantando uma garfada de ervilhas, aí enfiava o pé na virilha da amiga, fazendo com que ela espalhasse comida por todo lado e seu pai começasse um sermão.

— Desperdiçar comida não é brincadeira! — gritava ele. — Foi assim que Karen Carpenter morreu!

Os pais de Gretchen eram republicanos comedidos e admiradores de Reagan que passavam todo domingo na igreja de St. Michael no centro, louvando a Deus e subindo na hierarquia social. Quando *Pássaros feridos* estreou, Abby e Gretchen ficaram loucas para assistir à minissérie na TV grande, mas a sra. Lang estava hesitante. Ouvira dizer que o conteúdo era questionável.

— Pai, é igual a *Sangue, suor e lágrimas* — argumentou Gretchen. — É praticamente uma continuação.

Entediante, a minissérie de catorze horas de Herman Wouk sobre a Segunda Guerra Mundial era o acontecimento televisivo favorito de todos os tempos do sr. Lang, então invocar seu título era uma garantia de receberem automaticamente sua permissão. Quando elas estavam assistindo ao primeiro episódio de *Pássaros feridos*, ele chegou em casa e parou na porta da sala de TV por tempo o bastante para notar que aquilo não tinha nada a ver com *Sangue, suor e lágrimas*. Seu rosto ficou vermelho. Abby e Gretchen estavam distraídas demais pelas tórridas cenas de amor no interior australiano para perceber, mas sessenta segundos depois que ele saiu da sala, a sra. Lang apareceu e desligou a TV. Então levou-as até a sala de estar para um sermão.

— A Igreja Romana pode glorificar linguagem chula e padres seminus excitados como animais — disse o sr. Lang. — Mas não nesta casa. Nada mais de televisão esta noite, garotas. Quero que vocês subam e lavem as mãos agora. Sua mãe está com o jantar no forno.

No meio da escada, elas não conseguiram mais segurar. Abby riu tanto que fez xixi nas calças.

✝

O sexto ano foi ruim. Depois de entrar em greve em 1981, o pai de Abby perdeu o emprego como controlador de tráfego aéreo e foi chamado para ser gerente adjunto numa empresa de limpeza de carpetes. Depois de algum tempo, também houve cortes por lá. A família Rivers precisou vender seu lar em Creekside e se mudar para uma casa caindo aos pedaços em Rifle Range Road. Quatro pinheiros gigantes assomavam acima da construção pequena como uma caixa de sapato, cobrindo-a de teias de aranha e seiva ao mesmo tempo em que bloqueavam todo o sol.

Foi então que Abby parou de convidar Gretchen para dormir em sua casa e passou a se convidar para a casa dos Lang todo fim de semana. Depois começou a aparecer durante a semana também.

— Você é sempre bem-vinda aqui — afirmou a sra. Lang. — Nós consideramos você nossa outra filha.

Abby nunca se sentira tão segura. Passou a deixar o pijama e uma escova de dentes no quarto de Gretchen. Teria se mudado para lá se permitisse. A casa de Gretchen sempre cheirava a ar-condicionado e aromatizante para carpete. A de Abby ficara molhada muito tempo atrás e nunca secara. Fosse inverno ou verão, fedia a mofo.

Em 1984, Gretchen botou aparelho, e Abby se interessou por política quando Walter Mondale chamou Geraldine Ferraro para concorrer com ele a vice. Nunca ocorrera a Abby que alguém pudesse se opor a eleger a primeira vice-presidenta, e seus pais estavam envolvidos demais em seu próprio drama econômico para perceber quando ela colou um adesivo Mondale/Ferraro no carro. Também botou um no Volvo da sra. Lang depois.

Ela e Gretchen estavam na sala de TV assistindo a *Colheres de prata* no momento em que o sr. Lang chegou do trabalho tremendo de raiva, sacudindo pedaços do adesivo em uma das mãos. Tentou jogá-los no chão, mas eles grudaram em seus dedos.

— Quem fez isso? — perguntou com a voz tensa, o rosto vermelho por trás da barba. — Quem foi? Quem foi?

Abby soube que seria expulsa da casa dos Lang para sempre. Sem sequer se dar conta, ela cometera o maior pecado de todos e fizera o sr. Lang parecer um democrata. Mas antes que Abby pudesse confessar e aceitar seu exílio, Gretchen girou no sofá e ficou de joelhos.

— Ela vai ser a primeira vice-presidenta de todos os tempos — afirmou Gretchen, agarrando as costas do sofá com as mãos. — Você não quer que eu tenha orgulho de ser mulher?

— Esta família é leal ao presidente — retrucou o sr. Lang. — É melhor torcer para que ninguém tenha visto esta… *coisa* no carro da sua mãe. Você é jovem demais para política.

Ele obrigou Gretchen a raspar o resto do adesivo com uma lâmina de barbear enquanto Abby assistia, morrendo de medo de se meter em encrenca. Mas Gretchen nunca contou a verdade. Foi a primeira vez que Abby a viu brigar com os pais.

Aí veio o incidente com Madonna.

Para os Lang, Madonna estava completa e totalmente fora de cogitação. Mas, quando o pai de Gretchen estava no trabalho e a mãe comparecia a um de seus nove bilhões de compromissos (aula de dança aeróbica, marcha atlética, clube do livro, clube do vinho, grupo de costura, grupo de oração para mulheres), Gretchen e Abby se vestiam como no clipe de

"Material Girl" e cantavam em frente ao espelho. A mãe de Gretchen tinha uma caixa de joias repleta de crucifixos que era praticamente um convite para as duas.

Com dezenas de cruzes penduradas no pescoço, elas iam para a frente do espelho do banheiro de Gretchen e eriçavam o cabelo, prendendo-o com laços enormes, cortavam mangas de camisetas, pintavam os lábios de coral brilhante e os olhos de sombra azul, derrubavam maquiagem no grande carpete branco e pisavam nela sem querer enquanto seguravam uma escova de cabelo e um modelador de cachos como microfones, cantando junto com a fita cassete do single "Like a Virgin" no toca-fitas pêssego de Gretchen.

Abby tinha acabado de resolver desenhar uma pinta no rosto e estava à procura do lápis de olho na carnificina de maquiagem sobre a bancada enquanto Gretchen cantava "Like a vir-ir-ir-ir-gin/ With your heartbeat/ Next to mine...". Então, de repente, a cabeça de Gretchen foi puxada para trás, e a sra. Lang surgiu entre elas, arrancando o laço do cabelo da filha. A música estava tão alta que elas não a escutaram chegar.

— Eu compro coisas boas para você! — gritou ela. — E é isso que você faz?

Abby ficou ali, estupefata, enquanto a fita chegava ao fim e começava de novo, e a mãe de Gretchen perseguia a filha entre as duas camas de solteiro, batendo nela com a escova de cabelo. Abby ficou morrendo de medo de ser notada pela sra. Lang, e parte de seu cérebro sabia que ela deveria se esconder, mas Abby simplesmente ficou parada igual a uma idiota enquanto a sra. Lang se jogava no chão entre as duas camas atrás de Gretchen. A menina se encolheu no carpete e emitiu um som agudo enquanto Madonna cantava "You're so fine, and you're mine/ I'll be yours/ Till the end of time...", e o braço da sra. Lang subia e descia, golpeando as pernas e os ombros de Gretchen.

"Make me strong/ Yeah, you make me bold...", cantava Madonna.

A mãe de Gretchen foi até o toca-fitas e apertou os botões com violência, abrindo a tampa à força e arrancando o cassete enquanto ainda tocava, desenrolando grandes pedaços de fita e os espalhando por toda parte. No silêncio repentino, Abby ouviu o motor guinchar enquanto as engrenagens emperravam. O outro único som era dos arquejos da sra. Lang.

— Limpe esta bagunça — ordenou ela. — Seu pai já vai chegar.

Então saiu a passos largos e bateu a porta.

Abby rastejou pela cama e olhou para Gretchen no chão. Ela nem estava chorando.

— Você está bem? — perguntou Abby.

Gretchen levantou a cabeça e olhou para a porta do quarto.

— Eu vou matar ela — sussurrou.

Limpou o nariz e olhou para Abby.

— Nunca conte pra ninguém que eu disse isso.

Abby se lembrou de um dia no verão anterior, quando ela e Gretchen entraram na ponta dos pés no quarto dos pais de Gretchen e abriram a gaveta da mesa de cabeceira do pai. Ali dentro, embaixo de uma edição velha da *Reader's Digest*, havia um revólver preto pequeno e maciço. Gretchen o pegou e apontou para Abby, então para os travesseiros na cama, um depois do outro.

— Bang... — sussurrou ela. — Bang.

Abby se lembrou daqueles "bangs" sussurrados, observou os olhos secos de Gretchen e soube que algo realmente perigoso estava acontecendo. Mas nunca contou para ninguém. Em vez disso, ajudou a amiga com a arrumação, depois ligou para a mãe e pediu que a buscasse. Se mais alguma coisa aconteceu naquela noite quando o pai de Gretchen chegou em casa, ela nunca comentou.

Algumas semanas depois, tudo tinha passado, e os Lang levaram Abby para dez dias de férias na Jamaica. Ela e Gretchen fizeram trancinhas no cabelo com miçangas que estalavam por onde andassem. Abby ficou queimada de sol. Eles jogavam Uno toda noite, e Abby ganhava praticamente todas as partidas.

— Você é cheia de truques — disse o pai de Gretchen. — Não posso acreditar que minha filha trouxe uma jogadora para nossa família.

Abby comeu tubarão pela primeira vez. Tinha gosto de bife feito de peixe. As duas amigas tiveram a primeira briga feia, porque Abby não parava de tocar "Eat It", de Weird Al, no toca-fitas no quarto delas até que, no penúltimo dia, encontrou esmalte cor-de-rosa derramado sobre toda a fita.

— Desculpe — falou Gretchen, pronunciando cada sílaba como se pertencesse à família real. — Foi um acidente.

— Não foi nada — retrucou Abby. — Você é egoísta. Eu sou a divertida, e você é a má.

Elas sempre estavam tentando definir quem era o quê. Recentemente, Abby tinha sido escolhida como a divertida, e Gretchen, a bonita. Ninguém tinha sido a má até então.

— Você só fica com a minha família porque é pobre — acusou Gretchen. — Nossa, estou cansada de você.

O aparelho de Gretchen machucava o tempo inteiro, e as trancinhas de Abby estavam apertadas demais e causavam dores de cabeça.

— Sabe o que você é? — continuou Gretchen. — Você é a burra. Fica ouvindo essa música idiota como se fosse maneira, mas ela é para criancinhas, é imatura, e eu não quero mais escutar isso. É idiota, o que significa que VOCÊ é idiota.

Abby se trancou no banheiro, e a mãe de Gretchen precisou convencê-la a sair para o jantar, que ela comeu sozinha na varanda enquanto era devorada por insetos. Naquela noite, depois que as luzes se apagaram, ela sentiu alguém subir na sua cama e viu quando Gretchen se deitou ao seu lado.

— Desculpa — sussurrou ela, a respiração quente no ouvido de Abby. — Eu sou a idiota. Você é a legal. Por favor, não fica com raiva de mim, Abby. Você é minha melhor amiga.

O sétimo ano foi o da primeira festa com música lenta e amassos, e Abby deu um beijo de língua em Hunter Prioleaux enquanto eles balançavam de um lado para outro ao som de "Time After Time". Sua barriga enorme era mais dura do que ela imaginava, e ele tinha gosto de chiclete e Coca-Cola, mas além de tudo estava muito suado e fedia a arroto. Ele a seguiu pelo resto da noite tentando dar mais uns amassos, até que ela se escondeu no banheiro e Gretchen se livrou dele.

Então chegou um dia que mudou para sempre a vida de Abby. Ela e Gretchen estavam devolvendo suas bandejas do almoço, conversando sobre como precisavam parar de almoçar a comida do refeitório que nem criancinhas e começar a trazer refeições saudáveis para a escola, de modo que pudessem comer do lado de fora com todo mundo, quando viram Glee Wanamaker parada perto do balcão de devolução das bandejas, retorcendo as mãos e repuxando os dedos, com os olhos vermelhos e brilhantes encarando fixamente a grande lata de lixo. Ela tinha posto o aparelho móvel na bandeja e o jogado no lixo, e agora não sabia ao certo em que saco ele estava.

— Vou ter que procurar em todos eles — falou ela, soluçando. — É meu terceiro aparelho. Meu pai vai me matar.

Abby quis ir embora, mas Gretchen insistiu para que elas ajudassem, então William, o chefe do refeitório, levou-as para os fundos e lhes mostrou os oito sacos plásticos pretos lotados de leite quente, pedaços de pizza semidevorados, saladas de frutas, sorvete derretido, batatas palito molhadas e ketchup seco. Era abril, meio da primavera, e o sol tinha cozinhado os sacos, transformando o conteúdo em um guisado fétido. Era o pior cheiro que Abby já tinha sentido.

Ela não sabia por que estavam ajudando Glee. Não usava aparelho móvel. Nem fixo. Todos os colegas usavam, mas seus pais não podiam pagar. Eles não podiam pagar quase nada, por isso ela era obrigada a vestir a mesma saia de veludo azul-marinho duas vezes por semana, e suas duas camisas brancas estavam ficando transparentes de tanto lavar. Abby lavava a própria roupa, porque sua mãe trabalhava como enfermeira particular.

— Eu lavo roupa para outras pessoas o dia inteiro — dizia ela a Abby. — Seus braços não estão quebrados. Faça sua parte.

Seu pai trabalhava como gerente do departamento de laticínios em uma loja Family Dollar, mas foi demitido porque acidentalmente guardou no estoque um lote de leite vencido. Ele pôs um anúncio na Loja de Modelismo do Randy oferecendo pequenos consertos em aviões de controle remoto, mas, quando os clientes reclamaram que ele era lento demais, Randy o fez tirar a placa. Colocou então um cartaz no posto de gasolina Oasis dizendo que consertava qualquer cortador de grama por vinte dólares. Ele tinha praticamente parado de falar e passado a encher o quintal com cortadores de grama quebrados.

Abby começava a sentir que aquilo tudo era demais. Começava a sentir que nada do que fazia importava. Começava a sentir como se sua família estivesse descendo ladeira abaixo, arrastando-a com eles e, no pé daquela ladeira, houvesse um penhasco. Começava a sentir como se cada prova fosse um desafio de vida ou morte e, se ela falhasse em uma delas sequer, perderia a bolsa de estudos, seria expulsa de Albemarle e nunca mais veria Gretchen.

E agora ela estava nos fundos do refeitório diante de oito sacos fumegantes de lixo recém-descartado e queria chorar. Por que era ela quem estava ajudando Glee, cujo pai era corretor da bolsa? Por que ninguém ajudava *Abby*? Ela nunca soube o que provocou aquilo, mas, nesse momento, Abby mudou. Algo dentro de sua cabeça fez "clique", e no segundo seguinte ela estava pensando de maneira diferente.

Ela não precisava ser pobre. Podia arranjar um emprego. Ela não precisava ajudar Glee. Mas podia. Abby podia decidir como seria. Tinha uma escolha. A vida podia ser uma série infinita de tarefas chatas ou Abby podia ficar totalmente empolgada, e as transformaria em algo divertido. Havia coisas ruins, mas ela podia escolher em quais iria se concentrar. Sua mãe focava apenas nas coisas ruins. Abby não precisava fazer o mesmo.

Parada nos fundos do refeitório em meio ao fedor do lixo pútrido de uma escola inteira, Abby sentiu a mudança de frequência, o mundo se iluminar conforme retirava os óculos escuros de sua mente. Ela se virou para Gretchen e disse:

— Mamma está com a janta no forno!

Então desamarrou o saco mais próximo, tirou dele uma fatia de pizza pela metade e a jogou como se fosse um frisbee no telhado antes de mergulhar até os cotovelos em um oceano de comida gordurosa, pegajosa e semidevorada. Quando encontraram o aparelho de Glee, havia fiapos de queijo seco presos em seus cabelos e pedaços de salada de frutas em suas camisas, mas elas gargalhavam feito loucas, acertando punhados de alface murcha umas nas outras e atirando batatas fritas na parede.

✝

O oitavo ano foi o de Max Headroom e Spuds Mackenzie. O ano em que o pai de Abby começou a assistir a desenhos animados por horas a fio nas manhãs de sábado e a dormir em uma cama de armar em seu barracão no quintal dos fundos. Foi nesse ano que Abby convenceu Gretchen a sair escondida de casa para cruzarem de bicicleta a ponte Ben Sawyer até a Sullivan's Island. O cometa Halley estava passando, e todo mundo fora à praia no meio da noite para vê-lo. Elas encontraram um espaço vazio e deitaram na areia fria, olhando para milhões de estrelas no céu.

— Então deixe-me ver se entendi direito — disse Gretchen no escuro. — Todo mundo está tão animado por causa de uma bola de gelo sujo com formato de amendoim flutuando pelo espaço?

Gretchen não era muito romântica quando se tratava de ciência.

— Ele só passa a cada setenta e cinco anos — explicou Abby.

Ela semicerrou os olhos para ver se o ponto de luz estava se movendo ou se ela estava só imaginando.

— Nós podemos nunca mais vê-lo.

— Que bom — respondeu Gretchen. — Porque eu estou congelando e entrou areia na minha calcinha.

— Acha que ainda vamos ser amigas da próxima vez que ele vier? — perguntou Abby.

— Acho que vamos estar mortas — disse Gretchen.

Abby fez as contas de cabeça e concluiu que elas teriam oitenta e oito anos.

— As pessoas vão viver mais no futuro — argumentou ela. — Talvez a gente ainda esteja viva.

— Mas não vamos saber acertar a hora nos videocassetes e vamos ser velhas, odiar jovens e votar nos republicanos, igual aos meus pais — disse Gretchen.

Elas tinham acabado de alugar *O clube dos cinco* e concluído que virar adulto parecia a pior coisa do mundo.

— Nós não vamos acabar igual a eles — afirmou Abby. — Não precisamos ser chatas.

— Se eu não estiver feliz, você me mata? — perguntou Gretchen.

— Óbvio — disse Abby.

— É sério — retrucou Gretchen. — Você é a única razão para eu não estar maluca.

Elas ficaram quietas por um momento.

— Quem disse que você não é maluca? — perguntou Abby.

Gretchen bateu nela.

— Prometa que vai sempre ser minha amiga — pediu ela.

— MMNL — respondeu Abby.

Era sua abreviação para "Eu amo você". Muito Mas Não Loucamente.

E elas ficaram deitadas na areia gelada, sentiram a Terra girar sob suas costas e tremeram juntas quando uma brisa soprou da água e uma bola de gelo sujo passou a cinco milhões de quilômetros de seu planeta, na escuridão fria e distante do espaço sideral.

— Vocês querem ficar loucas pra cacete? — perguntou Margaret Middleton.

Água quente como sangue batia contra o casco da lancha Boston Whaler. Havia quase uma hora que as quatro garotas flutuavam no rio; Bob Marley tocava baixo no toca-fitas, seus olhos estavam fechados, as pernas para cima, o sol quente, as cabeças balançando. Elas estavam fazendo esqui aquático em Wadmalaw, mas, depois do tombo de Gretchen, Margaret as levou para uma área mais calma, desligou o motor, baixou a âncora e deixou que elas flutuassem. Havia uma hora que os sons mais altos ali eram da centelha ocasional de um isqueiro quando alguém acendia um cigarro mentolado ou o chiado ao abrir uma cerveja morna. E, ao fundo, havia o farfalhar sem fim da vegetação ao vento.

Abby despertou de seu cochilo e viu Glee pegando uma cerveja no cooler. Quando ela fez sua expressão de "Quer uma?", Abby estendeu um dos braços, sentindo o sal seco rachar em sua pele, e deu um gole na maravilhosa, quente e aguada cerveja. Era sua bebida preferida, principalmente porque a senhora que gerenciava a Mitchell's vendia a elas uma caixa por quarenta dólares sem pedir identidade.

Uma sensação de pertencimento transbordava de Abby. Não havia nada com que se preocupar ali. Elas não precisavam falar. Não precisavam impressionar ninguém. Podiam dormir na frente umas das outras. O mundo real estava muito distante.

As quatro eram melhores amigas e, por mais que alguns garotos as chamassem de vadias, ratas de shopping ou Debutantes de Debbie, elas estavam pouco se fodendo. Gretchen era a segunda da turma, e as outras três estavam entre os dez primeiros. Eram do grupo de melhores alunos, reconhecidas pela National Honor Society, jogavam vôlei, prestavam serviços à comunidade, tiravam notas perfeitas e, como Hugh Horton disse certa vez com grande reverência, sua merda tinha gosto de chocolate.

Nada disso era fácil. Elas se preocupavam muito. Com as roupas, com o cabelo, com a maquiagem (especialmente Abby), com as notas. Abby, Gretchen, Glee e Margaret iam chegar a algum lugar.

Margaret estava no banco do piloto, de pernas para cima sobre os esquis aquáticos, soprando grandes nuvens de fumaça mentolada, rica pra cacete, herdeira de gerações de milionários de Charleston, americana por nascimento, sulista pela graça de Deus. Ela era Maximum Margaret, uma atleta loura e gigante cujos braços e pernas estendidos ocupavam metade do barco. Tudo nela era demais: seus lábios eram vermelhos demais, seu cabelo era louro demais, seu nariz era torto demais, sua voz era alta demais.

Glee bocejou e se espreguiçou. Total oposto de Margaret, ela era uma versão pequena, bronzeada e feminina de Michael J. Fox que ainda precisava comprar sapatos na seção infantil. No verão, sua pele ficava mais escura e seu umbigo, quase negro. Seu cabelo tinha luzes em sete tons diferentes de castanho, e, apesar do nariz de coala e dos olhos de cachorrinho abandonado, ela sempre atraía atenção masculina porque se desenvolvera cedo e de forma muito desproporcional à sua altura. Glee também era assustadoramente inteligente, uma bebê yuppie até os ossos. Seu pequeno Saab vermelho não fora um presente do papai: ela dera entrada no carro com dinheiro que ganhara no mercado de ações. A única coisa que o pai fizera foi efetivar seus investimentos.

Gretchen, deitada de rosto para baixo sobre uma toalha na proa, ergueu a cabeça e deu um gole em sua cerveja. Gretchen: tesoureira do conselho estudantil, fundadora do Clube de Reciclagem e da sociedade da Anistia Internacional na escola e, se as paredes dos banheiros merecessem crédito, a garota mais sexy do primeiro ano do ensino médio. Alta, magra, esbelta e loura, ela era uma princesa da Laura Ashley em vestidos com estampas florais e blusas Esprit — um grande contraste com Abby, cuja cabeça mal alcançava os ombros de Gretchen e cujo cabelo longo e a maquiagem forte a faziam parecer uma garçonete de um restaurante de caminhoneiros. Abby se esforçava muito para não pensar na aparência e na maior parte do tempo, especialmente em dias como esse, conseguia.

Enquanto acendiam seus cigarros, abriam suas cervejas e piscavam lentamente para o mundo, Margaret pegou uma lata preta para rolo de filme em sua bolsa, ergueu-a e perguntou:

— Vocês querem ficar loucas pra cacete?

— O que é isso? — questionou Abby.

— Ácido — respondeu Margaret.

Bob Marley de repente pareceu suave demais.

Gretchen se virou em sua toalha.

— Onde você arranjou isso?

— Roubou de Riley — mentiu Glee.

Margaret era a única menina na enorme família, e seu segundo irmão mais velho, Riley, era um drogado notório que alternava entre fazer semestres no College of Knowledge e reabilitação em Fenwick Hall, onde os alcoólatras mais ricos de Charleston iam para descansar. Ele era famoso por botar drogas nas bebidas das garotas no Windjammer e, quando elas apagavam, estuprá-las no banco de trás de seu carro. A prática chegou ao fim quando uma das garotas acordou, quebrou o nariz dele e saiu correndo pelo meio da Ocean Boulevard sem blusa, gritando a plenos pulmões. O juiz encorajou os pais da garota a não prestar queixa porque Riley vinha de uma boa família e tinha todo um futuro pela frente. No fim das contas, só exigiram que ele morasse em casa por um ano. Agora ele se mudava entre as diferentes casas dos Middleton — de Wadmalaw para Seabrook, de Sullivan's Island para o centro —, se mantendo fora do alcance do pai, frequentando reuniões do NA na teoria, mas na prática vendendo drogas.

Dito isso, Riley era uma figura conhecida. Se Margaret e Glee contassem a Gretchen a verdade sobre onde tinham arranjado o ácido, ela nunca iria tomá-lo, e as garotas precisavam ficar chapadas todas ao mesmo tempo, ou ninguém ficaria. Era como faziam tudo.

— Não sei — ponderou Gretchen. — Eu não quero acabar como Syd Barrett.

Syd Barrett, o vocalista original do Pink Floyd, havia tomado tanto ácido nos anos 1960 que seu cérebro derreteu, e, vinte anos depois, ele morava no porão da mãe e, às vezes, em dias bons, conseguia pedalar até o correio. Era colecionador de selos. Gretchen achava que, se tomasse ácido, era cem por cento garantido que daria uma de Syd Barrett e nunca mais voltaria a ser normal.

— Meu irmão disse que Syd lançou um álbum no ano passado, mas todas as músicas eram sobre sua coleção de selos — disse Glee.

— E se isso acontecer comigo? — perguntou Gretchen.

Margaret soprou uma nuvem de fumaça de maneira dramática e disse:

— Você nem coleciona selos. Sobre que merda vai cantar?

— Eu tomo se você prometer levar todas as latas do clube de reciclagem para o centro de reciclagem de carro — disse Gretchen para Margaret.

Margaret jogou a guimba na água.

— Recicle isso, sua hippie.

— Glee? — perguntou Gretchen.

— Esses sacos vazam — disse Glee. — Vou ficar com vespas no carro.

Gretchen se levantou e ergueu os braços acima da cabeça, tentando tocar o céu com a ponta dos dedos.

— Como sempre — falou ela. — Obrigada pelo apoio.

Então esticou uma das pernas compridas para fora da proa e mergulhou sem espirrar água. Não tornou a subir. Grande coisa. Gretchen conseguia prender o fôlego para sempre e gostava de chafurdar no frio congelante do fundo do rio. Isso era o que Gretchen tinha de melhor.

Por mais que quisesse salvar o planeta, era bem tranquila em relação à causa.

— Se contar a ela onde arranjamos o ácido, eu quebro sua cara — disse Margaret para Abby.

O verão de 1988 tinha sido o mais maravilhoso de todos os tempos. Foi a estação de "Pour Some Sugar on Me" e de "Sweet Child O' Mine", e Abby gastava todo o seu dinheiro em gasolina, porque finalmente tirara sua carteira de motorista e podia dirigir depois de escurecer. Toda noite, às 23h06, ela e Gretchen abriam suas telas de insetos, saíam pela janela e passeavam de carro por Charleston. Nadavam na praia, andavam com os garotos de James Island no mercado, fumavam cigarros no estacionamento em frente ao Garden and Gun Club e viam estudantes mais velhos arruaceiros arrumarem brigas. Certa noite, elas simplesmente seguiram para o norte na estrada 17 até quase chegar a Myrtle Beach, fumando um maço inteiro de Parliaments e ouvindo Tracy Chapman cantar "Fast Car" e "Talkin' Bout a Revolution" sem parar antes de voltar para casa logo antes do sol nascer.

No meio-tempo, Margaret e Glee tinham passado boa parte do verão sentadas no carro de Glee tentando comprar drogas. Ninguém exceto os mais bizarros de sua turma já tinha tomado ácido, então era importante para Margaret que elas fossem as primeiras pessoas normais a ficar chapadas; da mesma forma que foram as primeiras garotas a apresentar um bilhete de dispensa da aula de Educação Física por estarem menstruadas, as quatro primeiras a ir a um show (Cindy Lauper), as quatro primeiras a tirar a carteira de motorista (exceto Gretchen, que tinha dificuldade em diferenciar a esquerda da direita).

Margaret e Glee passaram meses dedicadas ao Projeto Ácido, mas toda transação falhava. Abby começou a sentir pena de Glee e se ofereceu para usar o Sujinho — apelido que haviam dado para seu carro — em mais uma das longas viagens a lugar nenhum atrás de drogas. A oferta enfureceu as duas.

— Nem pensar! — respondeu Margaret. — Você não vai dirigir. Nós fizemos o primário em um prédio batizado em homenagem ao meu avô.

— A empresa do meu pai administra o portfólio de investimentos da escola — acrescentou Glee.

— Se formos pegas, seremos suspensas — continuou Margaret. — Seria como ganhar férias, porra. Se você for pega, vai ser expulsa. Eu não vou ser amiga de uma garota que abandonou o ensino médio e trabalha em um supermercado.

Na opinião de Abby, essa era uma visão desnecessariamente negativa da situação. Sim, ela permaneceu matriculada na escola porque conseguiu uma bolsa que vinha com muitas condições, mas o Colégio Albemarle com certeza não estava à procura de uma desculpa para se livrar dela. Suas notas eram incríveis. Mas era impossível discutir com Margaret, então Abby só se ofereceu para pagar a gasolina de Glee e ficou secretamente aliviada quando a amiga recusou.

A expedição mais recente de Glee e Margaret em busca de drogas as tinha levado ao estacionamento de uma loja de iscas em Folly Beach, onde ficaram sentadas no carro de Glee por duas horas debaixo de um temporal até que Margaret foi até o orelhão e descobriu que seu contato não estava apenas esperando um tempo absurdo para dar o sinal. Ele tinha sido preso. Elas foram até seu quarto no Holiday Inn — o que mais iriam fazer? — e descobriram que os policiais não só haviam deixado a porta aberta, como também não tinham encontrado seu estoque escondido embaixo do colchão. Margaret e Glee não cometeram o mesmo erro.

Sempre havia uma chance de que, caso você encontrasse ácido deixado sob um colchão de um Holiday Inn por dois caras que você nunca viu na vida, os quais estavam se escondendo da polícia e agora estão na cadeia, ele possa estar batizado com estricnina ou algo pior. Mas também havia uma chance de ele *não* estar batizado com estricnina ou algo pior, e Abby preferia ver o lado positivo das coisas.

Gretchen emergiu da água e cuspiu a guimba do cigarro de Margaret dentro do barco, fazendo-a grudar em sua coxa enorme.

— Ai, meu Deus — exclamou Margaret. — Como você sabe que esse era o meu? Aids!

Gretchen cuspiu água no interior do barco.

— Não é assim que se pega Aids — disse ela. — Como todo mundo sabe, se pega Aids beijando Wallace Stoney.

— Ele não tem Aids — retrucou Margaret.

— Claro que não! — disse Glee. — É assim que se pega feridas de herpes.

Margaret ficou puta.

— Qual é o gosto? — perguntou Gretchen, agarrando-se à lateral do barco e dando impulso para olhar nos olhos de Margaret. — Os lábios cheios de herpes dele tem gosto de amor verdadeiro?

As duas se encararam.

— Para sua informação, não são feridas de herpes, são espinhas — disse Margaret. — E os lábios têm gosto de sabonete para acne.

Elas riram, e Gretchen se afastou do barco para boiar de costas.

— Eu vou tomar — declarou ela para o céu. — Mas vocês precisam me prometer que não vou ter danos cerebrais.

— Você já tem danos cerebrais — rebateu Margaret.

Ela pulou na água em cima de Gretchen, quase virando o barco, passou um dos braços em torno de seu pescoço e a afundou. Elas emergiram cuspindo água e rindo, abraçadas uma à outra.

— Assassina!

Quando pilotaram o barco de volta para o píer de Margaret, o ar esfriava e o sol se punha. Abby enrolou uma toalha agitada pelo vento nos ombros, e Gretchen deixou que a lufada entrasse em sua boca e inflasse suas bochechas como um balão. Três golfinhos surgiram a bombordo e as seguiram por algumas centenas de metros, então se afastaram e avançaram de volta para o mar. Margaret esticou os dedos como se fosse um revólver e fingiu atirar neles. Gretchen e Abby se viraram e os observaram mergulhar e emergir, tremeluzindo em meio às ondas e desaparecendo a distância, tão cinzentos quanto as marolas.

Elas amarraram o barco no píer de Margaret e começaram a levar os esquis aquáticos para o jardim dos fundos, mas Gretchen segurou Abby pelo cotovelo, e as duas ficaram para trás.

— Você vai tomar? — perguntou.

— Com certeza — respondeu Abby.

— Está com medo?

— Com certeza — disse Abby.

— Então por quê?

— Porque quero saber se *Dark Side of the Moon* é profundo de verdade. Gretchen não riu.

— E se isso abrir as portas da percepção e eu nunca mais conseguir fechar? — perguntou Gretchen, preocupada. — E se eu puder ver e ouvir toda a energia do planeta e o efeito nunca passar?

— Eu visitaria você em Southern Pines. E aposto que seus pais iam, tipo, batizar uma ala de lobotomia em sua homenagem.

— Isso seria excelente — concordou Gretchen.

— Vai ser muito maneiro. Vamos ficar juntas o tempo todo, como parceiras de natação no acampamento. Vamos ser parceiras de viagem.

Gretchen levou alguns fios de cabelo até a boca e sugou a água salgada das pontas.

— Promete me lembrar de ligar para minha mãe esta noite? — pediu ela. — Preciso dar notícia às dez.

— Vou fazer disso minha missão de vida — jurou Abby.

— Falou e disse. Vamos fritar meu cérebro.

Juntas, as quatro amontoaram todo o equipamento de esqui aquático em uma grande pilha no jardim dos fundos e o lavaram com a mangueira. Abby esguichou água na bunda de Margaret.

— Lavagem intestinal! — gritou ela.

— Você está me confundindo com a minha mãe — berrou Margaret, correndo para a segurança da casa.

Abby apontou o jato para Glee, mas Gretchen estava dobrando a mangueira. As coisas estavam degringolando rapidamente quando Margaret surgiu na varanda dos fundos com uma das bandejas de chá de prata da mãe.

— Senhoritas — cantarolou ela. — Hora do chá.

Elas se reuniram em volta da bandeja embaixo de um carvalho. Havia quatro pires de porcelana com um quadradinho de papel branco no meio. Havia uma cabeça de unicórnio azul impressa em cada um.

— É isso? — perguntou Gretchen.

— Não, eu resolvi trazer uns pedaços de papel para vocês mastigarem — disse Margaret. — Dãããã.

Glee estendeu a mão para cutucar seu quadrado, mas recolheu o dedo antes de encostar. Todas sabiam que era possível absorver ácido pela pele. Devia haver algum tipo de cerimônia; deviam ter tomado banho antes ou comido alguma coisa. Talvez não fosse uma boa ideia terem passado o dia bebendo tanta cerveja no sol. Elas estavam fazendo tudo errado. Abby sentia que todas perdiam a coragem, inclusive ela, então, quando Gretchen abriu a boca para dar uma desculpa, Abby pegou seu ácido e o jogou na língua.

— Tem gosto de quê? — perguntou Gretchen.

— De nada, querida — disse Abby.

Margaret tomou o dela, depois Glee. Então, finalmente, Gretchen.

— É para mastigar? — balbuciou ela, tentando não mexer a língua.

— Deixa dissolver — respondeu Margaret do mesmo jeito.

— Por quanto tempo? — perguntou Gretchen.

— Relaxa, pentelha — balbuciou Margaret com a língua paralisada.

Abby olhou para o pôr do sol laranja que brilhava acima do pântano e sentiu algo definitivo: ela tinha tomado ácido. Era irreversível. Não importava o que acontecesse agora, ela precisava embarcar na onda. O crepúsculo brilhava e pulsava no horizonte, e Abby se perguntou se ele pareceria tão vívido se não fosse pelo ácido. Engoliu o pedacinho de papel por reflexo, e pronto: tinha feito uma coisa que não podia ser desfeita, cruzado uma linha que não podia ser descruzada. Estava apavorada.

— Alguém está ouvindo alguma coisa? — perguntou Glee.

— Leva horas para bater, retardada — retrucou Margaret.

— Ah — disse Glee. — Então você sempre teve esse nariz de porco?

— Não seja má — falou Gretchen, se intrometendo. — Eu não quero ter uma *bad trip*. De verdade.

— Vocês se lembram da sra. Graves no sexto ano? — perguntou Glee. — Com os adesivos do Mickey?

— Aquilo foi tão doido — disse Margaret. — Vocês sabem do que eu estou falando, né? O sermão dela sobre como, no Halloween, adoradores de Satã circulam por aí dando adesivos do Mickey às criancinhas, e quando elas lambem os adesivos, estão cobertos de LSD, e elas têm *bad trips* e matam os pais.

Gretchen cobriu a boca de Margaret com as mãos.

— Pare... de... falar... — pediu.

Então elas ficaram deitadas no jardim enquanto escurecia, fumando cigarros e conversando sobre coisas legais, como qual era o problema com a bunda estranha de Maximilian Buskirk e a programação anual de vôlei, e Glee contou a elas que lera sobre um tipo novo de DST que Lanie Ott quase com certeza tinha, e elas discutiram se deviam comprar um depilador para o buço da treinadora Greene, e se o padre Morgan era gato no nível de *Pássaros feridos*, um cara gato normal ou apenas gato para um professor. Enquanto isso, tentavam secretamente ver se sua fumaça estava se transformando em dragões ou se as árvores estavam dançando. Nenhuma delas queria ser a última a alucinar.

Depois de um tempo, elas mergulharam em um silêncio confortável, quebrado apenas por Margaret, que cantarolava alguma música que ouvira no rádio enquanto estalava os dedos dos pés.

— Vamos ver os vaga-lumes — disse Gretchen.

— Legal — respondeu Abby, se levantando da grama.

— Ai, meu Deus — comentou Margaret. — Vocês são tão gay.

Elas correram pelo jardim até a área de capim alto entre a casa e a floresta, observando os insetos de luz verde sobrevoando com suas bundas brilhantes enquanto o ar assumia o tom de lavanda típico do crepúsculo no campo. Gretchen correu para Abby.

— Me gire — pediu.

Abby segurou as mãos dela, e as duas rodaram, com a cabeça jogada para trás, tentando fazer o ácido bater. Mas quando caíram na grama, não estavam chapadas, só tontas.

46

— Eu não quero ver Margaret arrancar bundas de vaga-lumes — disse Gretchen. — Deveríamos comprar o terreno ao lado e transformá-lo em uma reserva natural para que ninguém possa estragar a baía.

— Com certeza — respondeu Abby.

— Olha só. Estrelas — anunciou Gretchen, apontando para as primeiras que apareciam no céu azul-escuro. — Você precisa prometer que não vai me largar.

— Fica comigo — disse Abby. — Vou ser sua guia lisérgica. Aonde quer que você vá, eu vou junto.

Elas deram as mãos. Nunca foram tímidas em relação a contato físico, mesmo que Hunter Prioleaux as tivesse chamado de lésbicas no quinto ano, mas isso foi porque ninguém jamais tinha amado Hunter Prioleaux.

— Eu preciso te contar… — começou Gretchen.

Margaret assomou sobre elas em meio à escuridão, e sob seus olhos havia duas linhas brilhantes feitas com bundas arrancadas de vaga-lumes.

— Vamos entrar — chamou ela. — O ácido está batendo!

Quatro horas depois, Abby observava os números do radiorrelógio mudarem de 11h59 para meia-noite, e o ácido com certeza não estava batendo. Espalhadas pelo quarto enorme de Margaret, elas não estavam viajando. Estavam entediadas.

— Acho que estou vendo traços de luz! — exclamou Abby, movendo os dedos com otimismo.

— Você não está vendo traços de luz — falou Margaret, suspirando. — Pela nonagésima milionésima vez.

Abby deu de ombros e voltou a remexer a caixa de sapatos com fitas de Margaret, tentando encontrar algo para tocar.

— É sério que você está fazendo dever de casa? — gritou Margaret para Glee.

Ela estava sentada no chão com as costas apoiadas na cama, fazendo mesmo o dever de casa.

— Isso está chato — disse Glee.

— Que tal os Proclaimers? — perguntou Abby.

— Não! — retrucou Margaret com rispidez.

— Nem a única música boa deles? — tentou Abby.

Margaret se jogou para trás em sua poltrona.

— Que saco — resmungou ela. — Sério, eu não estou sentindo nada. Vocês querem ficar bêbadas? Glee, se você não parar de fazer o dever de casa, eu vou bater em você.

Abby observou o quarto. Gretchen estava do outro lado, olhando fixamente pela janela, trançando e destrançando o cabelo. Abby foi até lá e parou perto dela.

— O que você está olhando? — perguntou.

— Vaga-lumes — respondeu Gretchen.

Abby olhou para o jardim lateral. A única luz no quarto vinha de algumas velas, de modo que estava escuro o suficiente para enxergar todo o jardim até a linha das árvores através da janela.

— Que vaga-lumes? — perguntou ela.

— Eles pararam — disse Gretchen.

— Eu tenho um tabuleiro ouija — sugeriu Margaret. — Querem conversar com Satã?

— Vocês sabiam que a pasta de dentes Crest é satânica? — perguntou Glee, erguendo os olhos de seu fichário.

— Glee... — começou Margaret.

— É verdade — disse Glee. — Na lateral do tubo tem uma imagem de um velho com dois chifres e uma barba que forma um 666 invertido. E tem treze estrelas em volta dele. Tabuleiros ouija são produzidos pela Parker Brothers, a mesma empresa que produz o jogo Trivial Pursuit.

— E daí? — suspirou Margaret.

— E daí que, se você quer se comunicar com Satã, vai ter mais chances escovando os dentes do que usando um tabuleiro ouija.

— Obrigada, CDF — respondeu Margaret.

O quarto escuro ficou silencioso. Gretchen dobrou o braço por cima do rosto para esconder um bocejo. Alguém precisava salvar a noite. Como sempre, foi Abby.

— Vamos nadar peladas — sugeriu ela.

— Nem fodendo — disse Margaret. — Frio demais.

— Só por um minutinho — insistiu Abby.

Ficar ao ar livre parecia uma boa ideia.

— Eu vou — declarou Gretchen, se levantando do batente da janela.

— Deixa só eu terminar esse exercício de trigonometria — disse Glee.

Margaret andou até Glee e fechou bruscamente seu fichário.

— Vamos lá, idiota — chamou ela. — Não corta minha onda.

As quatro desceram correndo os três lances de escada, acenderam as luzes do jardim e saíram para o gramado dos fundos.

— Apague as luzes — pediu Gretchen. — Para podermos ver as estrelas.

— Abby — disse Margaret. — O interruptor fica ao lado da porta dos fundos.

Abby subiu a escada com passos pesados, encontrou o interruptor atrás do micro-ondas, e o jardim mergulhou na escuridão outra vez. Na mesma hora, o céu ficou mais claro e os grilos, mais altos. A lua, grande e laranja, pairava sobre o horizonte, logo acima da linha das árvores. A noite parecia escutá-las enquanto Abby descia as escadas na ponta dos pés.

— Tão lindo — dizia Gretchen.

Elas observaram a lua por um segundo, torcendo para a onda bater, mas ela só continuou parada sendo uma lua. Então Gretchen tirou a camiseta.

— Peitos ousados! — gritou ela.

Em seguida, correu rumo ao píer em meio à escuridão, tirando a roupa e levando a mão às costas para abrir o sutiã, suas pernas compridas dando saltos que galgaram a grama enquanto ela desaparecia nas sombras.

— Espere! — gritou Margaret. — A maré está baixa.

Gretchen não reduziu a velocidade. Elas ouviram seus passos velozes pelo deque de madeira.

— Gretchen! — berrou Abby. — Não pule!

As três correram atrás dela, Margaret e Abby na frente, pisando no short e na calcinha que a amiga havia jogado na grama. Então o som de algo caindo em água rasa soou à frente.

— Merda — disse Margaret.

Sob o luar, elas viram que a maré tinha recuado, e o riacho havia sido reduzido a uma faixa desbotada de água prateada que corria entre dois bancos de lama. Por um momento, Abby imaginou Gretchen atingindo a lama fofa e estourando os joelhos, ou caindo em um metro de água e arrebentando o rosto em um banco oculto de ostras.

— Gretchen? — chamou Abby.

Nenhuma resposta.

Ela e Margaret chegaram à grade no fim do píer. Glee alcançou-as logo depois.

— Onde está Gretchen? — perguntou.

— Ela pulou — respondeu Abby.

— Merda — disse Glee. — Ela está bem?

Elas olharam de um lado para o outro, mas Gretchen havia desaparecido. Chamaram seu nome algumas vezes, suas vozes ecoando pela água.

Abby desceu correndo a rampa até o deque flutuante.

— Aí tem jacarés — alertou Margaret.

— Gretchen? — chamou Abby na direção da baía.

Nenhuma resposta. Abby se deu conta de que precisaria entrar na água.

— Você tem uma lanterna? — gritou ela para Margaret. — A gente deveria pegar o barco.

— E atropelar a cabeça dela? — retrucou Margaret. — Genial.

— O que a gente faz, então? — perguntou Abby.

— Ela consegue prender a respiração por um século — afirmou Margaret. — Espere ela subir.

A água escoava em torno do deque flutuante, balançando-o para cima e para baixo.

— E se ela tiver batido a cabeça? — cogitou Abby.

— Tem mesmo jacarés aqui? — perguntou Glee.

Algo se moveu na vegetação aquática, e Abby recuou. Seria um jacaré? Que barulho fazia um jacaré? Eles eram animais noturnos? Ela não sabia. Por que a escola não ensinava nada de útil?

Abby examinou o riacho mais uma vez, torcendo para avistar Gretchen, porque realmente não queria pular na água. Do outro lado do riacho, algo se moveu outra vez no capim-marinho. Abby semicerrou os olhos e viu uma sombra se destacar na escuridão e se arrastar na direção da água. Ela analisou com mais atenção. Uma forma que não era humana rastejou pela lama fofa e fez um *plop* ao entrar no rio escuro que corria em direção ao mar. Um vento cortante soprou da água. O verão tinha acabado. Estava ficando frio.

— Gretchen! — exclamou Glee.

— Onde? — perguntou Abby.

— Ali — disse ela. — Onde estou apontando.

— Não consigo ver você apontando no escuro.

— Para a esquerda — explicou Glee. — Onde tem uma curva.

Abby olhou para a correnteza, bloqueando a luz intensa da lua laranja com a mão. Longe, no ponto onde o riacho fazia uma curva na direção do mar e desaparecia em torno de uma margem cheia de capim-marinho, havia uma forma pálida, comprida como Gretchen, caminhando pela lama fofa na direção das árvores. Abby pôs as mãos em concha ao redor da boca.

— Gretchen! — gritou.

A figura continuou a se mover.

— Como se chega lá embaixo? — gritou Abby para Margaret.

Ela ouviu um isqueiro se acender no píer acima e sentiu cheiro de menta.

— Viu só — disse Margaret. — Ela está bem.

Mas Abby sabia que a amiga não estava bem. Gretchen provavelmente não sabia como voltar para a casa. Tinha zero senso de direção e estava nua. Mesmo que ainda estivesse de tênis, havia deixado as roupas para trás.

— Você tem uma lanterna? — perguntou Abby.

— Sossega o facho — retrucou Margaret. — Ela vai estar de volta em cinco minutos.

— Eu vou buscá-la — afirmou Abby, subindo a rampa. — Me dê um desses.

Margaret tirou um cigarro do maço e entregou a ela. Uma luz laranja brilhou no rosto de Abby, então ela viu a ponta se acender e sugou fumaça de menta. Não queria admitir, mas seu coração estava disparado.

— Já volto — disse Abby.

— Cuidado com as cobras — gritou Margaret, prestativa.

Abby seguiu pelo capim alto e pelo meio das árvores. No mesmo instante, a floresta bloqueou sua visão da casa, das estrelas, do céu, enterrando-a sob galhos escuros. Tudo o que ela escutava eram as cigarras cantando, o som dos próprios pés esmagando folhas e o eventual zumbido de um mosquito na orelha. Sentia que algo a ouvia caminhar. Continuou o mais silenciosamente possível, permanecendo perto do rio. À sua esquerda, o bosque estava escuro como breu.

Quando Abby emergiu na pequena clareira onde o rio fazia a curva, seu cigarro tinha queimado até o filtro. Jogou a guimba na água, torcendo para que isso fizesse Gretchen vir correndo para lhe acusar de maltratar a Mãe Natureza.

Nada.

— Gretchen? — sussurrou Abby na escuridão.

Nenhuma resposta.

— Gretchen? — tentou ela novamente, um pouco mais alto.

Uma faixa de vegetação amassada e lama revirada mostrava onde Gretchen devia ter rastejado para terra firme. Abby foi até o alto da margem, onde Gretchen teria emergido, e olhou para a floresta escura. Folhas sussurraram quando uma brisa soprou pelo topo das árvores. As cigarras não paravam de gritar. Um baque oco soou a distância e apertou o coração de Abby.

— Gretchen! — chamou com a voz normal.

A mata não respondeu.

Antes que perdesse a coragem, Abby adentrou o aglomerado de árvores em uma linha reta, fingindo ser Gretchen. Aonde teria ido? Para que lado teria virado? Em segundos, ela estava envolta pelo breu. Sem nada em que se fixar, seus olhos começaram a se mover de forma frenética, passando desesperadamente pelas sombras, tentando forçá-las a ganhar forma. Mantendo uma das mãos estendida para não bater de cara em uma árvore e quebrar o nariz, Abby entrou ainda mais na floresta.

À frente, as árvores rareavam, e o luar cinzento e opaco iluminava algo quadrado e escuro no chão. Abby diminuiu o passo ao entrar na clareira. Era um abrigo militar em ruínas, composto de apenas um aposento retangular, com as paredes grossas de concreto queimadas e o teto desabado. Havia uma única janela com persianas, e era impossível evitar a sensação de que algo a espiava. Foi quando ela viu a escuridão no interior do abrigo se mover. Então Abby percebeu que as cigarras tinham parado de cantar.

Seu coração entrou em quarta marcha. Ela não sabia onde estava. Nunca ouvira falar de construções ali. Não podia haver nada lá dentro, mas algo estava se mexendo, e Abby não conseguia desviar o olhar. A escuridão no interior da casa era mais profunda. Ela podia ver através da janela, se contorcendo, se contraindo, rolando, ondulando. E havia um zumbido, um chiado sinistro que ela sentia pelos pés, reverberando profundamente no subsolo. Abby apertou o short e a camiseta de Gretchen com mais força. Ouviu uma trompa de caça soar ao longe.

Só podia ser efeito do ácido. Estava finalmente batendo. Ela só precisava se virar e ir embora. Nada iria machucá-la. Era uma droga poderosa, mas nunca causara mal a ninguém, exceto, talvez, a Syd Barrett. Tudo o que ela precisava fazer era se virar e ir embora. Não havia nada com que se preocupar, porque nada daquilo era real.

Então um homem chamou seu nome:

— Abby — disse uma voz no interior da casa.

Ela veio da escuridão, sem nenhum efeito sonoro estranho, nada assustador, apenas um homem normal dizendo seu nome com uma voz normal.

As mãos dela ficaram frias, algo estalou em seu cérebro, e Abby correu. Entrou em pânico, tropeçou, bateu de cara em uma árvore porque *havia alguém atrás dela* e a qualquer minuto ela o sentiria agarrar sua camiseta e arrastá-la de volta para aquela casa escura. Por isso, continuou correndo.

Abby se dirigiu à parte mais iluminada da floresta, desviando de galhos, tropeçando em troncos, cambaleando em meio aos arbustos. Não parou de correr mesmo quando espinhos arranharam suas canelas, galhos bateram em seus olhos, algo agarrou seu cabelo e a puxou para trás. Ela continuou, sentindo o cabelo ser arrancado pela raiz. À frente, a escuridão se dissolvia. Ela conseguia ver onde terminavam as árvores. Estava perto. Um gemido se ergueu em sua garganta, e uma luz atingiu seu rosto.

— Opa! — disse Margaret.

Abby saiu da mata e caiu de quatro. Margaret e Glee estavam paradas no gramado que batia na cintura. Estavam longe do rio, mais do que Abby imaginara.

— Atrás de mim! — exclamou ela, se levantando do capim frio.

Margaret tirou a luz do rosto de Abby e mirou na parede de troncos. Eram sujos, pequenos e nada assustadores sob o facho da lanterna.

— Você viu alguém? — perguntou Margaret.

— Onde está Gretchen? — falou Glee.

— Não está com vocês? — questionou Abby, arfando.

— Merda — disse Margaret.

Margaret e Glee começaram a andar de um lado para o outro na orla da floresta, iluminando as árvores e chamando por Gretchen. Abby percebeu que segurava apenas o short da amiga, devia ter deixado a camiseta cair em algum lugar na mata, e se sentiu inexplicavelmente triste, como se houvesse quebrado um objeto caro e insubstituível. Mas ela não voltaria àquela floresta para procurá-la de jeito nenhum. Ela não voltaria àquela floresta por nada no mundo.

Depois de algum tempo, seu pânico passou, e ela começou a andar ao longo das árvores com Glee e Margaret. Em dado momento, as garotas pensaram que Gretchen talvez estivesse em casa, e Abby não queria se separar das duas, por isso todas voltaram, mas não encontraram ninguém. Serviram-se de salada de macarrão, fumaram e tentaram decidir se deveriam chamar a polícia. Então encontraram pilhas para mais duas lanternas e saíram à procura outra vez.

— Gretchen! — chamaram, caminhando pela propriedade. — Gretchen? Greeeeetchennnnn!

Quando o céu começou a clarear e cada passo exigia mais esforço, como se caminhassem dentro d'água, elas decidiram encarar a situação. Precisavam ligar para a polícia.

— Estou muito fodida — disse Margaret.

— Ela pode estar morta — afirmou Abby — Ou pode ter sido sequestrada.

— Talvez por um culto — sugeriu Glee. — Adoradores de Satã.

— Cala a porra da boca, Glee — gemeu Margaret. — Antes que eu destrua minha vida, vamos procurar na mata.

Mesmo que o amanhecer deixasse tudo cinza, Abby não conseguia nem pensar em voltar à floresta.

— De jeito nenhum. Nós temos que chamar a polícia. Alguém pode ter raptado Gretchen.

— Quem? — perguntou Margaret.

Ela desligou a lanterna. Já estava claro o suficiente para enxergar o rosto das amigas sem ela.

— Quem iria querer raptar ela? Ninguém raptou ela, porra. Antes de chamarmos a polícia e eu ficar de castigo pro resto da vida, vamos procurar uma última vez.

Margaret tinha um jeito de fazer com que as pessoas se sentissem bebês idiotas, então Abby humildemente seguiu as duas para fora da segurança do campo aberto e de volta ao labirinto de árvores.

— Nós não estamos indo a uma festa — disse Margaret. — Se espalhem.

— É assim que a galera de *Scooby-Doo* sempre se mete em problemas — comentou Glee, mas obedeceu e, com relutância, Abby fez o mesmo.

As três se dispersaram pela mata, mas Abby manteve a lanterna acesa, embora o céu clareasse. A princípio, tentou ficar perto da linha das árvores, mas a ideia de ouvir Margaret a xingando de covarde, assim como a imagem de Gretchen deitada ferida e inconsciente em algum lugar, a forçou mais para o centro. Os troncos de palmeiras e pinheiros impediam que ela caminhasse em linha reta, atraíam-na para dentro, giravam-na, puxavam-na para mais longe do campo aberto. Quando por fim a conduziram de volta até o bunker de concreto, ela quis gritar.

Em vez disso, respirou fundo e se obrigou a relaxar. Na luz difusa da manhã, o abrigo parecia deprimente, coberto de pichações nas quais adolescentes haviam raspado suas iniciais e símbolos estranhos que poderiam ser cenas de sexo pervertido: "Foda-se os alunos da iscola preparatória", "The Uncalled Four" e "Explodam as Baleias Assassinas". Abby sentiu que alguém a observava e girou.

Nada além de árvores. Ela se voltou novamente para a construção e viu uma figura pálida parada na janela, encarando-a fixamente. Tinha buracos sombrios no lugar dos olhos e um rasgo negro como boca. Abby derrubou a lanterna no chão.

— Que horas são? — perguntou Gretchen.

Sua garganta estava seca, e sua voz, rouca. Então ela saiu da janela e apareceu na lateral da casa, completamente nua exceto pelos tênis, com manchas de lama até as coxas, sujeira esfregada pelo resto do corpo, mãos escuras, folhas nos cabelos. Parou sob a luz, e o sol nascente se refletiu em seus olhos. Por um momento, eles pareceram discos frios de prata.

— Onde você estava? — perguntou Abby.

Gretchen passou direto por ela, seguindo para fora da mata.

— Gretchen? — chamou Abby, e saiu correndo atrás da amiga. — Você está bem?

— Estou ótima — respondeu Gretchen. — Estou com frio, pelada e faminta, e passei a noite inteira na porra da mata.

Abby ficou surpresa. Gretchen nunca falava palavrão. Ela estendeu o short de Gretchen.

— Eu encontrei isso — disse ela. — Mas perdi sua camiseta.

Gretchen arrancou o short da mão de Abby e o vestiu, com as juntas frias e rígidas. Ela o puxou para cima e cruzou os braços sobre o peito, enfiando as mãos nas axilas.

— Achamos que você estivesse perdida — explicou Abby. — Estamos procurando por você desde que pulou do deque. Margaret estava prestes a chamar a polícia.

Gretchen se inclinou para a frente, os braços escondendo os seios, a pele arrepiada, e continuou a se dobrar até ficar agachada como se fosse fazer xixi, então parou, com o cabelo caído sobre o rosto. Abby levou um segundo para perceber que Gretchen estava chorando, então se agachou ao lado dela e passou um dos braços pelas costas gélidas da amiga.

— Shh, shh, shh — sussurrou, afagando suas costas. — Está tudo bem.

Gretchen se apoiou nela de um jeito estranho e fungou e tremeu por um minuto inteiro antes de emitir um ruído esquisito com a garganta.

— O que foi? — perguntou Abby.

— Quero ir pra casa — disse Gretchen.

— Nós vamos — assegurou Abby.

Ela se levantou, puxando a amiga consigo, se virou e tentou caminhar. Mas as pernas de Gretchen estavam rígidas demais para fazer qualquer coisa além de cambalear.

— Glee! — gritou Abby. — Mar-ga-ret!

Segundos depois, as garotas chegaram correndo pela floresta.

— Puta merda, graças a Deus! — exclamou Margaret.

Então Glee e Margaret seguraram Gretchen e a levaram para fora da clareira. Margaret, que pelo menos estava de sutiã, tirou a própria camiseta grande e a vestiu em Gretchen. Abby ficou parada, observando as três se afastarem, sentindo o corpo se inundar de alívio. Olhou de volta para o abrigo e avistou algo moderno se projetando de um canto. Ela se inclinou para ver melhor. Havia uma caixa grande de metal sobre a terra. O objeto verde-azulado se escondia na mata, com um número catorze pintado à mão em tinta branca na lateral. Abby se aproximou e pôs a mão na tampa. Estava zunindo. O logo da companhia telefônica estava impresso em um fecho com cadeado, e ela percebeu que o zumbido da noite anterior vinha de algum tipo de equipamento telefônico.

Com o mistério resolvido, ela voltou a olhar para o abrigo e se deu conta de que não parecia mais maligno, apenas imundo. Metade do teto havia desabado, e grandes blocos de concreto quebrado formavam uma pilha no chão. As paredes internas estavam raspadas de alto a baixo com mais pichações obscenas, cada centímetro tomado por símbolos trêmulos, palavras ilegíveis, letras estranhas que poderiam ser números, nomes de bandas rabiscados por cima de desenhos sexuais feitos por cima de imagens supostamente satânicas. O chão estava coberto com garrafas vazias de bebidas alcoólicas e guimbas de cigarro.

Havia uma placa de concreto no centro, grande e redonda como uma mesa de jantar, tombada de lado e com o centro virado para a janela. A luz fraca da manhã incidia sobre metade dela. Havia algo vermelho espalhado por sua superfície, que poderia ser tinta fresca. Abby se afastou lentamente da janela e saiu da mata.

Era só tinta, afirmou a si mesma. Só isso.

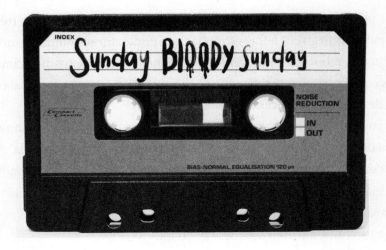

Elas estavam famintas, mas as únicas coisas na geladeira de Margaret eram meia laranja, um pedaço de queijo cheddar em um Ziploc, um engradado de Perrier e uma caixa de supositórios laxativos, porque a mãe dela estava de dieta outra vez.

Glee estava agitada pela falta de sono, contando para ninguém específico o passo a passo de como elas passaram a noite inteira procurando por Gretchen, e quanto ela ficara preocupada o tempo inteiro. Margaret estava no mundo da lua, parada diante da cafeteira, observando-a encher. As garotas fediam. As canelas de Abby ardiam por causa dos arranhões, seus braços pareciam cobertos de hematomas, e seu couro cabeludo doía no ponto onde uma mecha de cabelo fora arrancada. Insistia com Gretchen para que fossem embora, mas a amiga se movia em círculos. Primeiro, queria sair para procurar a camiseta na floresta, depois não conseguia encontrar a carteira, depois as chaves de casa não estavam na bolsa. Margaret estava esperando, mas depois que Gretchen botou a bolsa no chão e não conseguiu encontrá-la pela terceira vez, Margaret saiu pisando forte em direção ao chuveiro e bateu a porta do banheiro. Finalmente, finalmente, *finalmente*, as duas carregaram o porta-malas do Sujinho e saíram de ré depressa.

— Devíamos ter esperado por Margaret — murmurou Gretchen, apoiada na janela do lado do carona.

— Nós vamos ver ela na segunda-feira — disse Abby. — Nossa prioridade agora é chegar em casa antes de seus pais.

Ela foi quicando com o Sujinho pela estrada de terra ladeada de carvalhos.

— Ai — gemeu Gretchen quando sua cabeça bateu na janela.

As famílias antigas de Charleston adoravam suas grandes casas de campo e amavam suas longas entradas de carro e, quanto pior a condição em que fossem mantidas, mais se sentiam o tipo certo de pessoa. Os Middleton eram exatamente o tipo certo de pessoa. Quando seus amortecedores já não aguentavam mais danos, Abby virou à direita e pegou a estrada asfaltada de pista dupla que cortava a floresta de pinheiros desde Wadmalaw até Charleston, pisando no acelerador. O motor de enceradeira do Sujinho zuniu como louco.

— Você tem doze dólares para me emprestar? — perguntou Abby.

Gretchen apenas mexeu no rádio.

— Gretchen?

Silêncio. Abby decidiu tentar a explicação longa.

— Eles me descontaram no contracheque desta semana, mas vão compensar no próximo. Não vamos conseguir chegar em casa se não abastecermos um pouco.

Houve uma longa pausa antes de Gretchen dizer:

— Não me lembro de nada da noite de ontem.

— Você se perdeu — explicou Abby. — E passou a noite naquela construção. Tem um posto de gasolina em Red Top.

Gretchen pensou por um momento.

— Não tenho dinheiro nenhum — afirmou.

— Eles aceitam cartões — disse Abby.

— Eu tenho um cartão? — perguntou Gretchen, esperançosa.

— Na sua carteira — respondeu Abby.

Abby sabia que o pai de Gretchen lhe dera um cartão de crédito para emergências. Com exceção de Abby, todas as garotas ganhavam dinheiro para a gasolina, e cartões de crédito e mesadas, porque nenhum pai queria que a filha ficasse presa em algum lugar sem dinheiro para voltar para casa. Menos o pai de Abby. Ele não ligava muito para nada que não fosse um cortador de grama.

Gretchen puxou a bolsa para o colo e remexeu em seu interior até encontrar a carteira. Abriu-a e paralisou.

— Quanto você tem? — perguntou Abby.

Nada além do zunido do motor do Sujinho.

Abby arriscou um olhar rápido para a amiga.

— Gretchen? — chamou. — Quanto?

Ela se virou para Abby e, no sol da manhã, era possível ver que seus olhos estavam cheios de lágrimas.

— Dezesseis dólares — disse ela. — É o suficiente para a gasolina e uma Coca Diet, certo? Tudo bem se eu tomar uma Coca Diet?

— Claro — respondeu Abby. — O dinheiro é seu.

A luz refletiu nas lágrimas que escorreram pelo rosto da amiga.

— Gretchen? — chamou Abby, subitamente preocupada.

A luz do sol tremeluzia através das árvores enquanto elas avançavam, tornando-se forte e sólida quando deixaram a floresta de pinheiros para trás. Plantações de tomates e terra preparada para cultivo se espalhavam por hectares planos dos dois lados da estrada. Gretchen inspirou profundamente e soltou um soluço trêmulo.

— Eu só queria muito mesmo… — Gretchen se calou, emocionada. Tentou novamente. — Preciso que tudo volte ao normal.

Abby estendeu a mão e apertou a da amiga. Sua pele estava fria, mas o interior do carro estava esquentando com o sol.

— Você vai ficar bem — afirmou Abby. — Eu prometo.

— Tem certeza? — perguntou Gretchen.

— Total e absoluta — disse Abby.

Quando chegaram a Red Top, a luz da gasolina estava acesa e Gretchen começou a se acalmar.

✝

As duas permaneceram em silêncio pelo resto do trajeto para casa. Gretchen, recostada no assento, mexia no cabelo, e, exausta, estendia as pernas cobertas de lama seca. Quanto mais perto chegavam de Mt. Pleasant, mais feliz Abby se sentia. Estavam sobre a primeira seção da ponte quando Bobby McFerrin começou a assoviar. Abby aumentou o volume de "Don't Worry, Be Happy", e a mensagem tranquilizadora do rádio preencheu o carro. Todo mundo estava na igreja, então não havia engarrafamento. O sol se refletia nas ondas da baía, e não havia nada no mundo que não pudesse ser consertado por uma boa noite de sono.

Abby pegou a direita no ponto onde o posto de gasolina dividia a Coleman Boulevard em duas e avançou pela Old Village em dignos quarenta quilômetros por hora. Carvalhos formavam túneis acima das ruas, suas raízes de vez em quando explodindo no meio da pista e forçando o asfalto a se dividir em torno delas. Não parecia um bairro de subúrbio; era como se passeassem por uma floresta com várias fazendas. Elas passaram pela Sweet Shoppe de tijolos com suas quadras de basquete, depois pelo cemitério confederado coberto de musgo na colina, pela pequena delegacia, pelas quadras de tênis. Passaram por casa após casa, e todas confortaram e acalmaram Abby.

Havia construções vermelhas com detalhes em branco. Mansões sulistas amarelo-magnólia cercadas por varandas com colunas brancas gigantescas. Chalés de madeira com telhados de ardósia musgosos. Grandes construções vitorianas de dois andares envoltas por alpendres inclinados. Não era possível ver o céu acima, só a parte inferior de um infinito dossel de folhas verdes e prata escorrendo barbas-de-velho. Todos os gramados eram bem-cuidados, todas as casas, recém-pintadas, todos que passavam fazendo caminhadas acenavam, e Abby acenava de volta.

A única falha na perfeição de Old Village eram grandes manchas laranja borrifadas na lateral das casas pelos irrigadores automáticos. A água municipal era cara e, para piorar, cheia de flúor. Podia até ser boa para as crianças, mas, pelo amor de Deus, não para regar canteiros vencedores do jardim do mês do Alhambra Hall. Por isso, todo mundo cavava poços externos para abastecer seus irrigadores e, como o lençol freático de Mt. Pleasant era carregado de ferro, tudo ficava manchado de laranja: entradas de carro, calçadas, grades de varandas, paredes de madeira. Depois de anos de borrifos constantes, as propriedades pareciam ter icterícia, aí os vizinhos reclamavam, e era preciso repintar a casa. Mas esse era o preço a pagar para viver no paraíso.

O Sujinho entrou na Pierates Cruze, onde galhos de carvalho se estendiam baixos sobre gramados e se penduravam perto o bastante da rua para raspar no teto do carro. Pedras batiam no chassi enquanto elas avançavam pela rua de terra, os pneus levantando uma nuvem bege preguiçosa quando Abby parou em frente à casa de Gretchen, que tinha apenas um quadrado de asfalto reservado para estacionamento. Ela puxou o freio de mão (o Sujinho tinha uma tendência a sair andando) e se virou para abraçar Gretchen.

— Você está bem? — perguntou Abby.

— Estou muito ferrada — disse Gretchen.

Abby olhou para o relógio digital colado em seu painel: 10h49. Os pais de Gretchen costumavam chegar da igreja às onze e meia. Havia bastante tempo para ela lavar os sapatos, entrar, tomar um banho e botar a cabeça no lugar, mas precisava se mexer. Em vez disso, ficou olhando fixamente pelo para-brisa. Ela precisava de palavras de incentivo.

— Sei que você está muito assustada — falou Abby. — Mas garanto que as coisas não são tão ruins quanto parecem. Nada do que está sentindo é permanente. Mas você precisa entrar, tomar banho e voltar ao normal, senão seus pais vão matar você.

Ela se inclinou e abraçou Gretchen.

— "Eye of the Tiger" — disse Abby.

Gretchen olhou para a alavanca de câmbio e assentiu. Então assentiu outra vez, com mais firmeza.

— Está bem — falou. — "Eye of the Tiger".

Ela empurrou a porta com o ombro, se levantou e saiu do carro, batendo a porta e cambaleando pela entrada de carros até sua casa. Abby torceu para que ela se lembrasse de deixar os sapatos do lado de fora.

Gretchen estava com frio. Gretchen estava cansada. Gretchen tinha passado a noite inteira sozinha na mata. Elas se encontrariam mais tarde, disse Abby a si mesma. Alugariam um filme ou algo assim. Estava tudo bem. *Don't worry, be happy.* Não se preocupe, seja feliz.

Abby via a Old Village pelo retrovisor quando dirigiu de volta pela Coleman Boulevard e seguiu na direção da Rifle Range Road, onde ninguém dizia para os outros repintarem sua propriedade. Na vizinhança de Abby, reclamar que a casa de uma pessoa estava um pouco alaranjada podia render um tiro.

Ela passou em frente ao posto de gasolina; do outro lado da rua, ficava o vendedor de amendoim cozido e estátuas de jardim, em um barraco cercado por centenas de bebedouros de concreto para pássaros. Então passou pela igreja Ebenezer Mount Zion, Metodista Episcopal Africana, que marcava a fronteira de Harborgate Shores, uma subdivisão padronizada que se estendia por quilômetros. Depois disso, as casas ficavam menores, e os jardins, cheios de reboques de barcos e sujeira. Abby passou por um aglomerado de casas de tijolos estilo rancho com falsas colunas coloniais sustentando varandas inutilizadas, depois a paisagem foi dominada por barracos de beira de estrada, casas quadradas de tijolos de concreto e telhas de metal e, finalmente, avistou a entrada de sua casa.

Ela encostou o carro diante da construção triste e caindo aos pedaços, com sua viga quebrada; seus ares-condicionados de janela barulhentos, e o exército de cortadores de grama defeituosos semicobertos pelas ervas daninhas, a única vegetação que crescia em seu jardim. Apesar de possuir cerca de trezentos cortadores de grama, o pai de Abby nunca as aparava.

Entrar na casa de Gretchen era como abrir a cabine pressurizada de uma espaçonave reluzente e adentrar um ambiente estéril. Chegar à casa de Abby era como escancarar à força a porta encharcada de um barraco caipira e invadir uma caverna bolorenta. Havia caixas empilhadas junto à parede e quadros amontoados pelo corredor porque, mesmo quatro anos depois da mudança, a mãe de Abby ainda não havia desembalado todos os pertences.

O sr. Lang estava sentado no sofá surrado, sem camisa, a barriga sem pelos dobrada sobre o colo, segurando uma tigela de isopor com cereais, com os pés apoiados na mesa de centro arranhada. A TV estava ligada.

— Oi, pai — cumprimentou Abby.

Ela atravessou a sala de estar e beijou seu rosto.

Os olhos dele não se desviaram da tela.

— Hum.

— O que você está vendo? — perguntou Abby.

— *Gobots*.

Abby chegou para o lado e assistiu a motocicletas se transformarem em robôs sorridentes e caças a jato dispararem raios laser dos pneus. Ela esperou que uma conversa começasse. Isso não aconteceu.

— O que vai fazer hoje? — perguntou ela.

— Consertar aparadores de grama.

— Eu preciso trabalhar hoje — comentou Abby. — Talvez vá para a casa de Gretchen depois. A que horas mamãe chega?

— Tarde.

— Quer que eu pegue uma tigela de verdade para você?

— Hum. — Ele deu de ombros.

De acordo com seu histórico, isso era praticamente tudo o que ela podia esperar dele, então Abby seguiu para a cozinha, pegou uma maçã verde e atravessou depressa a casa desmazelada até seu quarto. Abriu e fechou a porta o mais rápido possível, de modo que nem um pouco do gás venenoso que deprimia tanto seus pais pudesse segui-la.

Ninguém podia entrar no quarto de Abby. Ele pertencia a uma casa diferente, construída por ela mesma com o próprio dinheiro e trabalho pesado. Um papel de parede com linhas diagonais em rosa e prata forrava as paredes, e um carpete de círculos pretos e brancos com um grande triângulo vermelho vazado sobre eles cobria o chão. Havia um aparelho de som com dois toca-fitas da JC Penny em cima de uma caixa de leite que ela forrara com tecido prateado, o telefone do Mickey que ela ganhara de Natal ao lado de sua cama, e sua TV colorida Sampo de dezenove polegadas sobre uma mesa de centro de vidro.

Uma reluzente penteadeira cor-de-rosa e preta ficava posicionada contra uma parede. A moldura do espelho redondo estava coberta por várias fotos instantâneas: Gretchen na cama com as cobertas puxadas até o pescoço quando teve mononucleose; Gretchen e Glee muito gatas em seus biquínis verde-néon e pretos na praia; Margaret saltando no ar sobre o esqui aquático; as quatro posando na festa semiformal do nono ano; Gretchen e Abby com suas trancinhas na Jamaica.

A cama de Abby era um ninho alto e macio, mantida de pé em três lados por grades ornamentadas de metal branco que chacoalhavam sempre que ela deitava. Tinha uma pilha alta de edredons e cobertores, seis enormes travesseiros cor-de-rosa e uma montanha de seus antigos bichos de pelúcia: Geoffrey, a Girafa; Cabeça de Repolho; Wrinkles, o cachorrinho; Urso Hugga; Sparks; e Fluffy, o cãozinho fofo. Ela sabia que era infantil, mas o que podia fazer? Não aguentaria ver a tristeza naqueles olhos de plástico se os jogasse no lixo.

Tudo no quarto tinha sido pago por Abby, comprado por Abby, pendurado por Abby ou pintado por Abby, e aquele era o único lugar em que ela se sentia tão confortável quanto na casa de Gretchen. Ela botou *Arena*, do Duran Duran, no som e aumentou o volume. Gretchen lhe dera o álbum de aniversário três anos antes, e ele sempre a fazia sentir como se fosse verão e estivesse no carro com as janelas abertas. Ela atravessou o corredor em silêncio, tomou um banho bem quente para tirar a crosta de sujeira, se enrolou em uma toalha e voltou para o quarto. Era quase uma da tarde, estava na hora de botar maquiagem e ir trabalhar.

Um dia, no sétimo ano, Abby acordara com várias espinhas espalhadas por suas bochechas, sua testa e seu queixo. Sua família estava se mudando de Creekside na época, e ela estava tão preocupada e nervosa com tudo em sua vida que começou a cutucá-las. Em uma semana, seu rosto havia se transformado numa massa de cascas com pus e crateras feias e infeccionadas. Ela implorou aos pais para a levarem ao dermatologista, como Gretchen fazia, mas só recebeu como resposta o refrão do sucesso número um da mãe: "Não temos dinheiro."

Podemos ter um cachorro? "Não temos dinheiro."

Posso ter um professor particular de biologia? "Não temos dinheiro."

E escola de verão, para que eu consiga me formar antes? "Não temos dinheiro."

Posso fazer a viagem à Grécia com a turma de arte da sra. Trumbo? "Não temos dinheiro."

Posso ir a um médico para que meu rosto não se pareça com uma pizza de pus? "Não temos dinheiro."

Abby tentara Seabreeze, Noxzema e máscaras de lama St. Ives. Tudo que era anunciado na revista *Seventeen*, tudo o que aparecia na *YM*. Houve até um momento equivocado no qual ela esfregou maionese no queixo e na testa em uma estratégia fogo-contra-fogo, sobre a qual lera na *Teen*. O resultado não foi bacana. Não importava o que fizesse, as espinhas cresciam. Levara apenas cinco dias para nascerem, mas nada que ela tentasse as fazia ir embora.

Então ela parou de tocar no rosto, cortou a Coca e o chocolate, e talvez as alterações hormonais tenham ajudado também, porque, depois de três meses de humilhação, seu rosto começou a melhorar. Não totalmente, mas pelo menos foi um cessar-fogo. Mas a guerra deixara sua pele assolada por cicatrizes. Havia algumas profundas nas bochechas, maiores e rasas no meio da testa, buracos pretos enormes em seu nariz e marcas muito vermelhas delineando seu queixo.

— Só dá para ver quando a luz está num ângulo específico — disse Gretchen, tranquilizando-a.

Mas era tarde demais. Abby estava arrasada porque arruinara seu rosto e nunca sequer saíra com um garoto. Ficou no quarto por um fim de semana inteiro naquele verão; depois, na segunda-feira, Gretchen a levou à livraria Book Bag na Coleman Boulevard, onde elas folhearam todas as revistas de beleza e Gretchen roubou um livro de maquiagem. De volta em casa, elas o estudaram com mais atenção do que jamais haviam dedicado a qualquer coisa na escola, fizeram uma lista e foram até a Kerrisons, onde Gretchen gastou 85 dólares em maquiagem para ela. Abby precisou de algumas semanas de experimentos, mas, no início de setembro, já considerava seu rosto aceitável.

Às vezes, um idiota sem noção perguntava por que ela tinha cara de palhaço, e sob o sol forte ela parecia uma candidata a Miss Estados Unidos no palco, completamente maquiada, mas Abby desviava a atenção desse detalhe sendo otimista o tempo inteiro. Quando havia algo engraçado a ser dito, ela o dizia. Quando havia um ato gentil a ser feito, ela o fazia. E, no oitavo ano, quando as pessoas começaram a reinventar seus visuais em preparação para o ensino médio, todo mundo simplesmente aceitou que aquela era a aparência de Abby.

A parte ruim é que ela levava uma boa meia hora de manhã para passar esponja, pó e retocar seu rosto até que ele ficasse apresentável. Ela precisava aplicar uma camada de base, depois corretivo, então misturar e passar pó, desenhar as sobrancelhas e passar batom e blush para dar cor, deixando tudo em perfeito equilíbrio, de modo que não ficasse parecendo Tammy Faye Bakker. Mas, desde que acordasse cedo o suficiente, era até relaxante observar as cicatrizes de acne desaparecerem sob seu rosto verdadeiro à medida que ficava cada vez mais bonita, pouco a pouco.

Seu turno começava em vinte minutos, de modo que ela terminou a maquiagem, penteou a franja para cima com laquê, puxou o rabo de cavalo por dentro do boné de beisebol, passou laquê na franja de novo e deixou tudo em ordem.

Ela foi de carro até o pequeno shopping aberto na Coleman, e pelas seis horas seguintes ficou no cubo de vidro gelado do TCBY, marinando no fedor de baunilha azeda do frozen yogurt. Isso não a incomodava. Cada hora que ela passava naquele freezer gigante representava mais quatro dólares em sua conta bancária.

Estava sendo um dia bem sem graça até que, por volta das quatro e meia, o telefone tocou.

— TCBY, como posso ajudar? — atendeu Abby.

— Sangue — respondeu Gretchen. — Está tudo coberto de sangue.

Abby virou de costas para a fila de clientes e baixou a voz. Ouviu barulho de água ao fundo.

— Onde você está?

— Eu tomei um banho — respondeu Gretchen. — E resolvi raspar as pernas, mas a água ficou vermelha, e não sei se é meu sangue ou um flashback, ou se é real, ou se estou enlouquecendo.

O som ao fundo diminuiu, e Abby ouviu um zunido agudo.

— Me ajuda — murmurou Gretchen.

— Qual a quantidade?

— Muito.

— Está bem, fique de pé. Saia da banheira e pare em frente ao espelho. Pise em cima de uma toalha branca.

Dee Dee puxou a manga de Abby.

— Tem fila.

— Um segundo — articulou Abby sem emitir som, e gesticulando para dispensar a colega de trabalho, porque iogurte estava longe de ser uma prioridade naquele momento.

Ela ouviu barulho de água espirrando pelo fone, depois pingando, depois silêncio.

— Você está olhando? — perguntou Abby. — Tem sangue na toalha?

Uma pausa longa.

— Não — afirmou Gretchen com alívio na voz.

— Tem certeza? A toalha está limpa?

— Sim. Meu Deus, estou ficando louca.

— Vai ver TV. Eu falo com você à noite. Não se esquece de me ligar.

— Desculpa por incomodar você — disse Gretchen. — Vai trabalhar.

Abby desligou e, feliz por ter solucionado uma grande crise, serviu casquinhas de baunilha cobertas por raspas de chocolate com caramelo até as nove horas, quando ela e Dee Dee fecharam a loja. Ao chegar em casa, ligou a TV para ver o fim do programa beneficente do Jerry Lewis, foi para a cama, pôs um dedo no gancho de seu telefone do Mickey e esperou até exatamente 23h06. Essa era a hora do seu encontro telefônico diário com Gretchen. Ela não podia ligar para a casa de Gretchen tão tarde, e, tecnicamente, Gretchen também não deveria ligar para ela, mas desde que mantivesse o dedo no gancho e o soltasse no momento em que a campainha tocasse, seus pais nunca descobririam.

Mas, naquela noite, o telefone não tocou.

Às 7h20 de segunda, um nevoeiro vindo da baía encobria Old Village, formando um véu branco que pairava sobre o solo e turvava as linhas do horizonte. Abby entrou na Pierates Cruze e encostou o carro na frente da casa de Gretchen, cantando junto com Phil Collins, porque isso a deixava de muito bom humor. No banco traseiro havia uma bandeja de doces de flocos de arroz para acolher a Gretchen depois do fim de semana difícil.

Gretchen normalmente esperava por Abby na rua, mas nessa manhã havia apenas o Bom Cachorro Max. Ele derrubara a lixeira do dr. Bennett e estava enfiado até os ombros em lixo. Quando Abby puxou o freio de mão, ele levou um susto e se virou, parando com as patas rígidas e olhando fixamente para o Sujinho até ela abrir a porta. Então saltou por cima dos sacos de lixo brancos, prendeu as patas da frente e caiu de cara. Abby correu até a porta da frente enquanto ele se debatia.

Em vez de uma Gretchen sonolenta pronta para sua infusão de Coca Diet, a porta de vidro se abriu e revelou a sra. Lang em seu robe comprido.

— Gretchen não vai à escola hoje — informou.

— Eu posso subir? — perguntou Abby.

Ela ouviu um estrondo quando Gretchen desceu apressadamente a escada vestida para a escola, com a mochila no ombro.

— Vamos — disse Gretchen.

— Você quase não dormiu — argumentou a sra. Lang, segurando a mochila da filha e fazendo-a parar. — Eu sou sua mãe e estou mandando você ficar em casa.

— Me SOLTA! — berrou Gretchen, se retorcendo.

Abby sentiu a pele ficar quente e úmida. As brigas das duas sempre a constrangiam. Ela nunca soube como deixar claro de que lado estava.

— Fala pra ela, Abby — pediu Gretchen. — É vital para minha educação que eu vá.

A sra. Lang olhou para Abby, fazendo-a gaguejar.

— Bom — começou ela. — Hã…

A sra. Lang assumiu uma expressão perplexa e resmungou:

— Ah, Max.

Abby olhou para trás. O Bom Cachorro Max tinha corrido pela entrada e estava encarando as três como se nunca as houvesse visto antes. Um absorvente sujo estava preso a seu focinho.

— Que nojo — falou Abby, rindo.

Segurou a coleira de Max e o puxou na direção da porta.

— Não, Abby! — exclamou a sra. Lang. — Ele está coberto de sujeira.

Ela pegou a coleira e, na confusão, Gretchen escapou e correu para o Sujinho, arrastando Abby junto.

— Tchau, mãe — gritou por cima do ombro.

A sra. Lang ergueu os olhos.

— Gretchen... — chamou, mas, a essa altura, as duas já chegavam ao carro.

O dr. Bennett estava agachado ao lado de suas latas de lixo e ergueu os olhos quando elas passaram correndo.

— Mantenham a droga do cachorro longe do meu jardim — reclamou ele. — Tenho minha espingarda de ar comprimido.

— Bom dia, dr. Bennett — cumprimentou Gretchen com um aceno enquanto as duas entravam no Sujinho e Abby dava a partida.

— Por que você não ligou ontem à noite? — perguntou Abby.

— Eu estava falando com Andy.

Gretchen entregou duas moedas suadas de vinte e cinco centavos à amiga e pegou no meio dos bancos a Coca Diet que Abby sempre levava para ela.

Abby ficou irritada. Gretchen voltara do acampamento bíblico só falando em Andy, seu grande amor de verão. Andy era tão maneiro. Andy era tão gato. Andy morava na Flórida, e Gretchen ia visitá-lo. Na primeira semana de julho, ela parou de mencioná-lo, e Abby imaginou que o caso tinha acabado. Mas ali estava ele outra vez.

— Ótimo — disse Abby.

Ela odiava parecer tão amarga, então abriu um sorriso e inclinou um pouco a cabeça como se estivesse interessada. Nunca vira nenhuma foto do garoto ("Andy diz que tirar fotos é como se agarrar ao passado", explicara Gretchen em meio a um suspiro) e nunca falara com ele ao telefone ("Estou escrevendo cartas", sussurrara Gretchen. "São muito mais significativas"), mas Abby conseguia visualizá-lo com perfeição. Ele era um corcunda manco com monocelha e aparelho. Talvez um freio de burro.

— Ele já tomou ácido — contou Gretchen. — E me disse que aquele negócio na banheira foi totalmente normal. Isso acontece com muitas pessoas, então eu não sou o Syd Barrett.

Abby apertava o volante com tanta força que seus dedos doíam.

— Eu falei que estava tudo bem — disse ela com um sorriso.

Gretchen se inclinou para a frente, mexeu nas fitas de Abby e botou para tocar sua fantástica fita cassete com as gravações dos sucessos do verão. Quando entraram no estacionamento dos estudantes em meio a uma nuvem de poeira branca, as duas estavam cantando "Total Eclipse of the Heart" aos berros junto com Bonnie Tyler. Abby parou em uma vaga no fim da fileira de carros, pôs o Sujinho em ponto-morto e puxou o freio de mão. Estavam de frente para as quadras esportivas que levavam às acomodações do diretor, onde cinco dos cachorros vira-latas que moravam no pântano corriam uns atrás dos outros em meio à névoa.

— Pronta para o Colégio Albemarle? — perguntou Abby.

Gretchen se encolheu, em seguida se virou para o banco de trás.

— Estou tendo flashbacks.

— Como assim?

— Fico sentindo alguém tocando minha nuca — explicou Gretchen. — Isso não me deixou dormir a noite inteira.

— Carambolas — disse Abby. — Você virou *mesmo* o Syd Barrett.

Gretchen ergueu o dedo médio, então chamou:

— Vem. Vamos para o CA.

Elas saíram do Sujinho e seguiram para a escola. No caminho, Abby roçou a mão na nuca de Gretchen, que deu um pulo.

— Para. Você não ia gostar se eu fizesse isso com você.

O Colégio Albemarle ficava no fim de Albemarle Point, no rio Ashley, margeado por pântanos de dois lados e pela divisa com Crescent nos fundos. O Albemarle era um colégio caro e exigente, e todo mundo que estudava lá se achava melhor que o resto de Charleston.

— Opa — falou Gretchen, apontando com a cabeça à frente.

Abby olhou enquanto elas atravessavam a Albemarle Road, que separava o prédio com as salas de aula do estacionamento dos estudantes e das quadras. Aquele armário enorme, o treinador Toole, vinha na direção oposta, usando calças de ginástica obscenamente apertadas.

— Senhoritas — disse ele com um aceno de cabeça ao passar.

— Treinador — chamou Gretchen, puxando a mochila para a frente e levando a mão ao interior. — Quer algumas nozes? Minha mãe me deu um saco.

— Não, obrigado — respondeu ele, ainda andando. — Tenho meu próprio saco.

As duas garotas se entreolharam, incrédulas, então saíram correndo, rindo e subindo a calçada ao lado das pistas reservadas para desembarque de alunos. Trey Sumter, com o dever de casa atrasado já no início do ano, estava sentado no banco perto do mastro onde ficava a bandeira e implorou a elas quando passaram:

— Vocês fizeram aquelas questões de geografia?

— Rocha ígnea, Trey — disse Gretchen. — A resposta é sempre rocha ígnea.

As duas viraram a esquina e entraram na passagem coberta, com a secretaria de um lado e as portas de vidro que levavam à ala dos alunos mais velhos do outro, então atravessaram o gramado vasto e verde, onde a torre do sino assomava à frente, e chegaram ao meio da escola, sendo cercadas pelo corpo estudantil do Colégio Albemarle.

— Ai, meu Deus, me poupe — reclamou Gretchen. — Somos todos tão patéticos.

Os alunos eram filhos de médicos, advogados e presidentes de banco, herdeiros de barcos, cavalos, fazendas no campo ou casas históricas no centro. E eram exatamente iguais.

O guia do estudante do Colégio Albemarle era a Bíblia, e o código de vestuário era claro: vestir-se como seus pais. Os alunos reservavam os cabelos volumosos, as cores berrantes e as ombreiras exageradas para os fins de semana. Nos dias úteis, as roupas seguiam o estilo de um colégio de elite da Nova Inglaterra. As garotas se vestiam como "jovens senhoras", os garotos, como "jovens cavalheiros", e se você não soubesse o que isso significava, não pertencia ao Albemarle.

Era pior para os garotos. Eles faziam compras na M. Dumas, a loja chique-decadente na King Street, onde suas mães escolhiam um visual para eles no sétimo ano que seria mantido pelo resto da vida: calças cáqui, camisas polo de manga comprida no inverno, camisas da Izod de manga curta na primavera. Depois da faculdade, eles acrescentavam um blazer esportivo azul-marinho, um terno de anarruga e uma variedade de gravatas "divertidas" para o primeiro emprego em um escritório de advocacia local ou no banco dos pais.

As garotas tentavam. De vez em quando, uma rebelde como Jocelyn Zuckerman aparecia com trancinhas afro que, embora não fossem explicitamente banidas pelo código de vestuário, eram consideradas escandalosas a ponto de a mandarem para casa. Mas, na maior parte do tempo, elas mantinham sua autoexpressão dentro do código de vestuário por meio de soluções alternativas. Golas rolê brancas eram para garotas que queriam atrair a atenção para os peitos sem mostrar decotes proibidos. Garotas que achavam que tinham bundas bonitas usavam leggings que destacavam seus atributos. Discretas estampas animais (leopardo, tigre, zebra) eram populares entre garotas que tentavam projetar personalidades únicas. Porém, por mais que tentassem, todas pareciam iguais.

Porque não eram apenas suas roupas. O Albemarle oferecia instrução do primeiro ano do ensino fundamental ao último do ensino médio, mas havia apenas 72 alunos na mesma série de Abby, e a maioria estudava ali desde o primeiro ano. Tinham ido de carro ao Brownies juntos e frequentado o Cotillon juntos, e suas mães faziam parte da Sociedade dos Hibernians juntas, e seus pais faziam negócios e caçavam aves juntos.

Era uma escola onde todo mundo reclamava da carga de trabalho, mas criticava as escolas públicas por serem "fáceis demais". Onde todo mundo detestava o código de vestuário, mas ria dos "caipiras" que andavam pelo Citadel Mall em jeans gastos e com mullets. Onde todos estavam desesperados para ser únicos, mas morriam de medo de se destacar.

Ao soar do primeiro sinal, elas seguiram para suas aulas, e Abby passou o dia distribuindo doces de flocos de arroz por onde fosse: na aula de Introdução à Programação, onde o professor novo, sr. Barlow, lhes disse que era proibido comer perto dos computadores; depois na de

Geometria com a sra. Massey, que os confiscou, comeu dois e devolveu a bandeja no fim da aula; e na aula de História Americana, onde Abby se assegurou de que todo mundo pegasse seu doce antes do segundo sinal tocar e o insuportável sr. Groat aparecesse e mandasse todo mundo jogá-los no lixo.

Assim que tocou o sinal do almoço, Abby se encontrou com Gretchen, e as duas seguiram para o gramado. Emoldurado pela secretaria e delimitado pela passagem coberta de um lado e o auditório do outro, a área verde se estendia à sombra da torre do sino. Localizada ao lado da entrada do auditório, a torre era um monólito retangular de quatro andares feito de tijolos cor de ferrugem e encravado no coração da escola como uma estaca. Na face virada para o gramado, grandes letras de metal informavam o lema da escola: "Fé e Honra".

Elas encontraram Glee e Margaret sentadas ao sol em um dos bancos de Charleston perto dos jogadores de bocha. Abby e Gretchen se jogaram na grama, pegaram suas maçãs verdes e seus copos de iogurte, e logo estavam falando sobre a noite de sábado como se fossem macacas velhas que tomavam ácido desde Woodstock.

— Vocês estão tendo flashbacks?

— Aham — respondeu Margaret. — Eu vi sua cara na bunda de um cachorro.

— Isso nem tem graça — disse Abby. — Gretchen teve flashbacks.

Todas olharam para Gretchen, que deu de ombros.

— Eu só estava cansada — disse ela.

Abby achou estranho. Gretchen adorava dividir um drama.

— O que aconteceu? — perguntou Glee.

— O ácido não funcionou — explicou Margaret. — Então nada aconteceu.

— Achei que tinha cortado as pernas me raspando — contou Gretchen. — Não foi nada de mais.

— Que bizarro — disse Glee. — Você estava na banheira? Achou que ia sangrar até a morte?

Gretchen começou a arrancar tufos de grama, e Abby veio ao resgate.

— Eu ouvi coisas na mata quando estava procurando por ela — falou.

— Que tipo de coisas? — perguntou Glee, inclinando-se para a frente.

— Barulhos estranhos — respondeu Abby. — E vi uma construção antiga.

— Ah, sim. Aquele troço — disse Margaret, desinteressada. — É tipo um monumento histórico que não podemos derrubar. Nojento.

Abby se voltou para Gretchen.

— Você se lembra de alguma coisa?

Gretchen não estava ouvindo. Estava curvada para a frente e, enquanto Abby olhava, seus ombros estremeceram, e ela se encolheu outra vez.

— Alô, alô, mundo da lua — chamou Margaret. — O que aconteceu quando você estava pelada no meu jardim?

— Quem estava pelada? — perguntou uma voz.

De repente, Wallace Stoney estava entre elas.

O clima mudou na mesma hora. As garotas podiam relaxar quando estavam sozinhas, mas Wallace Stoney era do último ano, e um garoto, e jogador de futebol americano. Achava que amizades eram emocionais, e emoções eram fraquezas, e fraquezas deviam ser esmagadas.

— Gretchen — disse Margaret, abrindo espaço no banco.

— Vocês deviam ter tomado cogumelos — falou.

Ele se sentou ao lado de Margaret, empurrando Glee para fora. Ela se levantou e se juntou a Abby e Gretchen na grama.

Wallace Stoney tinha uma cicatriz no lábio, e Abby sempre foi fascinada pelo fato de isso não o ter tornado uma pessoa melhor. Na verdade, ele era um enorme babaca, e elas o toleravam apenas por ser do último ano e estar saindo com Margaret, que por sua vez só o aturava porque ele fazia tudo o que ela mandava.

Ele passou um braço desajeitado em torno de Margaret e puxou as pernas dela sobre seu colo.

— O sexo é muito intenso quando se está sob efeito de cogumelos — disse ele, olhando nos olhos dela.

— Vocês vão me fazer vomitar — reclamou Glee. — Vou para o laboratório de computação.

— CDF! — gritou Margaret enquanto ela se afastava.

— Eu vou junto — disse Gretchen, se levantando.

— O que houve? — Wallace lançou um olhar provocador. — Deixei as virgens desconfortáveis?

Gretchen parou, se virou e o encarou por um longo segundo.

— Olha só quem fala — disse, e saiu andando atrás de Glee.

Abby se levantou para segui-las.

— Vou deixar vocês à vontade para enfiar a língua na boca um do outro.

Quando alcançou Gretchen, o sinal tocou, por isso ela não voltou a vê-la até o treino de vôlei. Seu primeiro jogo estava chegando, e seria totalmente humilhante se perdessem. No ano passado, elas derrotaram Ashley Hall por doze a zero, mas agora as melhores jogadoras do time júnior da escola tinham subido para o time principal, e a treinadora Greene não estava otimista.

— Vocês são o bando de garotas mais desmotivado e incompetente que eu já vi, parece que jogam para perder — disse ela. — Vão para casa e pensem se realmente querem jogar no time júnior este ano. Porque, se não estiverem empolgadas, eu nem quero que entrem em quadra.

— Valeu, treinadora — resmungou Margaret na saída. — Isso foi muito inspirador.

— Eu não sou sua mãe, Middleton — respondeu a treinadora Greene. — É hora de acordarem e caírem na real, garotas.

Margaret e Abby reviraram os olhos uma para a outra, então Margaret foi assistir ao ensaio de Wallace na banda enquanto Abby e Gretchen se dirigiram para o estacionamento. Ela percebeu Gretchen se encolher outra vez.

— O que está havendo?

— Os flashbacks estão piorando — disse Gretchen.

— Andy não disse que era totalmente normal? — perguntou Abby.

— Ele não sabe do que está falando — respondeu Gretchen, e Abby sentiu o coração dar um pulinho de felicidade. — É como se alguém estivesse tocando minha nuca o dia inteiro. E está acontecendo mais. A cada segundo é tipo toque-toque-toque.

Elas atravessaram a rua e caminharam entre os carvalhos cobertos de musgo que guardavam o portão do estacionamento dos estudantes, chutando pedrinhas e sentindo o cascalho branco afiado espetando seus pés através da sola dos sapatos. A maioria dos carros já tinha ido embora, e o Sujinho estava parado no fim da fileira de vagas, completamente sozinho.

— Tipo assim? — perguntou Abby, estendendo um dedo e cutucando o ombro de Gretchen. Toque.

— Não tem graça — disse Gretchen. — Eu não consegui dormir a noite passada. No segundo em que relaxei, mãos começaram a tocar meu rosto e puxar minhas pernas. Acendi a luz, e elas pararam, aí comecei a pegar no sono e elas voltaram a me tocar.

— Vai passar logo — falou Abby, tranquilizando-a. — Faz menos de 48 horas. Não tem como esse negócio ficar no seu organismo para sempre.

Ela conseguiu soar confiante, como se fosse uma especialista em meia-vida de drogas alucinógenas.

Gretchen apertou a alça da mochila no ombro.

— Se eu não conseguir dormir um pouco esta noite, vou ficar maluca. Meu rosto todo dói.

Abby a cutucou no ombro outra vez, e Gretchen deu um tapa para afastá-la.

Era só mais um dia normal para Abby.

Ela não sabia que era o princípio do fim.

— Alguns dos alunos do último ano já podem ter visto isso em festas — disse a treinadora Greene, parada no pódio em frente à assembleia dos alunos do ensino médio, segurando uma garrafa de vidro verde. — O fabricante o chama de Bartles and Jaymes, mas a Polícia do Condado de Charleston o chama de "bebida do estupro".

Sentada ao lado de Abby, Gretchen se moveu bruscamente para a frente, se encolhendo. Ela se virou para ver quem a havia tocado, mas claro que não fora ninguém. Sussurros e risos abafados irromperam atrás delas: Wallace Stoney e seus colegas de futebol americano, John Bailey e Malcolm Zuckerman (que começara a se chamar de Nuke por alguma razão desconhecida).

— O gosto é doce — prosseguiu a treinadora Greene. — Custa cerca de um dólar e, no calor, se você não tomar cuidado, pode tomar três ou quatro sem nem perceber. Mas não se enganem: cada uma dessas garrafas contém mais álcool que uma lata de cerveja. Se você é uma moça, isso pode deixá-la facilmente em uma situação na qual seu bem mais precioso seja arruinado. Vocês sabem do que eu estou falando.

Ela fez uma pausa dramática e examinou a plateia, desafiando um estudante sequer a fazer uma piada. O riso era fatal quando o assunto era Para Seu Próprio Bem.

— Certas coisas, depois de quebradas, não podem ser consertadas — disse a treinadora Greene. — Às vezes basta um erro para arruinar algo irreparável, seja sua reputação, o bom nome de sua família, ou o seu... bem... mais... valioso.

Abby queria se inclinar e sussurrar em tom solene para Gretchen: Seu... Bem... Mais... Valioso. As palavras tinham potencial para se tornarem uma daquelas coisas que elas diziam umas para as outras o tempo inteiro, como "Nik Nak Woogie Woogie Woogie", o grito de amor do coala, ou "Forte, forte, forte... fraco, fraco, fraco", do comercial de saco de lixo da televisão. Mas desde que se jogara no banco do carona do Sujinho naquela manhã, Gretchen estava com olhos turvos e infelizes, seus nervos agitados e à flor da pele.

Mãos invisíveis a haviam tocado a noite inteira, Gretchen contara a Abby. Tocaram seu rosto, lhe deram tapinhas nos ombros, acariciaram seu peito. Ela ficou deitada na cama por horas, totalmente imóvel, rezando para que os flashbacks parassem enquanto lágrimas escorriam por suas têmporas e se acumulavam em seus ouvidos. Por volta das duas da madrugada, levou o telefone sem fio para o quarto, ligou para Andy e conversou com ele por duas horas até finalmente pegar no sono. Quando acordou, ao amanhecer, estava feliz por ter conseguido dormir por duas horas seguidas, então sentiu uma mão roçar sua barriga, correu para o banheiro e vomitou.

— Não sei dizer o número de alunas que chegam chorando em minha sala — contou a treinadora Greene no grande palco de madeira clara em frente ao auditório. — Vocês não sabem o valor de uma coisa até perdê-la.

Abby pensou na possibilidade de Gretchen estar exagerando. Por quanto tempo os flashbacks podiam durar? Mas parecia real. Mais cedo naquela manhã, Gretchen dormira na aula de História Americana, fazendo o sr. Groat bater em sua carteira e resmungar através do bigode que talvez ela achasse a secretaria mais interessante.

— Eu estou falando do futuro de vocês, gente — gritou a treinadora Greene. — Basta um pequeno descuido para ele ser arruinado permanentemente. Assim!

Ela estalou os dedos, que soaram como ossos se quebrando. Fez uma pausa para que todos absorvessem a importância de suas observações. Uma camada de suor brilhava acima de seus lábios.

O enorme sistema de ar-condicionado roncava e expelia ar frio pelos dutos de ventilação no teto. Alguém do outro lado do auditório tossiu. No silêncio, Gretchen deu outro solavanco para a frente, fazendo a cadeira chacoalhar. Abby lançou um olhar para a amiga. Seu ombro direito se remexia como se alguém o empurrasse sem parar, jogando-o para a frente e para trás. Abby nunca fazia orações na capela, mas nesse momento rezou para que a treinadora Greene não percebesse o distúrbio.

— Para com isso — disse Gretchen em voz baixa.

Suor frio escorria pelas costelas de Abby.

— Shh — sussurrou ela.

— Um bem — repetiu a treinadora Greene, agitando a garrafa de maneira dramática. — Você só pode dá-lo uma vez, e deve ser para a pessoa amada, não...

— Para com isso! — gritou Gretchen, levantando e virando para trás com o rosto vermelho.

Todos no auditório viraram bruscamente a cabeça em sua direção, todos os alunos se inclinaram para a frente, todos de repente focados em Gretchen, seu rosto vermelho, seus braços tensos, seu corpo trêmulo.

— Eu não fiz nada — disse Wallace Stoney, recostando-se na cadeira e erguendo as mãos em um gesto de rendição.

— Posso ajudá-la, srta. Lang? — perguntou a treinadora Greene.

— Gretchen — sussurrou Abby pelo canto da boca. — Senta. Agora.

— Algum problema, srta. Lang? — perguntou a treinadora Greene, enfatizando cada palavra.

— Alguém não para de me tocar — respondeu Gretchen.

— Aí você acordou — murmurou Wallace Stoney, provocando uma onda de risos entre os garotos ao redor.

— Silêncio! — gritou a treinadora Greene. — Estou entediando você, srta. Lang? Porque posso repetir tudo em uma aula no sábado se preferir.

Ou talvez você possa escutar meu discurso de novo quando estiver chorando em minha sala depois de jogar seu tesouro na sarjeta e envergonhar a si mesma, à sua família e à sua escola. Você gostaria disso?

Gretchen devia ter dito: "Não, senhora." Devia ter pedido desculpas, se sentado e aguentado a bronca. Em vez disso, para o horror de Abby, ela discutiu.

— Wallace não para de tocar minha nuca.

— Nos seus sonhos! — disse Wallace.

Até a sra. Massey, sentada no fim de sua fileira, deixou escapar uma risada antes de assumir sua expressão de professora e se inclinar para a frente, estendendo um dedo autoritário para Wallace e dizendo:

— Chega.

— Mas eu não fiz nada — protestou Wallace.

— Nós vimos — disse Nuke Zuckerman em defesa do amigo. — Ele estava só aqui sentado. Ela é maluca.

A treinadora Greene apontou para Gretchen com a garrafa verde.

— Espere no saguão, Lan. Ou melhor, vá para a secretaria e espere pelo Major. Ele vai ter uma ideia melhor de como lidar com você.

— Eu não fiz nada! — gritou Gretchen.

— Para fora, agora mesmo! Andando!

— Mas...

— Agora!

Abby olhou para baixo, encarando as mãos e torcendo os dedos.

— Não é justo — murmurou Gretchen.

Ela se arrastou por cima das pernas de Abby e saiu cambaleando pela fileira, exausta e desconjuntada. Talvez ela tenha perdido o equilíbrio, talvez alguém tenha esticado a perna na sua frente, mas, quando chegou ao corredor largo que levava às portas de saída, Gretchen tropeçou e caiu de quatro. Foi aí que o "uuh" começou.

Ninguém sabe como acontece nem quem começa, mas é o mesmo som que irrompe espontaneamente quando alguém quebra um copo no refeitório. Um som baixo e longo de censura e vergonha que foi emitido com

suavidade pelas trezentas gargantas e encheu o auditório: "Uuuuhhhh".
Tão implacável e constante quanto uma sirene de ataque aéreo, ele acompanhou Gretchen em sua longa caminhada pelo corredor até as portas duplas enquanto Abby permanecia sentada com as costas tensas, mortificada, recusando-se a se juntar ao coro.

— Parem com isso! — berrou a treinadora Greene, batendo palmas duas vezes na frente do microfone. — Chega, acabou!

Ela pegou o apito pendurado em seu pescoço, se inclinou para a frente e o soprou uma única vez, breve e forte. O microfone guinchou, o coro parou e os alunos levaram as mãos aos ouvidos em uma demonstração exagerada de dor.

— Vocês acham isso engraçado? — gritou a treinadora Greene. — Há pessoas lá fora esperando que vocês se distraiam por um único segundo para poderem botar drogas em sua Coca-Cola: GBH, LSD, PCP. Acham que eu estou mentindo? Leiam um jornal.

Nesse momento, o Major se ergueu de sua cadeira na primeira fila e caminhou com passos pesados até o pódio, onde afastou bruscamente a treinadora Greene para o lado.

— Quietos — murmurou ele em seu tom abafado e monótono. — Quietos, todos. Obrigado, treinadora, pela informação valiosa.

Ele bateu as mãos grandes em um ritmo abafado que prosseguiu até os professores entenderem a deixa e acompanharem, seguidos pelos alunos, que se juntaram a eles em uma salva de palmas irregular.

— Eu gostaria de aproveitar este momento para transmitir minha mais profunda decepção com todos vocês — disse o Major com sua voz trovejante. — Os valores básicos fundamentais do Colégio Albemarle estão incorporados em nosso lema: Fé e Honra. Esta manhã eu perdi a fé em vocês.

Ele estava sempre decepcionado com todo mundo. Era seu único estado de espírito. Ele era barrigudo e cinzento: cabelo cinza, pele cinza, olhos cinza, língua cinza, lábios cinza. Estudara em Albemarle quando garoto e trabalhara como professor ou diretor por mais de três décadas, e durante todo esse tempo ele se decepcionou com todos os alunos que passaram por suas portas.

— O ano letivo mal começou e já há incidentes de vandalismo no aloja-mento do último ano — continuou, sobrepondo-se a todos os que sussurra-vam diante dele. — Houve alunos parando no estacionamento de estudantes do último ano sem ter nitidamente visível nas janelas o adesivo necessário. Adolescentes foram vistos fumando no campus. A partir desta tarde e até o fim do semestre, o alojamento do último ano ficará fechado. Conversei com o conselheiro, o sr. Groat, e ele concorda com minha decisão.

Houve uma pausa. O ar parecia carregado.

— Além disso — prosseguiu o Major —, qualquer aluno que pare no estacionamento do último ano sem o adesivo requisitado no carro vai re-ceber uma suspensão. A disciplina…

Sussurros irrompiam pela plateia. A treinadora Greene avançou pelos corredores anotando nomes.

— Silêncio. A disciplina é o treinamento que torna a punição desneces-sária. Agora, vamos cantar o hino de nossa *alma mater*.

A sra. Gay correu até o piano ao pé do palco e começou a tocá-lo com força enquanto o Major, a treinadora Greene e o padre Morgan, o novo ca-pelão, se levantavam e cantavam. Os professores e alunos seguiram. Abby provavelmente era a única pessoa no auditório que sabia a letra comple-ta, mas balbuciou os versos como o restante. O salão se encheu com um cântico atonal enquanto o corpo estudantil entoava elogios à escola com a mesma alegria de prisioneiros quebrando pedras.

Abby, Glee e Margaret se reencontraram na saída do auditório. Todos estavam agitados, aglomerados em grupos pelo gramado. Corriam boa-tos de que o Major iria cancelar o baile de volta às aulas ou a Semana do Espírito Escolar, ou derrubar o alojamento do último ano, ou assassinar os pais de todos os alunos e obrigá-los a ter aulas aos sábados. Ninguém sabia seu próximo passo. O homem era insano.

As três garotas, entretanto, estavam preocupadas com Gretchen. Foram até a secretaria no segundo em que a assembleia terminou, mas a srta. Toné, secretária do ensino médio, as expulsou no mesmo instante. Elas voltaram para o gramado e se sentaram onde podiam ver a porta da secretaria. Encararam com tamanha atenção que foi surpreendente ela não ter começado a pegar fogo. Viram o Major entrar. Ele levou Gretchen para sua sala. Fechou suas persianas. Elas ficaram olhando fixamente a porta da frente, quase sem falar. Precisavam ver Gretchen no segundo em que emergisse.

— E aí, suas doidonas? — disse Wallace Stoney, se jogando na grama entre Margaret e Glee e enfiando a língua na boca de Margaret.

— Cara — disse Glee. — Estou com ânsia de vômito. De verdade.

Com a boca ainda presa à de Wallace, Margaret mostrou o dedo médio para Glee e passou as pernas sobre o colo dele, continuando a alimentá-lo com sua língua.

— Quanta maturidade — resmungou Glee.

Abby tinha certeza de que era maravilhosamente incrível que alguém desejasse seu corpo o tempo todo, mas aquele não era o momento de ficar se esfregando no meio do gramado para exibir seu romance fantástico.

— O que você fez com Gretchen? — perguntou ela a Wallace.

— Você estava bem ali — respondeu ele, afastando-se de Margaret. — Limpa a maquiagem dos olhos, porra. É óbvio que ela anda sonhando com o meu toque, porque não consegue parar de falar nisso.

— Ela está ali dentro há meia hora por sua causa — disse Abby. — Você deveria admitir o que fez.

— Vocês duas deveriam cuidar da porra da própria vida — respondeu Wallace com calma. — Sua amizade colorida é maluca. Como isso pode ser minha culpa?

Elas o ignoraram porque Gretchen estava finalmente saindo da secretaria. Ela caminhou com dificuldade até o grupo e se jogou ao lado de Abby, sem sequer olhar para Wallace.

— O que houve? — perguntou Glee. — Você ficou lá dentro por, tipo, três horas.

Margaret limpou a saliva de Wallace do queixo, então quebrou ao meio sua barra de cereais e entregou metade a Gretchen. Ela ficava feliz até demais em se livrar de comida sólida que contivesse calorias de verdade.

— O que aquele imbecil disse? — perguntou.

Gretchen começou a despedaçar a barra de Margaret, deixando os farelos caírem na grama.

— Ele só ficou falando — contou ela. — Basicamente sobre fé e honra, e como há uma guerra nos Estados Unidos pelas almas de seus filhos ou algo assim. Eu parei de ouvir. Ele queria saber se eu tinha usado drogas.

— É — disse Wallace. — Comprimidos idiotas.

Todo mundo ignorou.

— O que você respondeu? — perguntou Margaret, sentindo um medo irracional de que Gretchen pudesse ter entregado todas elas.

— Eu disse que não precisava ouvir nada do que a treinadora Greene estava falando. Aí ele disse que eu tinha que pedir desculpas a ela se quisesse voltar para o treino de vôlei. Aí eu disse que tudo bem, porque vou sair do time.

As três olharam para ela, horrorizadas. Quando você se metia em encrencas, devia tentar melhorar a situação, não piorar. Wallace Stoney deu uma risada estridente.

— Você está ferrada! — exclamou às gargalhadas.

— O que ele fez? — perguntou Abby.

— Me obrigou a ficar depois da aula — respondeu Gretchen. — Por desrespeito.

— Boa, garota — Wallace riu outra vez. — Mandou muito.

— É sério? — perguntou Abby, incrédula.

Como ela pôde simplesmente abandonar o time e deixá-la para trás?

— Se desistir do vôlei, seus pais vão matar você.

Gretchen deu de ombros. Wallace interveio outra vez, se intrometendo na conversa, sem perceber que ninguém estava achando graça.

— Você está menstruada? — perguntou ele. — Foi por isso que tentou arrumar problema para mim?

— Wallace — disse Gretchen baixinho. — Deixa de ser babaca.

Todo mundo prendeu a respiração por um instante, esperando pela reação de Margaret.

— Deixa de ser uma piranha burra — retrucou Wallace, rindo, o grande homem do último ano agredindo a aluna mais nova.

— Não precisa fingir ser o fodão com a gente — argumentou Gretchen. — Todo mundo sabe como foi a sua primeira vez com a Margaret. Você não durou nem cinco segundos.

Gretchen estava olhando fixamente para Wallace, as mãos agarrando as canelas e o queixo enfiado entre os joelhos. Ninguém ria nem ousava se mexer. Isso era um segredo enorme que Margaret contara a elas, e todas sabiam que jamais deviam repeti-lo. A cicatriz acima do lábio de Wallace ficou branca.

Margaret arrancou um tufo de grama e o jogou em Gretchen.

— Qual é o seu problema? — perguntou com rispidez.

— Só estou sendo honesta com o sr. Garanhão — disse Gretchen. — Ele é uma farsa. Não consegue transar se não estiver bêbado e implica com Abby porque ela é legal demais para retrucar. Estou cansada de ser educada com ele.

— Pelo menos eu não sou uma virgem frígida escrota — resmungou Wallace, ajeitando a postura e empurrando as pernas de Margaret para longe do seu colo.

Gretchen não hesitou.

— Pelo menos eu não cheiro a calcinha da minha irmã.

Wallace partiu para cima dela com as mãos estendidas. Glee e Abby gritaram. Todo mundo no gramado olhou, e até os jogadores de bocha interromperam o jogo para observar. Margaret pulou nas costas de Wallace e o derrubou, afastando-o de Gretchen, que se moveu para trás como se fosse um caranguejo.

— Não fode, piranha! — rosnou Wallace.

Ele se levantou como pôde, com Margaret pendurada nas suas costas.

— Você bem que gostaria — respondeu Gretchen.

Abby e Glee estavam paralisadas. *Wallace Stone cheirava as calcinhas da irmã?*

Gretchen se levantou e ficou cara a cara com Wallace. Ele parecia querer atacá-la, mas mesmo Wallace sabia que não podia bater em uma garota no meio do gramado da escola.

— Você não é bom o bastante para Margaret — afirmou Gretchen. — Você trai, mente, diz que a ama só para ela transar com você. E sabe o que é mais patético? A maneira como você não para de dar em cima de mim. Não estou interessada, seu babaca.

A mandíbula de Gretchen estava projetada para a frente, os músculos do seu pescoço estavam repuxados, e seus olhos tão arregalados que revelavam todo o branco em volta. Abby sentia que devia detê-la, mas as coisas tinham ido longe demais. Elas estavam em território novo, pelo qual ela não sabia navegar.

— Margaret devia te dar um pé na bunda — continuou. — Porque...

Então ela se inclinou para a frente e vomitou. Abby e Glee pularam para trás quando litros de um líquido quente e leitoso jorrou da boca de Gretchen em uma torrente de alta pressão, encharcando a grama entre os pés de Wallace. Abby mal saíra do raio da explosão quando o estômago da amiga se flexionou outra vez e bombeou mais litros de fluido denso e branco. Estava misturado a traços pretos que pareciam vermes. Abby se aproximou e viu que eram penas.

Wallace chegou para trás, gritando como uma garota.

— Esses sapatos são novos!

Então percebeu que todo mundo estava olhando e estufou o peito, posicionando Margaret às suas costas como um homem de verdade, protegendo sua mulher da terrível ameaça do vômito. Gretchen parou com o corpo dobrado, as mãos nos joelhos, respirando com dificuldade. As gaivotas piavam e voavam em círculos acima, se aglomerando diante da súbita abundância de comida.

— Ai. Meu. Deus — disse Glee.

— Eu... — começou Gretchen, caindo de joelhos e expelindo outro jato de vômito branco.

Quando terminou, algumas penas ficaram presas ao seu lábio inferior como pernas de aranha. Abby viu o sr. Barlow correndo na direção do grupo e as pessoas começando a se mexer. Ao longe, alguém batia palmas lentamente e assoviava. O gramado era tomado por barulho, mas Abby manteve a atenção em Gretchen. Ela ergueu a cabeça da amiga, e seus olhos se encontraram. Parecia que ela estava articulando silenciosamente: "Me ajude."

Então o sr. Barlow chegou em meio ao burburinho, puxou Gretchen de pé e a levou para a secretaria com gestos cautelosos. Wallace voltava para seus amigos, afastando-se da cena do crime, puxando Margaret atrás dele.

As pessoas começaram a se aproximar do local do desastre, mas antes que pudessem chegar perto, Abby tirou a camiseta de vôlei da bolsa para cobrir o vômito. Quando jogou o uniforme sobre a poça branca, podia jurar ter visto algumas penas pretas se remexerem e desdobrarem, enrolando-se em torno umas das outras como se estivessem vivas.

Quando Gretchen teve mononucleose no fim do oitavo ano, as amigas fizeram uma força-tarefa para cuidar dela. Abby, Margaret e Glee cobriam todas as suas aulas. Abby levava o dever de casa para Gretchen todo dia. Nos fins de semana, as três se reuniam na casa de Margaret no centro e ligavam para Gretchen, compartilhando o telefone com dois ouvidos de cada vez e contando como a prova de álgebra do sr. Vikerne tinha sido injusta, e como todos os alunos do último ano haviam se dado mal matando aula juntos, e como Naomi White fora reprovada em todas as matérias e ia repetir o ano.

Foi nessa época que Abby começou a trabalhar no TCBY, onde a sra. Lang a buscava ao fim do turno. Abby levava um copo de iogurte de baunilha com granulados coloridos e pedaços de biscoitos Oreo para Gretchen (assim que sua garganta ficou boa o suficiente), e ficava na outra cama do quarto escuro da amiga fazendo testes de revistas e lendo para ela: relatos horrendos de acidentes de esqui dos exemplares da sra. Lang da revista religiosa *The Upper Room*, histórias terríveis de bailarinas desfiguradas em incêndios domésticos em seus exemplares da também religiosa *Guideposts* e as colunas "Aconteceu Comigo" da revista adolescente de música alternativa *Sassy*, com títulos como "Minha mãe é viciada em drogas" e "Fui estuprada".

Foi nessa época que Abby e Margaret convenceram o sr. Lang a fazer uma assinatura de TV a cabo. O ano em que todas trabalharam juntas por seis semanas para cuidar de Gretchen.

Dessa vez, no entanto, Abby estava sozinha.

Gretchen não foi à aula na quinta nem na sexta. Abby sabia que ela detestava faltar, por isso ficou ligando sem parar para a casa da amiga, desesperada para saber o que estava acontecendo, mas Gretchen nunca podia atender. Quando chegou o fim de semana, Abby tentou convencer Margaret e Glee a irem até lá de carro com ela, mas Margaret se recusou.

— Ela pode me ligar e pedir desculpas, ou pode ir se ferrar — disse Margaret. — Você ouviu o que ela disse sobre Wallace? Quem sequer *pensa* uma merda dessa?

Além disso, ela ia passear de barco no fim de semana.

— Não posso ir — falou Glee. — É perturbador demais.

— E você vai passear de barco com Margaret no fim de semana — completou Abby.

Houve um longo silêncio.

— Ué, o que eu deveria fazer? — perguntou Glee. — Ficar em casa?

Abby ligou tanto para a casa de Gretchen que a sra. Lang perdeu a paciência.

— Sério, Abby, você precisa parar de ligar. Está ficando inapropriado.

Depois disso, ela passou a deixar que a secretária eletrônica atendesse.

Na segunda-feira de manhã, a sra. Lang ligou para a casa de Abby e explicou que ela mesma levaria Gretchen para a escola por causa de uma consulta médica. Abby ficou tentada a perguntar que tipo de médico, mas não queria ser chamada de inapropriada outra vez — era um jeito educado de chamá-la de pegajosa —, por isso ficou calada.

Uma tempestade tropical estava subindo pela costa, empurrando enormes nuvens carregadas de trovões na direção de Charleston. Estava tão escuro que Abby foi para a escola com os faróis ligados. Um vento cinzento e raivoso soprava forte pela passagem coberta da escola, chacoalhando a porta durante toda a aula de Introdução à Programação, depois mudou de direção e passou a gritar pelas fendas das janelas.

Foi só no quinto tempo, de Ética, que Gretchen chegou. O padre Morgan ministrava essa aula, e ele era muito jovem — e parecia demais um apresentador de previsão do tempo de telejornal, bonitinho, mas sem graça — para ser levado a sério. Por isso, quando Gretchen entrou bem depois do segundo sinal, segurando uma autorização de atraso, Abby não teve problemas em acenar para ela enquanto o padre falava.

— Toda semana, por catorze anos — dizia ele —, nós fomos levados em uma viagem maravilhosa para um lugar chamado Lake Wobegon, uma cidadezinha de quinhentas almas em algum lugar de Minnesota.

Gretchen olhava ao redor da sala com uma expressão perdida, e Abby acenou outra vez.

— Gretchen! — chamou, meio sussurrando, meio sibilando.

— É uma cidade com… Sim, Abby? — disse o padre Morgan.

Abby esmoreceu sob a atenção do professor interrompido, mesmo que fosse um professor peso-leve como o padre Morgan.

— Eu guardei um lugar para Gretchen — explicou ela.

— Maravilhoso — disse ele com um sorriso. — Agora, apesar de Lake Wobegon parecer tão real quanto Charleston, alguns de vocês vão se surpreender com o fato de ela existir apenas na imaginação de Garrison Keillor…

Gretchen olhou para as fileiras de carteiras de alto a baixo, e Abby acenou outra vez.

— Abby? — O padre Morgan sorriu outra vez. — Você gostaria de falar sobre Lake Wobegon?

— Não, senhor — respondeu Abby, baixando a mão.

Gretchen ocupou uma carteira vazia perto da porta. Enquanto o vento chacoalhava as janelas e o padre Morgan continuava a discorrer sobre Lake Wobegon e o poder da narrativa, Abby tentou descobrir o que estava acontecendo. Gretchen parecia pálida, seu cabelo estava escorrido, e ela nem estava usando gloss. Havia algo branco e seco grudado no canto de sua boca. Abby temeu que ela estivesse com mononucleose outra vez.

Depois de intermináveis trinta e nove minutos, o sinal tocou, e todo mundo saiu correndo em direção à porta, empurrando as carteiras para trás e pegando seus livros, empolgados por não precisarem mais escutar o padre Morgan. Abby alcançou Gretchen no tumulto junto à porta enquanto a turma saía para o corredor.

— O que aconteceu? — perguntou. — Passei o fim de semana inteiro te ligando.

Gretchen deu de ombros e tentou abrir caminho através da multidão, mas Abby não ia desistir. Puxou a amiga até a passagem coberta, passou pelo muro baixo de tijolos e saiu para o jardim em frente ao auditório, que era pavimentado com tijolos marrom-escuros e ficava escondido da passagem coberta por uma cortina de árvores. Havia bancos espalhados para quem quisesse refletir sozinho ou dar uns amassos. Um vento frio balançava os galhos franzidos de murta.

— Me deixa em paz — disse Gretchen.

— O que está acontecendo? — perguntou Abby. — Onde você estava?

Gretchen esfregou o braço onde Abby o segurara.

— Nada.

— Por que você não ligou?

— Não sei — respondeu Gretchen, parecendo sincera.

— Por que você veio com a sua mãe para a escola? — perguntou Abby.

Gretchen olhava para um ponto acima do ombro de Abby.

— Consulta médica — murmurou ela.

— Que tipo de médico?

Segundos se passaram.

— Você perguntou sobre os flashbacks? Contou a ele que vomitou?

— Não era esse tipo de médico — disse Gretchen, e, na última palavra, seu rosto ficou vermelho-vivo e sua testa se franziu.

Abby não estava entendendo.

— Que tipo de médico era?

Gretchen inspirou com força e começou a chorar.

— Para ver se eu ainda era virgem — choramingou ela, cobrindo a boca com a dobra do braço para abafar o grito.

Então mordeu com força, cravando os dentes no suéter enquanto lágrimas molhavam seu rosto. Abby afastou o braço de Gretchen de sua boca e a conduziu mais para dentro do jardim da capela, sentando-a num banco.

Gretchen bateu os pés no chão.

— Fodam-se eles — chiou ela. — Fodam-se, fodam-se, fodam-se. Eu odeio os dois.

— Você é virgem, certo? — perguntou Abby.

Os olhos de Gretchen se fixaram nela.

— Você é minha melhor amiga. Como pode sequer perguntar isso?

Abby desviou o olhar.

— Por que eles levaram você lá?

Gretchen encarou fixamente algo à frente, e Abby virou o corpo para conferir o quê. Atrás dela ficava o jardim do auditório, o caminho de tijolos, a calçada e, a distância, o gramado, para onde os alunos do quarto ano estavam saindo com as tartarugas da sra. Huddleson. Abby percebeu que Gretchen não estava vendo nada daquilo.

— Eu tive que vestir um roupão que não cobria nada — explicou ela. — Aí o médico me mandou botar os pés em apoios para que ele pudesse ver tudo, e depois enfiou os dedos dentro de mim. Estavam gelados, e depois me entregaram um lenço de papel para limpar a gosma, mas eu ainda consigo sentir lá embaixo.

As pupilas de Gretchen pareciam pontos minúsculos. Ela respirava com dificuldade.

— Isso é doentio — disse Abby.

— Minha mãe disse que é por causa dos barulhos — sussurrou Gretchen. — Ela e meu pai não conseguem dormir à noite por causa de barulhos vindo do meu quarto.

— Que barulhos?

Gretchen mordeu uma pele da unha do mindinho e cuspiu.

— Barulhos de sexo.

Abby não entendeu.

— Vindo do seu quarto? O que você está fazendo?

— Nada! — respondeu Gretchen com rispidez. — Estou dormindo. Finalmente estou conseguindo dormir. Eles estão mentindo. E mentiram para o médico, que agora acha que eu estou fazendo sexo.

— Sua mãe é maluca. Eles não podem fazer isso. É abuso infantil.

Gretchen não estava mais escutando.

— Eles vão contar pra todo mundo — disse ela. — Querem se livrar de mim. Querem me mandar para Southern Pines.

— Eles disseram isso?

Southern Pines era pior que Fenwick Hall. Southern Pines era para onde iam as crianças loucas, e nem Riley era ruim o bastante para acabar lá. Mas o lugar existia em algum lugar ao norte de Charleston, a ameaça suprema. Crie muito problema, cruze uma linha invisível, e seus pais mandam você para lá, como a doce Audrina no livro de V.C. Andrews, para receber eletrochoques e perder sua memória, um neurônio frito por vez.

O sinal do quinto tempo tocou.

— O médico tem um arquivo sobre mim.

Lágrimas se acumulavam em seus olhos enquanto ela erguia o polegar e o indicador a uma distância de cinco centímetros.

— É uma pasta cheia assim. Eu não vou deixar que me mandem embora. Você não pode deixar que eles façam isso.

O céu estava coberto de nuvens, e um vento forte as açoitava. Ninguém mandaria Gretchen embora. Esse tipo de coisa não acontecia com pessoas como elas. Abby encontrou um pedaço de lenço de papel rasgado no fundo da bolsa e secou o rosto da amiga.

— Vai ficar tudo bem. Você só está cansada.

Gretchen afastou a cabeça com um movimento brusco.

— Se eles me mandarem embora, eu vou matar os dois — ameaçou. — Vou pegar a arma do meu pai e matar os dois.

— Você não está falando sério.

— Eu implorei para eles me ajudarem. Eu *implorei*. E eles botaram meu nome em rodas de orações em uma igreja e...

Gretchen não conseguiu continuar. Cravou as unhas nos joelhos, apertando com tanta força que seus pulsos tremeram. Abby tentou afastá-los e fazê-la relaxar, mas a amiga continuava a forçá-las.

— O que aconteceu? — perguntou Abby.

— Foi um acidente — respondeu Gretchen, soltando os joelhos e limpando lágrimas do rosto. — Eu vomitei outra vez.

— Na igreja?

Muda de vergonha, Gretchen a encarou e apenas assentiu.

— Eles sabem que não foi de propósito — disse Abby.

— Eles me fizeram comer aveia. Eu disse que não estava me sentindo bem, mas eles não me ouviram. Decidiram que eu precisava tomar café da manhã. Decidiram que isso era bom para mim. Nunca me perguntam o que é bom para mim.

— Quando foi a última vez que você comeu? — perguntou Abby, segurando a mão esquerda de Gretchen.

— Não consigo.

— Vai acalmar seu estômago. Vou comprar donuts e um refrigerante nas máquinas para você.

— Não! — gritou Gretchen, recolhendo a mão, com olhos arregalados. — Tudo que eu como tem gosto ruim, podre. Estou morrendo de fome e muito cansada. Não sei mais o que fazer.

Abby abraçou Gretchen pelos ombros e a puxou para perto. Ela afundou a cabeça no peito de Abby, hiperventilando. Depois de alguns minutos, Abby tentou balançá-la de um lado para outro. Então Gretchen ergueu as mãos espalmadas.

— We are the world — cantou ela em um sussurro, se embalando nos braços de Abby. — We eat the children.

Ela exalou bruscamente pelo nariz, e as duas ficaram balançando de um lado para outro, cantando mal sua versão inventada de "We Are the World".

— We put butter in everything — sussurraram as duas. — And just start chewing.

No sexto ano, a sra. Gay fez o coral do ensino fundamental realizar uma apresentação especial de "We Are the World" na hora do almoço. Gretchen fez o papel de Kim Carnes. Abby, que não tinha nenhuma habilidade musical, ficou relegada a interpretar Quincy Jones, parada diante do coral e fingindo reger. Com o rosto pintado de negro.

Agora, sentadas em frente ao auditório, atrasadas para a aula, elas cantaram a parte de Cindy Lauper e a de Bob Dylan, e quando chegaram ao dueto Stevie Wonder/Bruce Springsteen, Gretchen já estava com os olhos secos o suficiente para recompor o semblante.

Abby arrumou autorizações de atraso com a sra. Toné para as duas e, na hora do almoço, comprou Cocas Diet para Margaret e Glee, tentando a todo custo convencê-las a se sentarem com ela e Gretchen.

— Ela está muito doente — afirmou Abby. — Quer pedir desculpas, mas se sente péssima.

Margaret não cedeu. Gretchen a deixara com cara de tacho na frente do seu namorado do último ano, e ela nunca iria perdoá-la. Mas Glee detestava qualquer clima desagradável.

— O tempo deve ficar ruim a semana inteira — argumentou Glee. — Vamos sentar lá fora enquanto podemos.

— Exatamente! — concordou Abby.

Juntas, elas forçaram Margaret a ir, e as quatro passaram o resto do almoço encolhidas no gramado sob um céu cinzento enquanto Abby dizia a si mesma que a situação não era tão ruim. Mas era. O vento estava congelante. Margaret ficou sentada no banco, em silêncio. Gretchen ficou sentada na grama, em silêncio. Margaret mal comeu. Gretchen mal comeu. Abby e Glee tiveram que falar e comer o suficiente pelas quatro.

— Você fez suas fichas de *A letra escarlate*? — perguntou Abby.

— Ai, meu Deus, é tão chato — disse Glee. — E por que a gente deveria ter pena de Hester? Ela é uma vadia.

Abby e Glee falaram sobre o baile de volta às aulas, sobre os exames pré-vestibular e a Semana do Espírito Escolar enquanto Gretchen e Margaret olhavam fixamente para o nada. A conversa caminhou com dificuldade até que o sinal tocou, e Margaret foi embora sem olhar para trás. Glee a seguiu.

Gretchen continuou no mesmo lugar. Abby ficou sentada ao lado dela enquanto o gramado esvaziava e todo mundo seguia para a aula. O vento voltou a soprar seus cabelos.

— Margaret só está sendo Margaret — tranquilizou Abby. — Vamos.

— Espero que ela morra — sussurrou Gretchen. — Espero que ela pegue Aids de Wallace e tenha uma morte lenta e horrível.

— Você não devia dizer coisas assim.

— Preciso que compre um telefone para mim — disse Gretchen, se levantando e limpando a grama da bunda.

— Tipo, um telefone telefone? — perguntou Abby, sem entender.

— Dá para achar um por dez dólares em algum bazar de caridade. Depois eu te pago.

Ela pegou a mochila, passou a alça pelo ombro e saiu andando. Abby tentou acompanhar.

— Vou trabalhar esta noite — disse ela. — Só saio às nove.

— Vai ter clube do livro da minha mãe lá em casa. Pode aparecer. Ela vai estar bêbada.

Abby estava prestes a perguntar por que ela precisava de um telefone quando Gretchen a abraçou de repente. Abby sentiu um cheiro azedo.

— Não importa o que aconteça — falou ela. — Eu nunca vou te machucar.

Pelo resto do dia, Abby se perguntou por que Gretchen achou que precisava dizer isso.

Carros de mães enchiam a entrada da casa dos Lang e se enfileiravam pela Pierates Cruze — Volvos, Mercedes e Jeep Grand Cherokees estacionados com os para-choques grudados em frente à casa dos vizinhos. Abby avistou um espaço em frente à casa do dr. Bennett e parou o Sujinho em cima do gramado. Antes mesmo que ela desligasse a ignição, as luzes da varanda se acenderam, revelando o dr. Bennett parado ali fora, sacudindo o dedo para ela. Constrangida, Abby deu a volta no quarteirão e estacionou no jardim da frente dos Hunt.

A rua estava escura; o ar, pesado, e o vento, úmido. O bambuzal perto da casa de Gretchen farfalhava e zunia. Abby sempre tinha permissão de entrar direto nas casas de Margaret e de Glee, mas precisava tocar a campainha na de Gretchen. Como era noite do clube do livro, ela não sabia se devia tocar ou apenas entrar, mas, conforme se aproximava da casa, o som de mulheres rindo ficou mais alto, e o sr. Lang saiu pela porta.

— Oi, sr. Lang.

— Ah, Abby — disse ele, fechando a porta e abafando a risada estridente das mulheres. — É um grupo barulhento.

— É mesmo, senhor.

Eles ficaram parados. O vento mudou de direção. Outra onda de gargalhadas irrompeu dentro da casa.

— Posso ver Gretchen? — perguntou Abby.

— Gretchen está bem? — perguntou o sr. Lang ao mesmo tempo.

Os dois ficaram em silêncio, pegos de surpresa pela coincidência.

— Hã, está sim, senhor — disse Abby.

Ao longo dos anos, Abby tivera pouquíssimas conversas de adulto com o pai de Gretchen, em grande parte porque aprendera a desconfiar delas. Normalmente envolviam uma série de perguntas retóricas que acabavam com um sermão sobre a economia do gotejamento, o império do mal ou a verdadeira solução para o problema dos sem-teto.

— Você pode conversar comigo, Abby — afirmou o sr. Lang. — Certo? Nós nos entendemos, não é?

Ela pensou no sr. Lang folheando o caderno de Gretchen para conferir se ela vinha escrevendo nomes de garotos nas margens. Pensou no médico informando a ele que a virgindade da filha estava intacta.

— Nós nos entendemos perfeitamente — respondeu Abby.

— Se alguma coisa estivesse acontecendo com Gretchen, gosto de acreditar que você me contaria.

Atrás dele, um relâmpago tremeluziu no horizonte.

— Claro. Posso subir?

Ele a analisou por um minuto, tentando espiar através do crânio de Abby com seus olhos de advogado, em seguida deu um passo para o lado.

— Pode ir. Eu tenho que pegar o gato.

— Que gato? — perguntou ela enquanto levava a mão à maçaneta.

O sr. Lang começou a se dirigir aos fundos da casa.

— Tem um gato morto no andar de baixo.

— De quem?

— Nós temos corujas — explicou ele. — Elas estão carregando gatos por aí a semana inteira. Simplesmente os arrancam do chão. Uma bagunça.

— Abby! — exclamou Gretchen, correndo para fora da casa.

Conversas, barulho e risadas escaparam pela porta aberta. Gretchen agarrou o braço de Abby e a puxou para dentro.

— Para de perturbar minha amiga — repreendeu.

A casa estava iluminada, branca e tomada pelo cheiro de flores e pelo som de mulheres felizes na sala de estar.

— Eiii! — chamou a sra. Lang. — É Abby Rivers que chegou aí?

Gretchen subiu de dois em dois degraus a escada de carpete branco, puxando Abby atrás de si e se virando para sacudir a cabeça. Abby fez uma pausa no alto da escada e se debruçou no corrimão.

— Oi, sra. Lang! — gritou ela.

Então Gretchen a puxou para dentro do quarto e fechou a porta. O ar-condicionado estava abaixo de zero, e Abby cobriu as mãos com as mangas da blusa.

— Você comprou? — perguntou Gretchen, dando puxões na mochila da amiga.

Abby abriu a bolsa e retirou o telefone estreito e bege que achara por onze dólares na Primeira Missão Batista. Havia um arranhão em uma das extremidades e respingos de tinta branca. Gretchen o pegou, quicou por cima de suas camas de solteiro e se agachou no carpete para plugá-lo na tomada ao lado da cabeceira. Então tirou o fone do gancho e sorriu.

— Tem linha! — sussurrou.

Ela desplugou o fio, enrolou-o em torno do aparelho e abriu o armário. Max se levantou embaixo da mesa de Gretchen e rastejou para fora, bocejando e se espreguiçando. Enquanto ela escondia o telefone no fundo do armário, o cachorro trotou até Abby e enfiou o focinho gelado em sua mão.

Quando Gretchen emergiu, Abby percebeu as olheiras sob seus olhos e sua pele turva. Ela estava com a mandíbula tensa e parecia nervosa, mas não tão exausta quanto antes.

— Vem cá — disse Gretchen, dirigindo-se ao banheiro. — Estou arrumando meu cabelo.

Gretchen parou na frente da pia enquanto Abby entrava na banheira vazia e esticava as pernas. Ela gostava de se sentar na banheira de Gretchen. Era algo que sempre fazia. Max se instalou na porta. Ele nunca entrava no banheiro porque tinha medo dos azulejos.

— Eles tiraram meus privilégios telefônicos — contou Gretchen, concentrando-se em seu reflexo e erguendo uma grande mecha de cabelo. — Mas eu ainda preciso ligar para Andy.

— Você precisa ligar para Margaret — argumentou Abby com os pés apoiados na parede.

Gretchen ergueu a prancha frisadora.

— Eu não vou pedir desculpas. Tudo o que falei era verdade, e Margaret sabe. É por isso que está com raiva.

— Wallace totalmente merece ser vomitado — disse Abby. — Mas ele é namorado dela.

Gretchen apertou a prancha numa mecha e segurou por cinco segundos. O banheiro foi tomado pelo cheiro de cabelo queimado.

— Margaret está tão obcecada por ele que perdeu a identidade — reclamou Gretchen.

— O que você está fazendo com seu cabelo?

— Andy me disse que eu deveria aceitar as mudanças.

Uma irrupção abafada de gargalhadas atravessou o chão. Abby desejou poder descer. Queria ver o clube do livro. Queria estar perto de suas piadas e sua fofoca. Queria ver se a sra. Lang tinha feito aquelas miniquiches.

— Espero que a gente ainda ria assim quando tiver a idade delas — comentou Abby.

— Elas estão bêbadas. Prefiro morrer a me transformar nelas.

Mais risadas se infiltraram pelo piso. Gretchen contraiu os lábios em resposta ao som, soltou a chapinha com um *clique*, cheirou a mecha quente de cabelo e passou para a seguinte.

— Wallace é horrível — tentou Abby. — Mas você precisa ser diplomática se todas nós quisermos continuar amigas.

Gretchen apertou a prancha frisadora com tanta força que os nós de seus dedos ficaram brancos.

— Talvez eu não queira ser amiga delas.

Abby não conseguia nem processar a frase. Como se decide que não se quer mais uma amizade? Como se joga fora pessoas que conhece há anos?

— Mas elas são nossas *amigas* — insistiu Abby.

Era o melhor argumento que lhe ocorreu.

— Escuta isso — disse Gretchen com rispidez quando mais risos abalaram o piso. — Elas estão me dando dor de cabeça. Você devia ter ouvido minha mãe falando sobre sua "filha problema". Como eu sou "problemática" e como ela está "crucificada na cruz da minha adolescência". São tão hipócritas que me deixam enjoada.

Ela largou a prancha e virou a cabeça de um lado para o outro diante do espelho.

— Ficou sexy? Ou bizarro?

— Eu gostava do seu cabelo do jeito que era — respondeu Abby.

Com a ponta do tênis, ela ficou subindo e descendo a alavanca que controlava a abertura da tampa da banheira. Gretchen levantou outra mecha de cabelo e continuou a frisar. Abby sentiu aquele cheiro azedo outra vez.

— Estou de saco cheio desse cabelo idiota — disse Gretchen. — De saco cheio de deixá-lo escorrido, parecendo a filha perfeita de Pony e Grace. "Olá, eu sou a Gretchen Robô. Você gostaria de ter dois bebês e meio e se mudar para o subúrbio?"

— Seus pais não são malvados nem nada assim. Estão fazendo o melhor que conseguem.

— Você é muito ingênua. Sabia que Molly Ravenel foi sacrificada a Satã?

Abby ficou confusa com a mudança abrupta de assunto.

— Acho que ela foi para Davidson — disse Abby. — Tipo, há anos. O irmão dela não está no conselho dos estudantes?

Gretchen ignorou a pergunta.

— Quando estávamos no sétimo ano, um bando de alunos do último ano estava participando de um culto, e Molly ficou espiando da floresta. Eles a pegaram e arrancaram sua língua e seu coração.

— Essa história circula há séculos — falou Abby. — A primeira vez que ouvi foi no quarto ano. Costumavam dizer isso sobre qualquer um que fosse transferido no último ano.

— Não é uma piada. Até Andy sabia sobre isso. A direção da escola abafou porque não queria que o número de matrículas caísse, e os pais dela foram pagos para ficar quietos. O corpo de Molly está enterrado em algum lugar da floresta, e todo mundo age como se fosse normal. Nossos pais não se importam de verdade com o que acontece conosco, contanto que não prejudique a imagem deles, aí nos mandam para Southern Pines para sermos reprogramados.

Gretchen ergueu outra mecha de cabelo e a pôs na prancha frisadora.

— Isso é fantasia — disse Abby, movendo o pé até a alavanca que trocava a saída de água da banheira para o chuveiro.

— Glee estava falando sobre a P&G — continuou Gretchen, sem sequer ouvir. — Eles dão dinheiro para igrejas satânicas. E teve aquela pré-escola na Califórnia onde criancinhas eram molestadas em túneis embaixo das salas de aula. Todo mundo fingiu que era normal por anos. Ninguém liga para os próprios filhos. As pessoas vão à igreja e sorriem, mas há um mal sombrio dentro de todas elas. Você não gostou mesmo do meu cabelo?

Gretchen apoiou as mãos na pia e fez uma pose dramática, olhando para o reflexo através da franja frisada. Abby não gostou nem um pouco. Fazia sua amiga parecer mais velha, com idade para entrar em boates.

— Está bom.

Abby deu de ombros, tentando apertar a alavanca da banheira com a ponta do pé. Gostava do cabelo de Gretchen porque era farto, louro e cheio. Abby descolorira o cabelo tantas vezes que ele ficara ralo e fino, enrolado em torno da cabeça como uma nuvem de algodão doce. Gretchen não dava valor ao que tinha e, quando perdesse, ia sentir falta.

— Você não devia ficar obcecada com todas essas coisas sinistras — disse Abby.

Ela reposicionou o tênis na alavanca e começou a empurrá-la para a direita.

— Isso é importante — falou Gretchen, soltando a chapinha e examinando o cabelo de outro ângulo. — Você acha que todas essas coisas superficiais importam? O clube do livro idiota da minha mãe, e boas notas, e Glee gostar do padre Morgan, e se Margaret deveria terminar com Wallace Stoney? Tudo isso são distrações.

— Do quê?

— Do que está realmente acontecendo.

— MMNL — disse Abby. — Mas você achava que unicórnios eram reais.

Gretchen se virou.

— Extintos — retrucou ela. — Eu achava que eles estivessem extintos.

— Eles precisam ser reais para entrarem em extinção.

Um cheiro horrível preencheu o banheiro. Era quente e repulsivo, forte e amargo, pior que qualquer cheiro que Abby já havia sentido.

— Max! — exclamou Gretchen, puxando-o para fora pela coleira.

No caminho, ele soltou outro pum de cachorro. Esse fez barulho.

— Essa é a opinião do Max! — exclamou Abby, rindo e abanando a mão na frente do rosto.

Gretchen fechou a porta na cara de Max e borrifou perfume United Colors of Benetton pelo banheiro. As duas estavam morrendo de rir.

— Não — disse Gretchen. — É assim que ele concorda comigo.

— Max? — chamou Abby na direção da porta, cutucando a alavanca do chuveiro com o pé outra vez. — Essa bomba de fedor significa concordância ou... ahh!

A alavanca se moveu de repente, e o chuveiro derramou água fria na virilha de Abby. Gretchen deu uma gargalhada e gritou:

— Putz grila! — Em seguida, imitou a voz da treinadora Greene: — Vocês precisam aprender a proteger seu... Bem... Mais... Precioso.

Abby olhou para a mancha úmida na calça do uniforme, depois para o relógio.

— Tenho que ir.

Gretchen pegou o secador de cabelo e começou a procurar a tomada na bagunça da bancada.

— Calma aí. Você vai passar pelo corredor polonês lá embaixo. Elas vão achar que você fez xixi na calça.

As duas levaram quase meia hora para secar a virilha de Abby com o secador porque estavam rindo muito. Quando terminaram, já passava das dez e meia, e o clube do livro estava encerrando. Quando Abby e Gretchen se abraçaram, Abby sentiu um pouco do fedor azedo outra vez.

— Me liga — disse, mas imaginou que Andy teria a prioridade.

Enquanto Abby descia a escada, um grupo de mulheres pequeninas com cabelos louros volumosos se aglomerava no hall de entrada. Elas distribuíam beijinhos nas bochechas e chilreavam umas com as outras feito passarinhos.

— Abby Rivers! — exclamou a sra. Lang ao avistá-la, muito bêbada e feliz. — Você fica uma graça em seu uniforme de garçonete!

Abby sentiu vergonha quando cinco pares de olhos viraram em sua direção e se arregalaram.

— Que amor!

— É uma fofura!

Todas as mulheres davam risadinhas, e Abby desceu, inalando uma nuvem de perfume Liz Clairborne e Opium, de Yves Saint Laurent, que fez seus olhos arderem.

— Deixe-me apertar você — disse a mãe de Gretchen, passando os braços em torno de Abby, que aceitou o abraço.

A sra. Lang devia estar bem bêbada, porque não era dada a demonstrações de afeto. O sr. Lang saiu da sala de TV para dizer boa noite às senhoras, marcando uma página de *O cardeal do Kremlin* com o dedo indicador. Abby foi passada delicadamente de uma mulher sulista carinhosa para outra enquanto seguia até a porta da frente. A cantoria de Gretchen ergueu-se acima de tudo.

— Oh, I wish I was in the land of cotton! — cantou Gretchen em uma voz alta e clara, e todos ergueram o olhar.

Ela estava no alto da escada, com uma das mãos sobre a balaustrada de metal preta, de peito estufado e queixo erguido. Abby sempre achou que a amiga tinha uma bela voz, e agora ela a estava projetando, forçando ar pelo diafragma, enchendo toda a escadaria com tons nítidos.

— Old times there are not forgotten! Look away! Look away! Look away! Dixie land!

Todo mundo ficou paralisado, sem saber se deveria se sentir encantado ou insultado com o hino dos confederados escravagistas. Aquilo era sarcasmo ou uma serenata?

— In Dixie Land where I was born! — continuou Gretchen, mais alto, marcando o tempo com a mão. — Early on one frosty morn! Look away! Look away! Look away! Dixie Land!

— Já chega, Gretchen — disse o sr. Lang.

— O que você fez com seu cabelo?! — perguntou a sra. Lang, arfando de surpresa.

As senhoras ficaram alvoroçadas, aturdidas, esbarrando umas nas outras no hall lotado, percebendo estarem no meio de uma briga familiar.

— I wish I was in Dixie! — gritou Gretchen, balançando bem os braços. — Hooray! Hooray!

— Não me faça subir aí — alertou o sr. Lang, com o rosto roxo. — Já chega.

— In Dixie Land I will take my stand! To live and die in Dixie! — berrou Gretchen.

O sr. Lang empurrou Abby para o lado e subiu a escada. Abby sentiu alguém agarrar seu ombro e se virou, deparando-se com o olhar selvagem da sra. Lang. Seus lábios estavam úmidos, e os olhos, vidrados. Ela estava de porre.

— Foi você que fez isso? — perguntou ela. — Você estragou o cabelo da minha filha?

— Away! Away! — gritou Gretchen. — Away down south in Dixie!

— Eu não sou babá dela — respondeu Abby, livrando-se das garras da sra. Lang.

— Away! Away! Away down south in DIXIEEE!

Os sons de um tumulto e, então, de um tapa vieram do alto da escada. As senhoras arfaram. Abby ergueu os olhos e viu Gretchen com a mão no rosto, encarando fixamente o pai.

— Já chega — disse ele, direcionando um sorriso de desculpas para as mulheres.

Gretchen recomeçou.

— Hooray! Hooray! To live and die...

O sr. Lang agarrou o braço da filha e a puxou para um lado. Gretchen se aprumou e, de algum modo, o pai perdeu o equilíbrio. Ele escorregou do degrau de cima, agitando os braços, e caiu para trás. Tudo aconteceu em um instante, mas Abby teve certeza de ver Gretchen empurrá-lo.

O sr. Lang bateu com um baque surdo na parede, expelindo todo o ar dos pulmões de uma só vez. Ele aterrissou sentado com força, depois caiu de costas na direção da escada, as pernas girando por cima de sua cabeça. Quase atingiu Abby ao se estatelar no chão.

Um momento de silêncio se seguiu. Gretchen ficou parada no alto da escada, seus olhos queimando com um triunfo selvagem. Abby apertava forte o corrimão com ambas as mãos. A sra. Lang abria e fechava a boca. As senhoras do clube do livro estavam imóveis. Ninguém ousava se mexer.

O sr. Lang se sentou com esforço.

— Estou bem — disse ele. — Eu...

BUM!

Todo mundo se virou para a sala de estar. A parede do outro lado era de vidro, e na sua base havia um pombo caído com o pescoço quebrado. Abby estava prestes a desviar o olhar quando outro *BUM* soou; uma gaivota atingira a janela, espalhando sangue pelo vidro. *TOC! TOC! TOC!* Três pardais se chocaram contra o vidro, um depois do outro.

Uma das senhoras começou a recitar o Pai Nosso enquanto ave após ave voava contra a janela. Em minutos, o caminho de concreto até a casa estava repleto de gaivotas atordoadas andando em círculos, arrastando asas quebradas; pardais mortos de barriga para cima com as garras curvadas; pombos se contorcendo; um pelicano amontoado com o bico aberto de forma nada natural, lentamente virando a cabeça de um lado para o outro.

A casa vibrava conforme pássaros mergulhavam contra as janelas do segundo andar, contra a claraboia, contra as janelas laterais — um seguido do outro, sem parar. Parecia que mãos invisíveis estavam batendo por toda a superfície da casa, dizendo: "Deixe-me entrar, deixe-me entrar." Três mulheres rezavam de mãos dadas. A sra. Lang correu até a enorme janela ao fundo da sala e agitou os braços, tentando enxotar as aves e impedi-las de se chocar contra o vidro, mas elas não paravam.

Duas corujas surgiram da escuridão e aterrissaram em meio aos pássaros atordoados e moribundos, cravando as garras nos corpos macios. Elas desfilaram em meio ao mórbido bufê, afundando o bico em peitos emplumados.

— Meu bom Jesus... — disse uma das senhoras.

As duas corujas encurralaram o pelicano, que conseguiu lutar até uma terceira coruja mergulhar das sombras e prender seu pescoço ao chão com as garras. Ele tentou escapar, debatendo as asas, mas as corujas o destroçavam. Um jato de sangue espirrou de uma das asas e sujou a enorme janela.

Um grito agudo e sofrido ecoou, fazendo o ar na escadaria vibrar, abafando o estrondo das aves que atingiam a casa. Quando ele penetrou nos tímpanos de Abby, ela ergueu a cabeça e viu Gretchen de joelhos no alto da escada, segurando os dois lados da cabeça, enfiando os dedos no cabelo frisado e berrando:

— Façam isso parar! Façam isso parar! Façam isso parar!

Mas nada aconteceu.

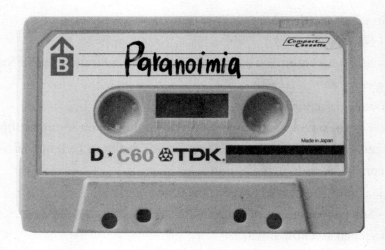

A manhã seguinte estava tão escura que os postes da rua permaneciam acesos quando Abby entrou no Sujinho e dirigiu até a casa de Gretchen. Ela se maquiou com pressa porque precisava saber o que acontecera depois que o sr. Lang subiu mancando a escada e afastou as mãos de Gretchen dos ouvidos. Depois que ele a abraçou. Depois que abafou os gritos da filha contra seu peito. Depois que as senhoras do clube do livro correram para seus carros. Depois que a sra. Lang percebeu que Abby ainda estava ali e mandou-a para casa.

— Por favor, nós precisamos de um tempo — disse, fechando a porta na cara de Abby.

Abby entrou na Pierates Cruze, e os faróis do Sujinho iluminaram três sacos de lixo abarrotados na calçada dos Lang. Um redemoinho de penas soltas soprava em torno deles. Os sacos apresentavam diversas protuberâncias e depressões provocadas por garras e bicos.

Gretchen estava esperando mais perto da casa do dr. Bennett, com os ombros curvados e as pontas rígidas do cabelo frisado se agitando ao vento. Vestia a mesma saia da véspera. Abby parou o carro, Gretchen entrou e bateu a porta, e as duas partiram.

— Você está bem? — perguntou Abby — O que aconteceu? Você está de castigo?

Gretchen deu de ombros.

— Não sei.

— Mas você empurrou seu pai! — disse Abby, entrando na Pitt Street. — Eu vi.

Gretchen sacudiu a cabeça.

— Eu não sei. Minha cabeça estava me matando. Eu só me lembro de ficar cada vez com mais raiva, aí meu cérebro deu branco. Tentei falar que não consigo dormir, mas eles nunca escutam.

Ela começou a roer as unhas.

— Seu pai teve que recolher todas as aves? — perguntou Abby.

Gretchen assentiu, infeliz.

— O dr. Bennett veio ajudar, mas eles acabaram discutindo. Meu pai disse que havia mais de cem. Sempre que eu começava a pegar no sono, ouvia aquele barulho de novo.

Elas seguiam pela Coleman Boulevard, aproximando-se do último sinal antes da ponte.

— Quão ferrada você está? — perguntou Abby, parando no sinal vermelho.

Gretchen deu de ombros.

— Vamos ter uma "reunião de família" esta noite. — Ela fez o sinal de aspas com os dedos. — Preciso ficar sentada e ouvir enquanto eles me dizem quais são os meus problemas.

Antes que Abby pudesse perguntar mais alguma coisa, o sinal ficou verde, e ela avançou com o Sujinho pela pista que levava à ponte antiga. A construção, que se curvava no meio, tinha pista dupla, um corrimão e nenhuma calçada; estendia-se sobre o rio Cooper por cinco quilômetros antes de acabar na via expressa que cortava a cidade e percorria a borda norte — e pobre — do centro, onde ficavam todos os restaurantes de fast-food.

A ponte enervava todo mundo. As pistas eram estreitas demais. Bastava uma guinada de dez centímetros para bater com o retrovisor lateral nas grades de aço que zuniam de tão próximas aos ouvidos. Uma construção mais nova e larga corria em paralelo com a antiga. Ela contava com três pistas, acostamentos e calçadas de verdade, mas só uma via levava ao centro, o que a deixava muito congestionada àquela hora. Toda manhã os motoristas precisavam escolher seu veneno: nova e lenta, ou velha e rápida. Nesse dia, Abby escolheu velha e rápida.

O vento uivava, tentando empurrar o Sujinho para a outra pista enquanto Abby segurava o volante com toda a força. Estavam no início do primeiro trecho, e outros carros passavam rugindo, perto o bastante para riscar a pintura.

— Eu escuto vozes — contou Gretchen.

— O quê?

— Elas me dizem coisas.

— Certo...

Abby não podia falar mais nada porque chegara à parte mais baixa do primeiro trecho, onde aconteciam os piores acidentes.

— Elas não me deixam em paz — continuou Gretchen. — Tem sempre alguém sussurrando no meu ouvido. É pior que os toques.

Abby acelerou o Sujinho para subir o segundo trecho, imaginando se aquele seria o dia em que seu motor iria finalmente explodir. O pedal do acelerador estava colado ao chão, mas outros carros continuavam a ultrapassá-las.

— O que elas dizem? — perguntou Abby, gritando para ser ouvida acima do barulho do motor enquanto subiam até o pico do final da ponte.

O Sujinho alcançou a linha de chegada, e Abby pisou no freio para desembocar na avenida que cruzava a cidade.

— Elas me contam coisas — explicou Gretchen. — Sobre pessoas. Sobre Glee e Margaret. Sobre Wallace e meus pais. E você.

A pista ali era reta, e Abby pôde diminuir a velocidade de oitenta para sessenta, parar de pensar em morte súbita e se concentrar no que a amiga estava dizendo.

— Você já sabe tudo sobre mim — respondeu. — Eu sou burra, Gretchen. Não entendo todas essas pistas e charadas. Se quer me contar alguma coisa, fala logo.

Abby trocou de marcha. Gretchen se recostou no banco.

— Elas me disseram que você não ia entender.

Esse foi o momento em que Gretchen começou a se afastar, e não havia nada que Abby pudesse fazer para impedi-la.

Não é como se ela não houvesse tentado. Abby tinha três aulas com Gretchen: Introdução à Programação, História Americana e Ética. Ela a via no almoço. Ela a via no intervalo do quarto tempo. E toda vez contava alguma história engraçada sobre um cliente tosco na TCBY ou sobre uma frase ridícula que Hunter Prioleaux dissera na aula. Qualquer coisa para distrair Gretchen, para tirar sua mente da situação em casa, para fazê-la rir.

Nada funcionou.

Na hora do almoço, tentou convencer Glee e Margaret a se sentarem com elas.

— Não estamos falando com Gretchen — disse Margaret.

— Para sempre ou só agora? — perguntou Abby.

Margaret se recostou na parede enquanto Glee remexia no armário à procura do almoço.

— Ela está maluca — afirmou Margaret. — Você sabe disso, né? Ela não está batendo bem, porra.

Abby começou a balançar a cabeça no meio da frase da amiga.

— Tem alguma coisa errada com ela — explicou. — Tipo, de verdade. Não podemos abandonar ela agora.

— Não estamos abandonando ninguém — retrucou Margaret. — Foi ela que nos abandonou.

Seu jeito de falar deixou Abby sem esperanças. Tudo tinha que ser da maneira de Margaret, e quem discordasse era chamada de idiota. Discutir era inútil.

— Mas nós somos amigas dela — insistiu Abby.

— Estamos tirando férias de Gretchen. Você pode andar conosco ou com ela. A escolha é sua.

Margaret se afastou dos armários e seguiu na direção do gramado.

Abby se virou para Glee, que estava pegando sua lancheira.

— Ela é sua amiga também.

— O segundo ano do ensino médio é o mais importante do histórico acadêmico — respondeu Glee. — Então, se você quer ficar com Gretchen, tudo bem, mas eu vou me manter fora dessa. Já tenho problemas de mais.

Ela fechou o armário e girou a combinação.

— Você já está dentro — disse Abby.

— Não se eu não quiser — concluiu a garota, seguindo atrás de Margaret.

Abby não conseguia julgá-las por isso. Estava ficando cada vez mais difícil ser vista com Gretchen. No início, ela só repetia a mesma saia na altura das canelas, que já usava demais porque algum aluno do último ano disse que a deixava gostosa. Então Abby percebeu que ela tinha deixado de passar maquiagem. Suas unhas estavam sempre sujas, e ela voltou a roê-las.

Para completar, Gretchen estava começando a feder. Não era um mero princípio de mau hálito, e sim um fedor azedo constante, como os garotos depois da Educação Física. Toda manhã, Abby queria abrir o vidro do carro, mas elas tinham uma regra: as janelas do Sujinho ficavam fechadas nos dias de aula. Caso contrário, ela precisaria retocar o laquê quando chegassem a Albemarle.

— Você pisou em alguma coisa? — perguntou Abby certa vez, tentando dar uma dica.

Gretchen não respondeu.

— Pode checar os sapatos? — insistiu.

Gretchen continuou em silêncio. Chegou ao ponto em que Abby começou a se perguntar se falava em uma frequência inaudível para Gretchen. Em certas manhãs, Gretchen pegava sua agenda e escrevia, sem dizer uma palavra durante todo o caminho até a escola. Em outras, ela a pegava e deixava fechada no colo. Aquele era um dia de escrever, e Abby ficou feliz em pegar a ponte velha e poder se concentrar em algo além do som de Gretchen rabiscando.

Não havia mais ligações às 23h06 da noite porque Gretchen nunca mais ligou. Abby ainda tentava, mas Gretchen estava sempre cochilando ou fazendo o dever de casa. A sra. Lang segurava Abby na linha, perguntando se a filha estava saindo com alguém ou se confessara algum mal-estar, ou se parecia um pouco estranha ultimamente. Ela falava rápido e sem parar, dando voltas na pergunta que não conseguia se obrigar a fazer: o que havia de errado com sua filha? Abby queria questionar a mesma coisa: o que eles estavam fazendo com Gretchen? Depois do médico e do clube do livro, Abby concluiu que fosse lá o que estivesse deixando Gretchen fora de si estava acontecendo dentro de casa, às escondidas. Ela era educada demais para desligar na cara da sra. Lang, por isso fingia interesse na conversa. Quando isso ficou difícil demais, ela parou de ligar.

Os exames pré-vestibular estavam se aproximando, e todo mundo começou a andar com livros didáticos embaixo do braço. Glee já havia feito as provas no ano anterior, e Margaret tinha um professor particular. Numa situação normal, Abby estaria estudando com Gretchen, mas agora passava as noites sozinha em seu quarto em meio a pilhas de simulados preparatórios, incapaz de se concentrar nos exercícios porque não parava de pensar em como se comunicar com Gretchen.

Gretchen continuava usando a mesma saia e, na segunda semana, começou a repetir a blusa também. Era uma camisa xadrez de um azul chamativo com um cinto na cintura. Depois de alguns dias, ela parou de usar o acessório, ficando parecida com um saco disforme. Pior de tudo: sua pele começou a ter acne. Pequenas espinhas inflamadas apareceram por todo seu nariz.

Certa manhã, quando estavam paradas no sinal de trânsito a caminho da escola, o piano da abertura de "Against All Odds" começou a tocar na rádio. Elas tinham uma regra: sempre que Phil Collins tocava, elas tinham que parar tudo e cantar junto. Nessa manhã, Abby estava pronta.

— Cow chicken eating all my hay — cantou Abby para Gretchen, substituindo a letra com rimas sem sentido.

Isso sempre fazia Gretchen cair na gargalhada.

— And she's pecking at my face/ I can't take this pecking anymore… can you… uuuuu/ She's the only one/ Who ever pecks me at all.

Gretchen devia começar a segunda estrofe, mas quando os teclados aumentaram e o sinal ficou verde, ninguém exceto Phil cantou no carro. Abby não aguentou.

— Vamos lá, senhoritas — disse ela, como um pianista brega. — Vocês sabem a letra.

Gretchen olhava para os restaurantes de fast-food que passavam pela janela. Abby não teve opção além de entoar o refrão:

— So take a look at my cow/ She's got a chicken face/ And there's no one left here to remind me/ That she comes from outer space.

Quando começava, ela não conseguia parar, por isso continuou até o fim do refrão, sentindo-se idiota por estar cantando aos berros e sendo completamente ignorada. Então parou de repente, como se nem fizesse questão de entrar na segunda estrofe. O resto da viagem se passou em silêncio.

Gretchen não levantava as mangas por mais quente que o dia estivesse. Em algumas manhãs, ela aparecia com Band-Aids imundos na ponta dos dedos. Seu hálito piorou. Sua língua parecia coberta por uma camada branca espessa. A prancha frisadora transformara seu cabelo em um ninho de frizz malcontido por um elástico, e seus lábios estavam sempre rachados. Ela parecia esgotada, exausta, curvada, seca. Abby se perguntava como ela conseguia passar pela mãe toda manhã.

O primeiro professor a comentar alguma coisa foi o sr. Barlow. Depois que Gretchen dormiu duas vezes no primeiro tempo, ele a pediu para ficar na sala depois da aula. Abby esperou até ela sair se arrastando.

— O que ele disse? — perguntou quando a amiga passou direto.

Antes que Gretchen pudesse responder, o sr. Barlow chamou Abby em seu pequeno escritório. O lugar fedia ao suor azedo de Gretchen. O professor estava batendo na janela com a base da mão, tentando abri-la.

— Não sei o que está acontecendo com Gretchen — disse ele, desistindo da janela e ligando um ventilador de mesa. — Mas, se você se importa com sua amiga, precisa fazê-la parar de usar o que quer que esteja usando.

— O quê? — perguntou Abby.

— O quê? — repetiu o sr. Barlow, imitando-a. — Eu não sou idiota. Reconheço o efeito das drogas. Se você é amiga dela de verdade, faça-a parar.

— Mas, sr. Barlow...

— Poupe-me — retrucou ele, jogando-se na cadeira e pegando uma pilha de provas. — Eu já disse o que queria dizer, você me ouviu, e a próxima pessoa a quem vou contar é o Major. Estou lhe dando uma chance de ajudar sua amiga. Agora vá para a aula.

Abby percebeu que ninguém ia fazer nada. Por cinco anos, Gretchen fora a aluna perfeita de Albemarle, e mesmo assim os professores viam o que estavam acostumados a ver — não o que estava realmente acontecendo. Talvez eles atribuíssem isso ao estresse pelos exames pré-vestibular ou a problemas em casa. Talvez achassem que entrar para o ensino médio fosse uma transição difícil. Talvez estivessem envolvidos em seus divórcios, dramas na carreira e filhos problemáticos, e, se Gretchen não melhorasse até segunda-feira, os professores diriam alguma coisa. Ou talvez na segunda seguinte. Ou na depois dessa.

Algo estava mudando dentro de Gretchen. Talvez fosse o ácido, talvez fosse Andy, talvez fossem seus pais, talvez algo pior. Não importava o motivo, Abby precisava continuar tentando. Não podia abandonar a amiga, porque em breve ela estaria pronta para falar. A qualquer instante, ia erguer os olhos da agenda e dizer: "Tenho que te contar uma coisa séria."

O dia seguinte era quarta-feira, e quando Gretchen entrou no Sujinho, Abby ficou aliviada: ela continuava com as mesmas roupas, mas não cheirava mal. Talvez as palavras do sr. Barlow tivessem causado algum efeito, afinal.

Então um novo cheiro a atingiu: o perfume United Colors of Benetton. Gretchen estava banhada nele. Ela ganhara um vidro dos pais havia dois anos, e ele logo se transformou em seu cheiro característico. Nessa manhã, Gretchen fedia a ele. Os olhos de Abby ainda ardiam quando ela entrou na primeira aula.

Mais tarde naquele dia, Abby contrariou seu bom senso e apelou a uma autoridade mais elevada. Ela voltou do trabalho e encontrou a mãe fazendo a contabilidade do talão de cheques na mesa de jantar. A sra. Rivers aceitava todos os turnos possíveis, dormindo na casa de pacientes três vezes por semana para o caso de eles acordarem no meio da noite e precisarem que alguém troque suas fraldas. Abby quase sempre a via de passagem ou dormindo no sofá, ou a ouvia tossindo através da porta fechada do quarto. Sem saber como iniciar uma conversa, ela ficou rondando sem jeito perto do sofá até ser notada pela mãe.

— O que foi? — perguntou a sra. Rivers, sem erguer os olhos.

Abby falou antes que perdesse a coragem.

— Você tem pacientes que escutam vozes? Tipo, vozes que falam com eles o tempo todo e contam coisas?

— Claro. Os doidos.

— Certo... E como eles melhoram?

— Não melhoram — respondeu a mãe, rasgando uma pilha de cheques cancelados. — Prescreve-se remédios, mandam-nos para o hospício ou contratam alguém como eu para se assegurar de que eles não bebam água sanitária.

— Mas deve haver alguma coisa que se possa fazer. Para que eles voltem a ser como eram.

A mãe de Abby estava exausta, mas não era burra. Deu um gole em sua Pepsi Diet e olhou para a filha.

— Se isso é sobre Gretchen, e normalmente é, não é problema seu. Preocupe-se com você mesma e deixe que os pais de Gretchen se preocupem com a filha.

— Tem alguma coisa errada com ela — afirmou Abby. — Você poderia falar com os pais dela ou poderíamos ir lá juntas. Eles escutariam você.

— Famílias como aquela não escutam os outros. Se você se intrometer no que quer que esteja acontecendo, vai acabar sendo culpada por tudo.

Abby hesitou. No fundo, também pensava assim, mas parecia muito injusto vindo da boca da própria mãe. Ela não sabia nada sobre os Lang.

— Você só está com ciúmes porque eu tenho amigas.

— Eu sei bem o tipo de amigas que você tem — retrucou a mãe. — E elas são insignificantes. Você tem um grande futuro pela frente, mas essas garotas vão usá-la e arrastá-la para baixo.

Abby sentiu o rosto formigar de calor. Sua mãe nunca havia expressado opinião sobre suas amigas. Ficou horrorizada ao descobrir o quanto era distorcida e equivocada. Sua mãe não sabia nada sobre elas.

— Você nem tem amigas — acusou Abby.

— Aonde você acha que elas foram? Pessoas de Charleston como os Lang só querem vida mansa. No momento em que as coisas complicam, saem correndo.

Palavras não podiam expressar o tamanho da frustração de Abby.

— Você não entende nada — reclamou.

Sua mãe pareceu sinceramente surpresa.

— Meu Deus, Abby. Onde você acha que eu cresci? Conheço essas pessoas melhor que você.

— Eu não devia ter falado nada.

Sua mãe massageou a ponte do nariz e começou a falar com os olhos ainda fechados:

— Quando eu tinha a sua idade, confiei nas pessoas erradas. Fui tola quando devia ter sido sensata. Eu me deixei envolver em problemas. Essas garotas não são iguais a você. Se elas cometerem um erro, os pais podem pagar para livrá-las das consequências. Mas pessoas como nós? Basta um passo em falso para sermos assombradas para sempre.

Abby queria responder que a mãe estava errada. Queria forçá-la a ver que as duas não eram nem um pouco parecidas, mas estava com tanta raiva que sua garganta não conseguia formar as palavras.

— Eu nunca devia ter falado com você! — gritou, então saiu batendo o pé em direção ao quarto.

Na segunda-feira, Abby parou em frente à casa dos Lang e viu que Max tinha derrubado as latas de lixo outra vez e puxado um saco para o meio do jardim do dr. Bennett, onde o rasgava. Quando ela puxou o freio de mão, Max tirou o focinho da lixeira de plástico branco e saiu correndo. Abby viu que o saco estava cheio de absorventes íntimos externos e internos, uma pilha enorme deles, saturados com sangue escuro e coagulado.

Abby tentava decidir entre limpar a sujeira ou tocar a buzina quando o dr. Bennett surgiu na rua, vindo da direção oposta. Estava voltando de sua caminhada matinal, balançando a bengala que fizera com um cabo de vassoura serrado e uma proteção de borracha pregada na extremidade de baixo.

Ele viu o lixo ensanguentado espalhado pelo seu gramado no exato momento em que Gretchen saiu pela porta, com uma expressão atônita e vestindo a mesma roupa do dia anterior. De dentro do Sujinho com as janelas erguidas, a cena se passou como um filme mudo, no qual o dr. Bennett gritava com Gretchen e pontuava suas frases com pancadas da bengala no lixo. Gretchen respondeu erguendo o dedo médio, e Abby leu seus lábios: "Vá se foder."

Abby sentiu a coluna se enrijecer, sem saber o que fazer. Sair do carro? Ficar ali? O dr. Bennett avançava para cima de Gretchen mais rápido do que Abby jamais o vira se mover, passando diante do capô do carro e tentando golpear as pernas da garota com a bengala. Gretchen revidou com a mochila, derrubando-o contra o volvo da sra. Lang. Ele voltou a gritar, então o sr. Lang saiu correndo da casa, seguido pela sra. Lang em um suéter cor-de-rosa.

Abby viu o sr. Lang articular as palavras "Opa, opa, opa!" enquanto se colocava entre o dr. Bennett e sua filha. Os dois começaram a brigar, segurando um ao outro pela gola da camisa.

Gretchen foi esquecida por um momento, então correu, deu a volta no Sujinho e abriu a porta, se jogando no banco em meio a uma nuvem de perfume forte a ponto de arder as narinas, enquanto gritos invadiam o carro.

— Acelera — pediu ela.

Abby pisou no acelerador, atirando pedras para trás com os pneus. Elas avançaram a toda velocidade por Old Village. Na primeira placa de pare, Abby olhou bem para Gretchen, tentando enxergar quem estava ali naquele momento, e não quem sempre estivera. Havia espinhas feias espalhadas por todo o queixo, acne inflamada crescendo nas dobras das narinas e cascas secas encrustadas na testa. Seu hálito cheirava mal. Seus dentes estavam amarelos. Havia remela seca no canto de seus olhos. Ela fedia a perfume.

Alguém precisava tomar uma atitude. Alguém precisava dizer alguma coisa. Os professores não estavam fazendo isso. Sua mãe não faria isso. Os Lang também não. Restava apenas Abby.

O trânsito seguia leve porque elas estavam atrasadas, então Abby entrou à esquerda para a ponte nova. Quando começaram a subir a primeira seção, com o motor do Sujinho tendo um ataque cardíaco embaixo do capô, ela finalmente perguntou:

— O que está acontecendo com você?

No início Abby achou que Gretchen não fosse responder, mas aí ela falou, com a voz rouca:

— Eu preciso da sua ajuda..

Abby quase levitou de tanto alívio.

— Qualquer coisa.

— Eu preciso da sua ajuda... — repetiu Gretchen, e se calou, roendo as unhas.

— Ajuda para quê? — perguntou Abby, descendo a rampa com o pé no freio.

— Você precisa me ajudar a encontrar Molly Ravenel.

Abby sentiu o coração murchar, depois se despedaçar de pura raiva. Ela tinha passado semanas preocupada, e agora Gretchen estava falando sobre uma lenda urbana idiota?

— Eu não ligo para Molly Ravenel! — gritou Abby. — Por que você está agindo desse jeito?

— Nós precisamos desenterrá-la e dar um enterro cristão a ela — balbuciou Gretchen, inclinando-se para perto. — Ela está embaixo do abrigo no terreno de Margaret em Wadmalaw, apodrecendo na terra porque Satã a colocou ali, porque ele devorou sua alma. Mas, se a gente enterrar Molly, salvar Molly, se a gente conseguir tirar Molly de lá...

— Cala a boca! — gritou Abby enquanto o Sujinho subia acelerado a segunda seção da ponte. — Cala a boca! Cala a boca! Cala a boca! Eu sou a única amiga que você ainda tem, fiquei do seu lado mesmo com todos dizendo que eu não devia, aí quando você finalmente fala comigo, é essa palhaçada maluca de jardim da infância? Eu não sei mais quem você é!

— Eu sou eu. Não sou? Será que sou outra pessoa? Não, ainda sou eu; isso ainda não aconteceu, não pode ter acontecido. Eu ainda sou eu, ainda sou eu mesma. Você precisa acreditar que ainda sou eu.

Abby decidiu que Gretchen precisava de uma dose de realidade. Todo mundo estava cheio de dedos em torno dela e agindo como se não houvesse nada errado. Alguém precisava confrontá-la.

Gretchen se lançou por cima do câmbio e agarrou o volante. Elas estavam na pista que seguia para o centro, e Gretchen virou o volante com força para a esquerda, mandando o carro descontrolado para a contramão, ficando frente a frente com a grade dianteira de uma picape azul-marinho.

— Não! — gritou Abby.

Seu instinto foi pisar no freio, mas a picape estava perto demais. Abby podia ver o motorista: sem camisa, um mullet agitado ao vento, o cigarro caindo da boca, as duas mãos na parte superior do volante. O carro atrás deles buzinou. Abby empurrou o volante para a direita, mas Gretchen lutou contra ela. Os pneus do Sujinho vacilaram e deslizaram, então Abby deu uma cotovelada forte no ouvido da amiga. Ela foi jogada de volta em seu assento, batendo a cabeça na janela, e Abby girou com força para a direita, rezando para não haver um carro naquela direção.

O capô do Sujinho se inclinou perigosamente perto do asfalto, em seguida voltou para a pista da direita com um solavanco nauseante. Abby exagerara na correção, fazendo os pneus cantarem como uma cena de filme e o cheiro de borracha queimada se alastrar. O Sujinho acelerava em direção à grade fina de aço que formava a balaustrada da ponte, e Abby já podia ver o capô atingir o metal e a parte traseira se erguer, fazendo o carro capotar e cair até atingir a água vinte e cinco metros abaixo, dura como concreto.

Então as duas estavam de volta em sua faixa como se nada tivesse acontecido, seguindo a tranquilos oitenta e oito quilômetros por hora. Uma mãe de Creekside em uma perua recém-lavada buzinou ao ultrapassar pela esquerda. A traseira da picape azul-marinho estava no espelho retrovisor, desaparecendo na direção de Mt. Pleasant, e Gretchen estava apoiada contra a porta, com uma das mãos sobre a orelha.

O coração de Abby martelava no peito enquanto seguiram pela seção seguinte e saíram da ponte. Ela virou à esquerda, parou no estacionamento em frente a uma velha fábrica de charutos e tirou as mãos do volante com esforço, um dedo dolorido por vez. Então gritou tão alto que sua voz ecoou no teto:

— Qual é o seu maldito problema?

Gretchen enterrou o rosto nas mãos e soltou uma sequência de soluços fortíssimos que sacudiram seus ombros. Talvez estivesse chorando, talvez estivesse rindo. Abby não se importava mais. Sua raiva a deixou incandescente, gritando, cutucando com força as costas trêmulas da amiga.

— Estou cheia de você! — berrou. — Você acabou de tentar nos matar! Chega! Nunca mais vou falar com você!

Gretchen estendeu a mão de repente e a retorceu na manga da camisa de Abby.

— Não — implorou. — Por favor, não me deixe sozinha. Se você me deixar, eu não vou mais conseguir.

— Então me conta o que está acontecendo — ordenou Abby, sentindo a adrenalina se esvair e deixar fome e enjoo em seu lugar.

— Estou tão cansada. — Gretchen se encostou no banco e fechou os olhos. — Só quero dormir.

— Não faça isso — alertou Abby.

— Você quer saber o que está acontecendo? Quer saber o que está acontecendo de verdade?

— O que você acha?

Elas ficaram em silêncio por um longo tempo, então Gretchen finalmente contou a verdade a Abby.

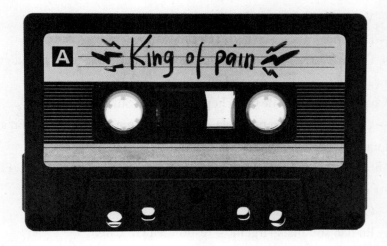

— Você não pode se envolver — disse Gretchen. — Isso não pode te atingir.

— Eu já estou envolvida. Você quase nos matou.

Abby sentiu um embrulho no estômago e o coração bater mais rápido.

Gretchen não estava escutando. Olhava para Abby com uma expressão suplicante.

— Você promete? — perguntou ela. — Você me promete que, quando isso acabar, tudo vai voltar ao normal?

— Se você não me contar neste instante o que está acontecendo, acabaram os telefonemas. Acabaram as caronas para a escola. Talvez no futuro, depois das férias de Natal, mas agora eu preciso de uma folga.

— Promete? — repetiu Gretchen.

Lágrimas brotavam de um dos seus olhos. O outro estava vermelho e infeccionado.

— Me promete que não é tarde demais para tudo voltar ao que era.

— Então me conta o que está acontecendo — exigiu Abby.

Gretchen esfregou a manga da blusa no rosto, sujando-a de catarro.

— Estou menstruada há duas semanas. Acho que estou sangrando até a morte, mas minha mãe não me escuta. Ela compra absorventes, e eu uso cinco ou seis por dia.

— Você precisa ir a um médico.

— Eu já fui.

— Um médico diferente. Um de verdade. Você pode estar com alguma doença.

A gargalhada vazia de Gretchen ecoou pelo Sujinho.

— Uma doença — repetiu ela. — É como uma doença, claro. Eu a peguei naquela noite na casa de Margaret.

Abby sentiu seu coração desacelerar, seus punhos relaxarem. Finalmente estavam chegando a algum lugar.

— O que aconteceu?

— Eu não sou mais virgem — respondeu Gretchen.

A afirmação pairou no ar. Não era só o fato de Gretchen ter mentido para ela em frente à capela; as duas haviam prometido não fazer isso sem conversar antes. Agora ela cruzara um portal e deixara Abby para trás com as criancinhas. Seguido desse pensamento veio outro, mais sério. *Naquela noite na casa de Margaret*. Gretchen não havia simplesmente perdido a virgindade. Isso era pior.

— Quem estava na floresta? — perguntou Abby.

Abby lera as histórias na *Sassy*, assistira a *The Burning Bed*, vira *Acusados* com Gretchen. Se isso podia acontecer com Gretchen... O pensamento não fazia sentido em sua cabeça. Quem faria mal a Gretchen? Quem iria amassá-la e rasgá-la e depois largá-la na mata como se fosse lixo?

— Eu não posso.

As peças se encaixavam. Esses eram os sinais de alerta nas matérias da *Cosmo*. E, se Gretchen não podia dizer o nome, então o culpado era alguém conhecido.

— Quem foi?

Gretchen fechou os olhos e apoiou o queixo no peito. Abby estendeu a mão e afagou seu braço. Gretchen se encolheu. Rostos do anuário passaram pela cabeça de Abby.

— Quem? — repetiu. — Me fala o nome dele.

— Toda noite. Várias vezes. Ele se senta no meu peito e eu não consigo me mexer. Ele me observa, e então me machuca.

— Quem?

— Eu não posso trocar de roupa. Preciso me manter coberta. Preciso dormir de roupa e não posso tomar banho porque, quando vê minha pele, ele a rasga. Eu não posso oferecer uma entrada a ele. Preciso mantê-lo do lado de fora. Você entende?

Abby se sentia perdida. Tudo estava vindo rápido demais.

— Se você me contar o nome dele, podemos ir à polícia.

— Toda noite... — começou Gretchen.

Então desabotoou a manga esquerda e a puxou até o cotovelo. Havia três grandes cortes que desciam por seu antebraço, do cotovelo ao pulso. Abby ouvira dizer que esse era o jeito certo de cortar os pulsos se você quisesse se matar: de cima a baixo, não de lado a lado.

Ela agarrou a mão de Gretchen, que estava fria como gelo. Virou o braço da amiga para trás e para a frente, em seguida o ergueu e olhou com atenção. Não eram cortes, eram arranhões profundos. Cascas grossas e escuras cobriam sua pele, cercadas por hematomas amarelos. Algo havia escavado três trincheiras em sua pele.

— O que você fez?

— Eu posso fazê-lo parar — disse Gretchen. — Mas não quero.

— Por quê?

— Porque o que vem depois é pior — respondeu Gretchen, puxando o braço e desenrolando a manga.

— Precisamos falar com a polícia.

— Foi na floresta. Ele estava esperando por mim. Estava escuro, e ele era muito maior... Era maior do que uma pessoa deveria ser...

Então era verdade. Alguém atacara Gretchen na mata, e agora ela estava se ferindo repetidas vezes ao reviver o trauma, punindo a si mesma, igual à matéria da *Seventeen*. Fazia tanto sentido que, de uma maneira insana, Abby sentiu orgulho de sua conclusão.

— Precisamos contar a alguém — disse ela.

Gretchen bocejou com a boca bem aberta e balançou a cabeça.

— Ninguém vai acreditar em mim.

— Vão acreditar em nós duas — afirmou Abby.

Gretchen se recostou na janela com as pálpebras pesadas. Agora que contara seu segredo para Abby, estava esgotada.

— Eu sei como fazer isso parar — falou Gretchen, com as pálpebras caídas. — Mas, se isso parar, o resto vai começar. Se parar, você nunca mais vai me ver.

— Eu posso resolver tudo. Posso fazer com que pare. Você confia em mim?

Gretchen assentiu com os olhos fechados.

— Estou tão cansada — murmurou ela. — Não sei mais por quanto tempo vou aguentar.

— Eu vou fazer isso parar — afirmou Abby. — E, quando acabar, prometo que as coisas vão voltar a ser como eram, tá?

Gretchen ficou em silêncio por um bom tempo.

— Tá — respondeu, por fim.

Então completou, com voz de criança:

— Quero ir para casa.

Abby fez o retorno com o Sujinho e voltou para a ponte. Aquilo não era matar aula; ela estava levando uma amiga doente para casa. Podia contar à sra. Lang o que tinha acontecido e, juntas, elas podiam pensar em como agir. A situação era ruim, mas nada estava arruinado.

Ela chegou a Mt. Pleasant e atravessou Old Village, sem jamais passar de quarenta quilômetros por hora, sentindo a cabeça zunindo com o que diria à mãe de Gretchen. Quando encostaram em frente à casa dos Lang, ela estava o mais pronta possível, mas se deteve de repente. A entrada para carros estava vazia.

— Onde está sua mãe? — perguntou Abby.

— Devia estar aqui — murmurou Gretchen.

Abby estacionou na rua, pegou a mochila da amiga e a conduziu para dentro.

130

A casa estava congelante. O frio atravessou as roupas de Abby e causou uma onda de arrepio. O ar refrigerado fedia a Glade, a desinfetante Lysol e a pot-pourri. Abby viu mais três aromatizadores Magic Mushrooms na mesa do hall e, camuflado pelo perfume químico, sentiu algo azedo e terroso.

Ela ajudou Gretchen a subir a escada. Ao se aproximarem do segundo andar, o fedor de carne podre superou os aromatizadores de ambiente. Quando abriu a porta do quarto de Gretchen, Abby parou, em choque. O perfume não funcionava ali. O fedor, cru e bruto, escorria pelas paredes, subia do chão, encobrindo a língua de Abby com uma camada de gordura, penetrando em suas roupas, impregnando seu cabelo. Ela respirou pela boca, e sua saliva se tornou rançosa, escorrendo espessa pelo fundo da garganta. Mas não foi o fedor que a deteve.

— Sua mãe parou de entrar aqui? — perguntou Abby.

Semana sim, semana não, a mãe de Gretchen esperava que ela fosse para a escola e limpava o quarto da filha, à procura de bilhetes. Revirava o lixo, remexia na gaveta de calcinhas, enchia grandes sacos pretos de coisas que ela decidia não serem úteis para Gretchen, deixava o espaço tão estéril e impessoal quanto um mostruário de móveis em uma loja de departamento. Mas agora o quarto de Gretchen estava uma zona.

Roupas transbordavam de gavetas abertas, nenhuma das duas camas estava feita, a lata de lixo estava tombada, e havia uma lata de Coca Diet no meio do carpete branco. As paredes estavam cobertas de marcas pretas. Pela porta aberta do banheiro, Abby viu a bancada da pia tomada por bolas de lenços de papel usado, cremes derramados, elásticos de cabelo, Band-Aids, absorventes.

Gretchen se livrou dos braços de Abby e desabou em uma das camas. Então se enrolou no edredom, apertando bem até que apenas seu rosto ficasse de fora, e bocejou outra vez.

O frio estava penetrando nos ossos de Abby. Seus braços tremiam.

— Você tem um suéter? — perguntou.

Gretchen apontou com a cabeça para o armário.

— Tem alguns aí dentro que ele não destruiu — respondeu ela com a língua enrolada.

Abby abriu as portas do armário e pegou um suéter vermelho de tricô que estava razoavelmente limpo. Ela puxou as mangas por cima das mãos como luvas e se sentou na beira da cama, olhando para os três sulcos profundos e irregulares riscados na parede de gesso. Eles começavam logo abaixo do teto e desciam até a cabeceira. Abby não conseguia acreditar que a sra. Lang tivesse permitido que algo assim maculasse sua casa perfeita.

Os olhos de Gretchen estavam fechados, e sua respiração, profunda e regular. Uma das mãos imundas e congelantes serpenteou para fora da coberta e agarrou o pulso de Abby.

— Não me deixe — murmurou ela.

Depois de alguns minutos, a mão de Gretchen afrouxou e caiu. Quando Abby se levantou, os olhos da amiga se abriram por um momento antes de voltarem a se fechar. Abby sabia o que precisava fazer. Seria a coisa mais difícil da sua vida, mas, exatamente por esse motivo, parecia ser o certo.

Ela encontrou o número do escritório do sr. Lang na agenda ao lado do telefone da cozinha.

— Thurman, O'Dell, Huggins e Krell — disse uma mulher.

— Preciso falar com o sr. Lang — explicou Abby. — É... É a amiga da filha dele. É muito importante.

Ela havia cruzado a fronteira, e agora os pais de Gretchen sabiam. Não podia mais voltar atrás.

— Abby! — exclamou o sr. Lang. — O que aconteceu?

— Não consegui encontrar a sra. Lang. Por isso liguei para o senhor. Gretchen está em casa e...

— Estou indo para casa. Não saia daí.

E desligou. Abby ficou parada com o telefone na mão, escutando o zumbido da geladeira. Depois tornou a subir para esperar. Minutos se arrastaram, transformando-se em horas. Ela encontrou um exemplar da *Seventeen* e tentou fazer o teste "Sua melhor amiga está competindo com você?", mas sua cabeça estava agitada com pensamentos de mais. Era impossível se concentrar.

Gretchen roncava baixinho, como sempre. Abby observou-a dormir. Na primeira vez que passaram uma noite juntas, no quarto ano, Abby percebeu que a amiga sorria durante o sono. Ela lhe contou isso na manhã seguinte.

"É porque eu sempre tenho sonhos bons", respondera Gretchen.

Ela não estava sorrindo agora. Parecia morta. Uma faixa de suor se espalhava pelo seu pescoço. Abby quis afrouxar um pouco o cobertor, mas Gretchen o segurava com muita força.

Ela esperou. O telefone tocou às nove e meia, e de novo às 10h15, mas Abby não sabia se deveria atender, por isso deixou cair na secretária eletrônica. O único som na casa era do ar frio sendo soprado pelas saídas de ventilação e, no andar de baixo, o tique-taque nítido do relógio de pêndulo dos Lang no hall de entrada. Abby observou Gretchen dormir por muito tempo, até que ouviu o barulho de cascalho e portas de carro batendo. O Bom Cachorro Max deu um único latido. Os Lang estavam em casa.

Abby desceu a escada enquanto eles se aproximavam da casa. A sra. Lang parou para repreender um Max alegre por revirar o lixo outra vez. O sr. Lang já estava falando quando abriu a porta de vidro.

— Abby, o que…

— Shh — disse Abby, levando um dedo aos lábios e apontando para o andar de cima. — Ela está dormindo.

— Por que você não está na escola? — perguntou ele em um sussurro audível.

Sentindo-se muito importante e um pouco insegura, Abby gesticulou para que eles se dirigissem à sala de TV na frente da casa. O cômodo era escuro, longe da escada e pequeno demais para o sofá de couro gigante que dominava o centro.

— Recebemos um telefonema da secretaria informando que vocês duas mataram aula — começou a sra. Lang.

— Preciso contar uma coisa para vocês — disse Abby. — E não é boa.

— Sabemos que Gretchen está muito doente — interrompeu o sr. Lang. — Sabemos que não tem sido ela mesma. Já estamos tomando providências.

— Ela está com problemas — explicou Abby. — Acho que uma coisa ruim aconteceu.

O sr. Lang olhou para a esposa. Será que os dois desconfiavam?

— Abby, o que Gretchen contou a você? — perguntou ele.

E, como um típico adulto, não esperou pela resposta antes de continuar:

— Gretchen está passando por algo muito assustador, e eu não culpo você por se afastar um pouco de sua amizade. Mas nós já conversamos com médicos, e eles nos explicaram que o que está acontecendo é uma doença infeliz da mente e do espírito que às vezes acomete meninas quando crescem.

Abby sabia a que tipo de médicos eles tinham ido.

— Viram os braços dela?

O sr. Lang fez uma expressão triste.

— Lamento que você tenha sido obrigada a ver isso — disse ele. — É terrível quando uma pessoa jovem machuca a si mesma. Mas pode ser uma reação a muitas coisas. Nós encontramos uma pessoa na igreja com quem Gretchen pode conversar, e é assim que ela vai começar a melhorar.

— Sei que você está tão alarmada com o comportamento dela quanto nós — comentou a sra. Lang com um sorriso. — Mas nós temos tudo sob controle.

Abby ficou furiosa. Como eles ousavam agir como se soubessem o que estava acontecendo? Eles não sabiam de nada.

— Ela foi estuprada — falou Abby.

Dizer "estupro" em voz alta pareceu mais melodramático do que pretendia, mas também arrancou o sorriso do rosto dos dois na mesma hora. Os Lang trocaram outro olhar, como se Abby estivesse sendo difícil.

— Ai, meu Deus — disse a sra. Lang.

— Você não pode sair por aí fazendo essas acusações — repreendeu o sr. Lang. — Você não tem ideia do que está acontecendo. É uma criança.

Pela expressão no rosto dos dois, Abby sabia que a porta estava se fechando. Como eles eram adultos e facilmente assustáveis, ela quisera apresentar o caso aos poucos, uma prova por vez, mas agora precisava jogar tudo na mesa ao mesmo tempo.

— Quando estávamos na casa de Margaret — começou. — Três semanas atrás. Esqueci a data. — Ela devia ter se lembrado da data. — Nós tomamos LSD, e eu sei que não deveríamos, mas nunca tínhamos feito isso, estávamos só experimentando. Agora eu sei que precisava ter tomado mais cuidado com Gretchen, mas foi nossa primeira vez, e não era muito forte. Ela se perdeu na floresta, e levamos algumas horas para encontrá-la, e, quando encontramos, ela estava diferente. Acho que está se machucando… — Abby perdeu o fio da meada, então se recuperou e continuou: — Ela está revivendo o estupro toda noite, em flashbacks, como veteranos do Vietnã. É culpa minha, eu não devia ter deixado ela sozinha quando tomamos LSD, porque foi quando tudo aconteceu. A gente jurou que nunca mais vai fazer isso. Eu prometo.

— Vocês estavam usando drogas? — perguntou a sra. Lang.

Abby ficou frustrada por ela estar reagindo à informação errada.

— Vocês usaram drogas na casa de Margaret Middleton?

— Alguém atacou Gretchen — insistiu Abby.

— Onde vocês arranjaram as drogas, Abby? — exigiu saber o sr. Lang com uma voz controlada.

Abby não queria entregar Margaret, por isso decidiu assumir a culpa. Em comparação ao que acontecera na floresta, isso era uma bobagem.

— Eram minhas — respondeu. — Mas a gente só estava experimentando.

A sra. Lang se dirigiu à porta.

— Vou ver como Gretchen está.

O sr. Lang agarrou o braço da esposa.

— Grace. Gretchen está bem. Abby, você não deu nada a ela hoje, certo?

Ela queria ser honesta, por isso pensou bem. Não tinha comprado Coca Diet para Gretchen nem qualquer comida. Elas nem sequer tinham parado no Wendy's.

— Não — respondeu. — Ela está dormindo.

O sr. Lang conduziu a esposa até o sofá e a sentou delicadamente.

— Abby — começou ele. — Nós a recebemos em nossa casa. Nós a tratamos como se fosse da família. E você deu veneno à nossa filha.

— As drogas não importam — argumentou Abby. — Eu acho que Gretchen foi...

Mas isso parecia limitado demais, fraco demais. Eles precisavam saber que ela não tinha dúvidas sobre o que acontecera.

— Eu *sei* que Gretchen foi estuprada, sr. Lang.

— Perguntei se você tinha ideia do que estava acontecendo — continuou ele. — Na noite do clube do livro. Pedi para me contar a verdade, e o fato de você ter mentido na minha cara faz meu sangue gelar.

Os olhos da sra. Lang estavam molhados quando ela pegou as duas mãos de Abby e apertou.

— Há quanto tempo isso vem acontecendo? Não, não precisa responder. Eu sei o momento exato.

Ela ergueu o olhar para o marido, que encarava Abby fixamente.

— Os olhos vermelhos, o quarto bagunçado, a aparência desmazelada, a perda de apetite, o cheiro ruim. Bem debaixo de nosso nariz. Bem dentro da nossa casa.

Abby tentou se soltar, mas a sra. Lang apertou suas mãos com mais força.

— Não — disse a menina. — Vocês não estão entendendo. Alguém atacou Gretchen. Alguém fez isso com ela. As drogas foram só uma vez. Elas não importam.

— Ah, Abby — falou a sra. Lang. — Você não vê? A doença dela começa com você. Nós levamos Gretchen ao médico. Não houve relação sexual. Foi você quem machucou Gretchen. Você, não outra pessoa. Você lhe deu as drogas que a deixaram assim. Não existe "uma vez" com as drogas. E aposto que essa não foi a primeira vez que vocês mataram aula juntas.

Abby puxou as mãos com força, e elas deslizaram, escorregadias de suor, através dos dedos da mulher.

— Eu sou amiga dela. Eu não a machuquei. Foi outra pessoa.

— Não minta para nós — retrucou o sr. Lang. — Nós devíamos ter tomado providências há muito tempo. Achamos que ficar perto de Gretchen seria bom para você. Nunca imaginaríamos que você retribuiria nossa bondade assim.

Eles estavam agindo como se fossem vítimas, e isso fez Abby começar a falar antes que seu cérebro conseguisse desacelerar a boca.

— Por que vocês estão colocando a culpa em mim? Foram vocês quem a arrastaram àquele médico que nem conseguiu constatar que ela não é mais virgem. São vocês que a espionam o tempo inteiro. Vocês fizeram isso com ela. É culpa sua. Eu estou tentando salvá-la!

— É isso o que as drogas dizem a você? — perguntou a sra. Lang.

— Eu não uso drogas! — gritou Abby. — Sou a única pessoa tentando ajudar Gretchen! Vocês dois não ligam para ela! Só querem controlá-la. Você bateu em Gretchen! A única preocupação que têm é que ela não envergonhe vocês!

Ela nem tinha consciência do que saía de sua boca. Só atirava palavras sobre eles, as ouvindo quando ecoavam pela sala. O sr. Lang a interrompeu.

— Saia daqui, Abby. Nós lhe demos todas as chances, mas você envenenou nossa filha e nossa família. Se soubéssemos o tipo de garota que você é, nunca a teríamos recebido em nosso lar. Você tem sorte que eu não vá chamar a polícia. Vou lhe dar uma segunda chance muito adulta. Vou ligar para sua mãe e deixar que ela lide com você, apesar de todas as provas de que ela não vem fazendo um bom trabalho.

Abby estava desesperada. Alguém precisava tomar uma atitude.

— Isso aconteceu! — gritou. — Vocês não podem desfazer os fatos. Ela foi estuprada!

O rosto do sr. Lang se enrijeceu como uma pedra.

— Escute aqui, mocinha. Se você repetir essas alegações vis a qualquer pessoa, eu não vou hesitar em chamar a polícia para prender você por posse de drogas. E não vou parar por aí. Você não quer saber o que meus advogados podem fazer com seus pais.

Lágrimas escorriam dos olhos de Abby. Nunca fora odiada por um adulto, e estava abalada. Mas como era possível eles não acreditarem que a filha havia sido estuprada quando todas as evidências estavam bem ali?

— É o senhor? — perguntou Abby. — O senhor está protegendo alguém?

Ela olhou para a sra. Lang.

— É ele?

Em um instante, a sra. Lang se levantou do sofá, agarrou Abby pelo braço e a conduziu até a porta. Ela tentou se soltar, mas a sra. Lang cravou suas garras na sua pele macia, deixando hematomas na parte interna do braço.

— Como você ousa — sibilou a sra. Lang.

Ela ficou repetindo essas palavras por todo o caminho até a porta.

— Não volte, Abby. Não volte. Por muito tempo. Nunca mais.

Então empurrou a menina para fora e bateu a porta. Através do vidro, Abby a viu trancá-la. Estava sendo tratada como uma criminosa. Estavam trancando as portas como se ela fosse uma delinquente perigosa. Como se não pudesse jogar um de seus vasos de flores modernos e idiotas pela vidraça e entrar se quisesse.

Abby caminhou até a rua, sentindo o ar úmido a degelando, e percebeu que ainda usava o suéter de Gretchen. De repente, pareceu um item muito precioso.

Quando chegou em casa, viu que a secretária eletrônica estava piscando. Uma mensagem nova. Suas mãos tremiam tanto que ela precisou de três tentativas para apertar o play.

— Mary, aqui é Grace Lang — soou a diminuta voz gravada da sra. Lang.

Embora fosse baixa, Abby a sentiu encher a casa de desprezo.

— Estou ligando em razão do que descobrimos sobre Abby, o que ela admitiu em nossa casa hoje, e estamos chocados. Por favor, retorne assim que receber esta mensagem. É um assunto muito sério, e esperamos não haver necessidade de envolver a polícia.

Abby se sentiu zonza. Um bipe agudo ecoou em seus ouvidos quando ela apertou o botão e apagou a mensagem para sempre.

— Eu vou salvar você, Gretchen — jurou para si mesma — Eles não podem me impedir de salvar você.

Na manhã seguinte, Abby parou no estacionamento dos estudantes e foi direto à secretaria.

— Srta. Toné. Preciso falar com o Major.

Não havia emergência inédita para a srta. Toné, e como Abby não estava visivelmente sangrando, ela a fez esperar até o primeiro sinal.

— Eu vou justificar o seu atraso — disse a srta. Toné. — Mas você precisa se acalmar.

Abby ficou de olho na janela, tentando checar se Gretchen chegaria à escola, mas ela não apareceu. O sinal tocou, e o Major entrou. Ele gostava de circular pelos corredores antes da primeira aula, distribuindo advertências por ombros à mostra, modas e costumes bizarros ou qualquer expressão de identidade pessoal na indumentária que não tivesse espaço no Colégio Albemarle. Tinha acabado de advertir Jumper Riley por uma violação do código de vestuário (seu cabelo tocava a gola) quando viu Abby e parou de repente.

— Sou Abby Rivers. Do primeiro ano.

— Ela estava esperando para falar com o senhor — explicou a srta. Toné.

Em silêncio, o Major sinalizou para que Abby entrasse em sua sala. Tinha as paredes padrão de tijolos amarelos e os móveis institucionais.

A única decoração era uma bandeira americana no canto, uma grande foto emoldurada do presidente Reagan sorrindo e um pôster preso com tachas atrás da porta. Metade do cartaz mostrava um jogador de futebol americano sujo de lama e ajoelhado na grama, com as palavras "Eu desisto...". Na outra metade, havia um crucifixo gigante em cima de uma colina, iluminado por trás pelo sol poente, com a legenda: "Ele não desistiu."

O homem se sentou pesadamente atrás da mesa.

— Major — começou Abby. — Preciso contar uma coisa que aconteceu com outra aluna. Minha melhor amiga? Gretchen Lang? Acho que um professor precisa saber.

Ele se virou para um arquivo atrás dele, tirou do seu interior uma pasta parda, posicionou-a no centro da mesa vazia e folheou as páginas. Depois de um tempo, ergueu os olhos.

— Aqui diz que você é uma de nossas alunas bolsistas, srta. Rivers.

A digressão pegou Abby desprevenida.

— Sim, senhor. Eu sou.

O Major assentiu para indicar que os dois concordavam naquele ponto.

— Na verdade, neste momento, você é nossa bolsista no ano mais avançado — continuou ele, com a voz grave. — Essa é uma grande responsabilidade, srta. Rivers. A família Albemarle quer estender a mão, encontrar estudantes de destaque entre os menos afortunados, então elevá-los de modo que possam se beneficiar das oportunidades de uma educação completa. Mas, antes, você deve ajudar a si mesma.

Abby não fazia ideia do que ele estava falando, mas se esforçou ao máximo para ser agradável.

— Sim, senhor. Exatamente. E é por isso que eu queria lhe contar o que aconteceu com Gretchen Lang. Ela não é uma aluna bolsista — acrescentou de forma tosca.

— Não — concordou o Major. — Estou familiarizado com a situação da srta. Lang. Agora, as aulas já começaram, e você está desperdiçando tempo de ensino valioso. O que tem para me contar, srta. Rivers?

Chegara o momento de dizer os fatos em voz alta, e Abby fez o melhor que pôde.

— Ela foi atacada — falou, tentando manter a voz neutra. — Nós estávamos na casa de Margaret Middleton, em Wadmalaw, e Gretchen se perdeu na mata, e, enquanto estava lá, alguém fez alguma coisa com ela. Gretchen passou a noite toda desaparecida, e agora tem algo de muito errado com ela.

— Ela foi atacada? — repetiu o Major.

— Sim, senhor.

— Por?

— Por… um garoto.

— Um aluno?

— Não sei — admitiu Abby.

O Major se recostou na cadeira, uniu a ponta dos dedos de ambas as mãos e observou o cartaz preso à porta por um longo momento.

— Então você acredita que a srta. Lang foi sexualmente atacada?

Abby sentiu o coração voltar a bater. Estava sendo levada a sério. Assentiu.

— Sim, senhor.

— E você acredita que esse crime aconteceu quando vocês estavam fora do campus, em uma festa do pijama em Wadmalaw na propriedade da família Middleton?

Abby fez que sim com a cabeça, acrescentando tardiamente:

— Sim, senhor.

Era uma sensação boa tirar aquele peso das costas.

— E por que não é a srta. Lang que está aqui me contando isso? — perguntou o Major.

Abby pensou no que Gretchen diria se estivesse sentada ali, a aluna número um, cheia de feridas e fedendo a perfume, encolhida na cadeira, murmurando coisas sem sentido sobre Molly Ravenel.

— Ela está um pouco confusa — respondeu Abby.

— Talvez interesse a você saber que essa manhã, antes de sua chegada, eu recebi um telefonema. Consegue imaginar quem era? Não? Era a mãe de

Gretchen Lang. Ela estava preocupada porque você e a filha haviam se desentendido. Achava que você pudesse tentar sujar o nome de Gretchen. Confessou se preocupar com a natureza de sua amizade com a filha. A palavra que ela usou, acredito, foi "inapropriada". Você entende o que estou dizendo?

Abby sentiu a mente em branco. De repente, ficou envergonhada do quanto era jovem. Do quanto era jovem e estúpida.

— Eu ainda não tenho uma opinião formada sobre a natureza de sua amizade com a srta. Lang — prosseguiu o Major. — Mas estou formando uma com bastante rapidez. Percebi sua falta não justificada ontem. Percebi as mudanças recentes no comportamento da srta. Lang. Não pense que estou alheio ao fato de que há alunos deste campus vendendo e consumindo narcóticos, srta. Rivers. Minha missão é descobrir quem são esses alunos, e tenho observado a srta. Lang muito de perto. Depois desse telefonema da sra. Lang, também passarei a observar você com muita atenção. As alegações de uma mãe preocupada não são uma prova, mas se eu descobrir que você é de alguma forma responsável pela mudança no comportamento de Gretchen Lang, se eu descobrir que você é a "traficante" dela, vou entregá-la às autoridades. Não é preciso dizer que isso vai representar o fim de sua carreira acadêmica.

Ele fechou a pasta de Abby e descansou a palma da mão sobre a capa.

— Eu vou lhe fazer um grande favor, srta. Rivers. A família Lang é parte integral da comunidade Albemarle há muitos anos, e Frank Middleton é um ex-aluno influente e generoso. Não desejo incomodá-los com suas alegações descabidas que, segundo me informou a sra. Lang, são infundadas. Entendo que frequentar este colégio seja um desafio para você, e apesar de ter se mostrado digna de enfrentá-lo no passado, não podemos garantir que vá continuar a sê-lo no futuro. Essa história acaba aqui, mas estarei de olho em você, srta. Rivers.

Abby ficou sem ar. Fora idiota em pensar que era mais esperta que a sra. Lang. Claro que ela telefonara para a escola. Abby queria voltar atrás e recomeçar, agir diferente, mas era tarde demais. Ela tinha desperdiçado sua chance.

— Vá para a aula — disse o Major. — Eu não vou lhe dar uma dispensa pelo atraso, e vamos considerar essa a sua advertência. Reflita sobre como você retribuiu a amizade da srta. Lang. Fé e honra, srta. Rivers. Você possui tais valores?

Pelo resto da manhã, Abby se sentiu envolta em uma camada de algodão, flutuando pelas aulas em um estado de torpor. A sra. Erskine perguntou a ela quem escrevera *Pecadores nas mãos de um deus irado* e ela não soube responder. Em Biologia, a sra. Paul distribuiu pedidos de autorização para a iminente excursão ao laboratório de anatomia macroscópica da faculdade de medicina. Ela pegou um, mas não ouviu nem uma palavra sobre o que veriam.

No almoço, ela se sentou no gramado com Margaret e Glee por força do hábito e ouviu Wallace Stoney tagarelar sobre como tinha saído da banda Dukes of Neon (que estava mudando de nome pela terceira vez desde a formação) e como ela nunca chegaria a lugar nenhum porque ele era a cola que mantinha todos juntos. Em seguida passou sem interrupção para um monólogo sobre a excursão de anatomia, que era um rito de passagem para todo aluno do primeiro ano.

— É radical — disse ele. — Eu escrevi uma música sobre isso.

— O lugar é mesmo cheio de cadáveres? — perguntou Glee.

— Cara. Foi sinistro. Tem um monte de coisas nojentas como potes com bebês de duas cabeças dentro, e eu vi até um pinto em um vidro, e a água era toda verde. Parecia um drink sabor pinto.

— Nojento — comentou Glee.

— Cala a boca — intrometeu-se Margaret. — Ou eu nunca mais vou conseguir beber um drink verde.

— Ah, gatinha — disse Wallace. — Essas bebidas verdes são nojentas. As vermelhas é que são boas. Você pode beber dez garrafas dessa porra e nunca vomitar.

Abby comeu seus palitos de cenoura e bebeu seu chá gelado de forma automática. Todo mundo parecia muito, muito distante. Ela só voltou a si quando estava saindo do estacionamento no fim das aulas e percebeu que estava virando à esquerda no sinal da Folly Road em vez de à direita, seguindo na direção de Wadmalaw. Tinha sido tomada por uma convicção imbatível: se os Lang não acreditavam nela sobre o estupro de Gretchen, se o Major não acreditava nela sobre o estupro de Gretchen, ela os faria acreditar. Se algo acontecera a Gretchen, talvez ainda houvesse provas ao redor da casa de Margaret, naquele abrigo escondido na mata.

No entanto, quarenta e cinco minutos e um quarto de tanque depois, parada diante daquela construção imunda, Abby viu que ela não continha nada além do mesmo lixo idiota de antes — uma revista de mulheres peladas encharcada, um par de cuecas brancas chamuscado, uma pilha de garrafas de Bartles and James vazias. As paredes estavam cobertas com as mesmas pichações idiotas — "Foda-se os alunos da iscola preparatória" e "Dukes uf Neon tour mundial do sexxxo 88". Era perda de tempo.

Ela deu outra volta no abrigo. Em um segundo estava rastejando sobre as placas de concreto quebradas, analisando as pichações, tentando encontrar uma pista, como sempre faziam na TV, mas chegando à conclusão de que não tinha nada ali, e no segundo seguinte ela entendeu.

Dukes uf Neon. Esse era o nome da banda de Wallace, pelo menos antes que o mudassem pela terceira vez. Ele falara sobre isso no gramado mais cedo. Todas aquelas garrafas vazias de Bartles and Jaymes (*a Polícia de Charleston o chama de "bebida do estupro"*). Na imaginação de Abby, uma imagem começou a se formar: Wallace indo visitar Margaret e esperando na mata, escondido no abrigo, até ela escapar das amigas para encontrá-lo. E, em vez dela, ele encontra Gretchen no escuro, perdida, com medo, nua.

Wallace Stoney.

— Eu não faria isso — disse uma voz masculina.

Abby tomou um susto. Parado atrás dela havia um cara grande, com um cigarro aceso na mão. A barriga saliente aparecia por baixo de uma camisa polo manchada, e ele usava uma calça cáqui com a bainha puída. Seu cabelo louro despenteado estava para cima; seu nariz era torto; e seus olhos, baços. Riley Middleton.

— Sou amiga de Margaret — falou Abby.

Ela não sabia que drogas ele podia ter usado. Sentiu vontade de rir. Os Lang acreditavam que Abby era uma grande traficante de drogas, e ali estava ela, com medo de um verdadeiro.

— Eu sei. Você é Glee.

— Abby. Glee é nossa outra amiga. O que você não faria?

Ele deu um passo na direção de Abby, que recuou. Ele já tinha drogado garotas. Já tinha feito coisas com elas no banco de trás de seu carro, e ninguém sabia que ela estava ali. Riley parou e deu um trago teatral no cigarro.

— Eu não entraria aí — disse ele, exalando uma nuvem densa de fumaça azul. — Se fosse você.

Abby tentou ter um vislumbre do Sujinho através da mata e percebeu que tudo o que enxergava eram árvores. Tudo o que ouvia era o coaxar dos sapos. Estava sozinha com Riley. Uma tampa pareceu se abrir em seu umbigo, drenando toda a coragem.

— Por que não? — perguntou ela, para ganhar tempo, tentando fazer com que ele continuasse falando enquanto procurava uma saída.

— Já aconteceram umas merdas pesadas aqui. Culto ao diabo, tortura de escravos, assassinato. — Ele fez uma pausa e sorriu. — Estupro.

Abby deu outro passo para trás e tropeçou em uma placa de concreto. Ela ouvia a caixa telefônica zumbindo no silêncio e sentia sua vibração pelo chão. Riley sorriu outra vez.

— Você tem um belo corpo — disse ele. — Quantos anos você tem?

— Obrigada — respondeu Abby, sem pensar.

Queria correr, mas Gretchen precisava dela. Sufocou o pânico.

— Riley — continuou ela —, você sabe se tinha mais alguém aqui no último feriado? Tipo uns garotos fazendo farra na mata?

— Provavelmente. Por que não pergunta a Margaret?

— Boa ideia.

Então, antes que ele pudesse reagir, concluiu:

— Minha mãe está me esperando. Tchau.

Ela começou a se mover antes mesmo de concluir a última palavra, caminhando o mais rápido possível para longe do zumbido da caixa telefônica, para longe de Riley, desviando de troncos, arbustos e emaranhados de vegetação rasteira. Passou a correr quando emergiu da mata e viu o Sujinho. Pegou as chaves, entrou, trancou as portas, engrenou a marcha, pisou fundo no pedal e voou para Red Top.

Quando chegou em casa, eram quase oito da noite. Fechou a porta do quarto e enfiou o cobertor na fresta do chão para evitar que o som vazasse. A última coisa que queria era deixar sua mãe escutar o que ela estava prestes a dizer. Então ligou para Glee. Seu cérebro não estava em condições de jogar conversa fora, por isso foi direto ao assunto.

— Você se lembra da noite do ácido? Quando Gretchen se perdeu? Acha que Wallace estava lá?

— Por quê? — perguntou Glee.

— Porque eu preciso saber. Você acha possível que ele estivesse na mata?

— Como eu saberia?

— Glee. Preciso contar uma coisa, e você tem que me prometer não contar para ninguém, muito menos para Margaret. Promete?

— Óbvio.

Abby ouviu a empolgação na voz da amiga.

— Um garoto pegou a Gretchen. Tipo, estuprou ela. Quando estávamos na casa de Margaret. Quando ela se perdeu na floresta.

Seguiu-se um longo silêncio.

— E acho que foi Wallace — concluiu Abby.

Um silêncio mais curto, então Glee falou:

— Calma aí, já te ligo de volta. Minha irmã chegou em casa.

Cinco minutos depois, o telefone de Mickey exclamou "Eu sou o Mickey!", e Abby tomou-o em sua mão.

— Por que demorou tanto?

— Desculpe — disse Glee. — Minha irmã estava me enchendo o saco. Você consegue me ouvir direito? O que estava dizendo sobre Wallace?

Abby contou tudo. Sobre a confissão de Gretchen, o surto dos pais dela, sobre como foi até Wadmalaw quando Margaret não estava e encontrou as garrafas de bebida e a pichação dos Dukes of Neon. Era um alívio botar tudo para fora, e Glee era uma boa ouvinte. Se não conseguisse ouvir sua respiração, Abby acharia que a amiga havia desligado, de tão quieta que estava, mas Glee era assim. Sempre que surgia um problema, você podia contar com o foco dela.

Finalmente, Abby terminou. Ninguém disse nada por um minuto.

— Foi por isso que ela disse aquelas coisas sobre Wallace? — perguntou Glee.

— É o que acontece, não é? Se alguém faz isso, você fica meio louca. Ela não está com a cabeça no lugar, Glee.

— Mas você acha mesmo que foi o Wallace? — ponderou Glee. — Ele falou para Margaret que nunca a trairia.

— Eu sei. Mas garotos mentem o tempo todo. Se Margaret acredita em Wallace, ela é superingênua. Wallace se gaba sobre outras garotas o tempo todo.

— Isso não é legal.

— Mas é verdade. Você já o ouviu.

— Não é, não — disse Glee.

Nesse momento, Abby devia ter percebido que havia algo errado.

— O que você vai fazer? — continuou Glee.

— Preciso contar a alguém. Acho que deveria começar com Wallace. Ver se ele admite. Se não, vou à polícia. E, se não me escutarem, vou contar para todo mundo na escola.

— E Margaret?

— Não sei. Essa é a parte complicada. Acha que eu deveria contar para ela primeiro?

— Não — respondeu Margaret. — Não acho que você deva contar para Margaret primeiro.

Abby quase derrubou o telefone. Ela sentiu tontura e enjoo, e suas mãos ficaram dormentes. Glee as pusera em chamada tripla.

— Nunca mais chegue perto de nós! — gritou Margaret. — Você tem ciúme de Wallace e quer foder com tudo que há de bom na minha vida!

Abby tentava falar ao mesmo tempo:

— Margaret! — berrava. — Margaret! Margaret! Margaret! Você precisa entender...

— Eu não preciso entender merda nenhuma, sua piranha!

— Você precisa falar com Gretchen!

— Vá se foder! — rosnou Margaret.

Em seguida, começou a gritar com a boca colada no fone. Sua voz ficou mais alta que a de Abby, explodindo pelo alto-falante.

— Fique longe de nós! Fique longe de nós, porra, ou vou acabar com a sua vida! Se você quer ser amiga de Gretchen, tudo bem! Vai contar para ela suas mentirinhas doentias. Mas, se olhar para nós, se falar conosco, se disser qualquer coisa perto de nós, eu vou mandar meu pai ferrar você com um processo!

A linha de Margaret ficou muda. Abby continuou parada, com o ouvido zunindo, até perceber que Glee continuava na linha.

— Glee...

— Você é má — disse ela.

E desligou.

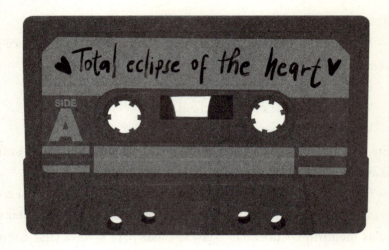

A Semana do Espírito Escolar era o festival anual da anarquia na escola.

Os professores odiavam porque não conseguiam avançar direito nas aulas, a administração odiava porque as violações de regras aumentavam, os pais odiavam porque ela acabava com os horários das caronas compartilhadas. Mas a Semana do Espírito Escolar era impossível de deter. Era como Natal em outubro. Era o carnaval do caos.

Foi a pior semana da vida de Abby.

A segunda-feira era o dia dos gêmeos. No ano anterior, Abby e Gretchen apareceram com roupas iguais. Este ano, Glee e Margaret se vestiram de forma parecida e se recusaram a falar com Abby quando ela tentou se desculpar. Gretchen nem apareceu.

Terça-feira era o dia do traje informal, e todos usavam jeans e assistiam à batalha das bandas na hora do almoço. No ano anterior, Abby e Gretchen se sentaram no gramado e viram Parish Helms tocar, curvado sobre o baixo, o sol refletindo no seu cabelo louro. Este ano, Gretchen não estava na escola, e Abby perambulava pelo jardim do auditório, à procura de um lugar para almoçar, quando uma caixa de leite explodiu aos seus pés. Ela ergueu os olhos. Wallace Stoney estava parado na sua frente, com a camisa de futebol americano, o rosto inexpressivo, respirando forte pelo nariz.

— Você quer apanhar? — perguntou Wallace.

Abby olhou ao redor para checar se havia alguém por perto, mas todo mundo estava do outro lado do gramado assistindo aos Dukes of Neon sem Wallace tocarem "Brown-Eyed Girl". Ela voltou o olhar para Wallace. Suas pupilas eram pontos negros, e suas narinas se dilatavam.

Ela tentou contorná-lo. Wallace bloqueou o caminho.

— Você acha que eu mijaria em Gretchen Lang se ela estivesse pegando fogo? — perguntou ele. — Você acha que eu enfiaria o pau naquela buceta mesmo se ela me implorasse?

Abby ficou muito, muito imóvel. Escolheu as palavras com cuidado, mantendo os olhos baixos:

— Eu não acho nada, Wallace.

Como ela não estava olhando, só percebeu que a mão dele avançava na sua direção quando era tarde demais. Ele não bateu com foça, mas a pegou de surpresa, fazendo com que cambaleasse para o lado e deixasse os livros cair.

— Ninguém espalha mentiras sobre mim, vadia — disparou ele, chegando mais perto.

Abby se encolheu, e Wallace sorriu, então lhe deu uma ombrada e saiu andando.

Ela precisava muito falar com Gretchen. Não apenas sobre Wallace, sobre tudo. Todas as coisas reprimidas que ela precisava dizer turvavam seu cérebro, a deixavam inebriada, desaceleravam seu pensamento, enrolavam sua língua. Ela as disse para si mesma enquanto dirigia da escola para casa, tentou escrevê-las, contou para Geoffrey, a Girafa. Finalmente, sem perceber, pegou o telefone e ligou para o número de Gretchen.

— Alô — atendeu o sr. Lang. — Alô?

Abby bateu o telefone. Ele tocou em sua mão.

— Oi, eu sou o Mickey! — exclamou o telefone. — Oi, eu sou o Mickey! Lentamente, ela levou o fone ao ouvido.

— Abby — falou o sr. Lang. — Se você ligar mais uma vez para nossa casa, vou chamar a polícia. Você não é bem-vinda aqui.

Na mesma noite, ela saiu pela janela do quarto, foi de carro até Old Village e estacionou no Alhambra Hall. Caminhou um quarteirão pela Middle Street até a Pierates Cruze em meio à escuridão, então parou abaixo da janela de Gretchen e jogou pedras no vidro. Eram pequenas, mas o som ecoou pelo quarteirão.

— Gretchen! — sussurrou Abby. — Gretchen!

Quando finalmente desistiu e se virou para ir embora, algo saiu voando da escuridão e deu um rasante. Abby se jogou no chão, ralando a palma das mãos na rua de terra, e mal conseguiu conter um grito. Ao olhar para cima, viu que uma grande coruja a olhava feio do galho de um carvalho do outro lado da rua. Abby se levantou e deu o fora dali.

Quarta-feira era o Dia do Nerd, quando todo mundo puxava as calças para cima, usava suspensórios de arco-íris e fechava os botões da camisa até o topo. Todo mundo menos Abby. Ela só manteve a cabeça baixa.

Quinta-feira era o Dia do Escravo.

Cinco anos depois, o Dia do Escravo desapareceu como se nunca houvesse existido, mas em 1988 ninguém sonhava que ele pudesse ser ofensivo. Era uma tradição.

Um grupo de alunos estava aglomerado em torno da janela da secretaria, onde ficava pendurado o Mercado de Escravos. Tratava-se de um pedaço gigante de papel de embrulho branco, e a ideia era que alunos pudessem comprar um escravo por um preço determinado. Se o escravo não superasse a oferta por um dólar, passava a "pertencer" a seu mestre, que o mandaria fazer o que quisesse durante o Desfile dos Escravos na hora do almoço. O mestre podia obrigar o escravo a usar um suéter feio, ou, se estivesse se sentindo muito mau, a vestir um sutiã por fora da roupa. Alguns caras faziam garotas usar coleira e atravessar o gramado de quatro feito um cachorro. Como todo o dinheiro arrecadado ia para o fundo dos ex-alunos, não havia problema.

A srta. Toné estava na frente da secretaria escrevendo nomes dos escravos e donos com uma caneta permanente. Abby lançou um olhar para a lista e paralisou. Nas letras de forma apressadas da srta. Toné, lia-se:

DONA: Gretchen Lang
ESCRAVA: Abigail Rivers

Gretchen estava na escola. Precisava estar para participar. Antes de tudo mudar, Abby sempre sabia onde Gretchen estava e vice-versa. Haviam memorizado o quadro de aulas uma da outra; sabiam que banheiro a outra preferia, em que esconderijo se refugiavam quando estavam estressadas (Abby: atrás da capela; Gretchen: no fundo da seção de estudos na biblioteca). Toda noite, ao telefone, elas planejavam o que fariam no dia seguinte. Mas aquilo tinha acabado. A sra. Lang insistira para que o horário de Abby fosse trocado, de forma que as duas garotas não compartilhassem nenhuma aula, e Gretchen não falava mais com Abby ao telefone. A parte de seu cérebro que acompanhava os movimentos de Gretchen estava quebrada.

Mas agora ela sabia. Sua amiga estava ali, e Abby só precisava encontrá-la.

— Ei, escrava — chamou Gretchen.

Abby se virou. Gretchen estava parada bem na sua frente, vestindo as mesmas roupas manchadas de suor, o cabelo todo desgrenhado, o rosto acabado e oleoso, fedendo a perfume.

— Por onde você andou? — perguntou Abby. — Você está bem?

Gretchen deu uma risadinha.

— Uma escrava não pode fazer perguntas.

— Dane-se. Estou preocupada pra caramba. Ninguém…

Gretchen levou um dos dedos imundos aos lábios de Abby, que ficou dividida entre se afastar e se sentir reconfortada pelo toque da amiga.

— Vamos conversar no banheiro — disse Gretchen. — Venha.

Ela se virou e seguiu na direção da passagem coberta entre os prédios, com Abby a seguindo o mais rápido possível. Gretchen preferia o banheiro no prédio de belas artes. Abby avaliou que elas tinham tempo suficiente para chegar lá e voltar antes do primeiro sinal. Não estava preocupada em ser a escrava de Gretchen. Ela era sua amiga. Não iria obrigá-la a fazer nada ruim.

— Tire a maquiagem — ordenou Gretchen.

Abby ficou sorrindo como uma idiota, com as costas na porta do banheiro. Gretchen estava parada perto da pia, o rosto tão pálido que combinava com os azulejos atrás dela. O cômodo frio fedia a United Colors of Benetton.

— Foi Wallace Stoney, não foi? — perguntou Abby. — Nós precisamos denunciar ou ele vai fazer isso com outra pessoa.

Em vez de responder, Gretchen abriu a mochila, pegou uma toalha de rosto amarela de sua mãe e um grande pote de demaquilante e os pôs na beira da pia.

— Eu sou a dona — explicou. — Você é a escrava. E a escrava não pode usar maquiagem.

Desde o sétimo ano, Gretchen era a única pessoa a ver Abby de cara limpa, e sabia que não devia comentar sobre o assunto na escola. Ninguém falava sobre a maquiagem de Abby.

— Eu não estou brincando — afirmou Gretchen.

Ela desatarraxou a tampa do pote.

— Tire.

Abby se sentiu fraca. Sua cabeça estava atordoada pelo perfume. Talvez, se ela entrasse um pouco na brincadeira, Gretchen parasse. Tipo, quando Abby estivesse prestes a passar o creme frio no rosto, ela iria segurar sua mão, rir e dizer: "Brincadeirinha!". E elas voltariam a ser amigas.

— Se você não tirar a maquiagem — ameaçou Gretchen —, eu vou tirar por você.

— Nós precisamos contar aos seus pais sobre Wallace — insistiu Abby, com esforço. — Ele me agrediu também.

Gretchen estendeu o pote do creme demaquilante branco, que brilhou suavemente sob as luzes fluorescentes como um grande tubo de gordura vegetal. Abby caminhou até o espelho com as pernas bambas e olhou o reflexo. Sob as luzes feias do banheiro, sua pele parecia um camarão cozido, toda rosada e reluzente. A qualquer momento, Gretchen veria como estava sendo má.

— Você quer mesmo isso? — perguntou Abby, passando dois dedos no creme frio.

— Dã — disse Gretchen.

Mas Abby estava fisicamente incapaz de aproximar mais os dedos do rosto. Sua mão tremia. Gretchen revirou os olhos. A parte branca estava inflamada com vasos sanguíneos estourados.

— Deixa que eu faço.

— Por favor — suplicou Abby, com os olhos úmidos e a garganta se apertando. — É minha maquiagem, Gretchen.

Gretchen pegou a mão de Abby e espalhou o creme frio no rosto dela. A gosma branca entrou em seu olho e deixou uma mancha sobre a ponte do nariz. Ela sentiu o creme frio e oleoso no globo ocular.

Abby perdeu o controle. Afastou-se da pia e esbarrou em Gretchen (que pesava quase nada), fazendo-a cair para trás com força e atingir o secador de mãos. Raspou o rosto com os dedos e jogou o creme no chão com um barulho molhado, em seguida abriu caminho para fora do banheiro. Com uma das mãos sobre o olho direito, sem saber a gravidade do ocorrido, ela correu até o banheiro aos fundos da biblioteca, onde ficavam os escritórios dos professores, e trancou a porta.

Não queria olhar no espelho, mas finalmente se obrigou a fazê-lo. Seu olho estava vermelho, mas, fora isso, não parecia tão ruim. Ela retocou a maquiagem e seguiu para a aula pouco antes do segundo sinal. Passou o dia espumando de raiva e, ao fim das aulas, esperou no ponto onde os pais buscavam os alunos do ensino fundamental até ver Gretchen sair arrastando os pés, com os livros abraçados junto ao peito. Abby andou numa linha reta até Gretchen e a empurrou para trás, sem se importar com quem visse.

— Fique longe de mim, porra — rosnou Abby, vagamente ciente dos alunos que paravam para assistir. — Sou sua única amiga. A única pessoa que liga para o que aconteceu com você. A única pessoa que ainda fala com você. Mas acabou de me perder. Você sabe muito bem o que fez e por que é tão sério, então enfia na sua cabeça de vadia rica: nós não somos amigas. Nem agora, nem nunca mais.

Gretchen não se mexeu. Ela só ficou imóvel, ouvindo.

— Você não precisa de carona para a escola? Eu sou suja demais para seus pais? Você quer me tratar como merda de cachorro? Então vá se foder.

Ao chegar ao trabalho, Abby enfiou as mãos na máquina de gelo até ficarem dormentes. Nem sequer sentiu quando se furou com o alfinete da plaqueta com seu nome. Queria ficar fria para sempre. Queria ser feita de gelo. Ela foi para casa e bebeu água, depois ligou a TV na série policial *The Equalizer*. Às 23h06, seu telefone tocou.

— Oi, eu sou o Mickey! — gritou ele. — Oi, eu sou o Mickey!

Abby o tirou do gancho.

— Alô.

Um longo momento de silêncio assoviou pelo fio.

— Por favor — pediu Gretchen. — Não me odeie.

Por força do hábito, Abby quase respondeu que não a odiava, mas pensou por um minuto, se lembrou de tudo e pôs todos os sentimentos na voz ao falar:

— Me deixe em paz.

— Não fique com raiva de mim, Abby. Por favor.

Tudo o que você precisa saber é que vou parti-lo ao meio, falou Robert McCall na TV.

— Não quero falar com você — disse Abby.

— Não entendo. — Gretchen estava totalmente desolada. — O que eu fiz?

Foi quando Abby soube: a amiga estava louca. Ela tinha enlouquecido e estava enlouquecendo Abby também. Quanto mais conversassem, pior ficaria.

— Se eu preciso explicar, então nós nunca fomos amigas.

— Não me deixe sozinha — implorou Gretchen. — Eu não consigo fazer isso sozinha. Não consigo lutar sozinha. Sinto muito pelo que aconteceu, mas ele me obriga. Está sempre sussurrando em meu ouvido, me dizendo o que fazer, me obrigando a machucar pessoas. Ele quer que eu fique totalmente sozinha, sem ninguém além dele. Desculpe, Abby. Desculpe mesmo.

O tom choroso e persuasivo na voz embargada de Gretchen causou apenas desprezo em Abby.

— Adeus, Gretchen.

— Mas nós somos amigas! — exclamou Gretchen com uma voz fraca, e o coração de Abby ficou apertado. — Você é minha melhor amiga.

Abby se sentia muito distante de seu corpo, e precisou só se manter fora do caminho enquanto sua mão se estendia até o Mickey e desligava o telefone.

— Acabou — disse para ninguém em especial.

O telefone tocou outra vez, mas ela pegou o fone e o largou. Não queria falar com Gretchen. Nesse momento, só queria mostrar o quanto doía. Queria que Gretchen sentisse o que ela havia sentido. Queria que soubesse que isso não era uma brincadeira.

✝

Sexta-feira era o Dia do Espírito Escolar, e o punho de Deus, feito de nuvens escuras raivosas, golpeou Charleston com vingança. O vento derrubou lixeiras e espalhou o conteúdo pela rua, soprou areia fina pelo estacionamento e açoitou os tornozelos expostos com seus grãos. No primeiro tempo, o cabelo de todo mundo já estava estragado — o banheiro feminino fedia a laquê, as pias estavam sujas de mousse. Os corredores entre os prédios se transformaram em túneis de vento que levantavam saias e deixavam rostos vermelhos.

No fim do segundo tempo, estava escuro como breu do lado de fora. Jogadores de futebol americano se reuniam nos corredores, murmurando sombriamente que era melhor que seu jogo não fosse cancelado, ou iam ver só. Algo opressivo envolveu a escola com força. Cinco jogadores de futebol americano enfiaram Dereck White de cara em uma lixeira. Alguém agitou uma lata de Coca e a jogou dentro do armário de Carson Moore.

A chuva desabou durante a aula de Espanhol. Em um segundo, o sr. Romasanta estava conjugando o verbo *asesinar*, no seguinte, sua voz foi abafada por uma onda de estática quando toda a fúria dos céus se libertou.

Água fria entrou pelas janelas, acompanhada por uma agitação dos alunos puxa-saco, que correram para fechá-las e ligar os ares-condicionados.

Naquela noite, Abby não comeu nada, exceto um saco de pipoca de micro-ondas em seu quarto enquanto assistia a *Dallas*, *Miami Vice* e um programa sobre o estilo de vida dos ricos e famosos — qualquer coisa que desligasse seu cérebro. A chuva continuou por todo o sábado, transformando ruas em rios e jardins em lagos.

O pai de Abby correu para seu barracão de manhã cedo e passou o dia inteiro lá. Abby se escondeu no quarto e se distraiu arrumando o armário. Normalmente, sentia-se confortável e aconchegada quando chovia, mas nesse dia ficou apenas com frio.

Encontrou a velha lancheira de *Os gatões* onde guardava suas fotos e se sentou na cama com os bichos de pelúcia para olhá-las, distribuindo um baralho de cartas do seu passado: ela e Gretchen vestidas para a festa de tema punk rock na casa de Lanie Ott, quando as quatro ainda eram amigas; Gretchen no quinto ano exibindo seu moonwalk na entrada de carros; Gretchen dormindo com as cobertas puxadas até o queixo, tirada por Abby para provar que ela sorria quando dormia (a amiga não se convenceu mesmo assim).

Tantas fotos tiradas pouco antes ou pouco depois do momento certo; retratos uma da outra quando ainda não estavam posando, ou quando uma delas estava de chapéu e querendo tirá-lo, ou sem óculos escuros e querendo botá-los. Abby falando, com a boca parcialmente aberta em formatos estranhos; Gretchen apontando para coisas invisíveis das quais Abby nem conseguia mais se lembrar. Abby rindo. Muitas e muitas fotos de Abby rindo.

No verão depois do sexto ano, chovera desse jeito. Abby e Gretchen puseram camas de armar na varanda telada da casa de praia dos Lang em Isle of Palms e dormiram do lado de fora toda noite, escutando a chuva sussurrar enquanto pegavam no sono. Em agosto, o sr. Lang tirou folga do trabalho e passou uma semana na casa de praia também. Ele passava as manhãs ao telefone, mas à noite todos jogavam Uno e Monopoly. Durante uma trégua na chuva, ele as levou para pescar camarão e tentou lhes mostrar como usar uma tarrafa, mas na verdade não tinha ideia de como manusear o equipamento. Uma senhora negra que pescava na praia lhes ensinou como segurar a rede com os dentes, sugando água salgada, mordendo os pesos de chumbo nas bordas, depois a torcer o corpo e lançar a rede como um tapete. Eles pegaram um único camarão. Estava delicioso.

À noite, elas ficavam no escuro escutando a rádio tocar "Russians", de Sting, e "Take Me Home", de Phil Collins, repetidas vezes e conversavam sobre como iriam morar juntas depois do ensino médio, e como teriam um gato cada uma e os nomeariam Matt Dillon e Mickey Rourke, e mesmo que tivessem namorados, não os deixariam atrapalhar sua amizade.

Agora a chuva caía forte, e não havia ninguém ligando para Abby, nem ninguém para quem ela quisesse telefonar. Estava completamente sozinha e não conseguia imaginar um futuro em que não estivesse chovendo.

Acordou na manhã de segunda-feira e decidiu que precisava fazer as pazes. Tomou um banho quente, passou maquiagem e saiu dirigindo pela escuridão, os pneus derrapando pela ponte velha, o vento empurrando o Sujinho de uma faixa para outra. Durante todo o trajeto, Abby jurou que, até o final do dia, ela e Gretchen seriam amigas de novo.

Esperou por Gretchen em frente à sala da sra. Erskine. Quando o eco do segundo sinal morreu, a porta da escada se abriu e Gretchen apareceu no corredor. Abby tinha um discurso todo planejado, mas, ao ver a amiga, não conseguiu dizer nada.

Gretchen cortara o cabelo. As mechas compridas, louras e frisadas tinham desaparecido, substituídas por uma auréola de cachos que envolvia seu couro cabeludo, exibia o pescoço e acentuava as maçãs do rosto. Um nó se formou na garganta de Abby — ela jamais tomaria uma decisão tão drástica sem consultar Gretchen, e a amiga fizera isso sem sequer falar com Abby. Para piorar, tinha ficado ótimo.

A pele de Gretchen não estava perfeita, mas havia melhorado, e o estrago restante fora disfarçado com um corretivo. Seus olhos cintilavam. Ela usava leggings e sapatilhas pretas, um suéter com estampa de leopardo e uma blusa preta de gola rolê. Sua postura estava perfeita, a coluna ereta, os ombros para trás, e as unhas feitas à francesinha. Acima de tudo, ela brilhava. Estava radiante. Saudável. Bonita.

— O que foi? — perguntou Gretchen com a mão na porta da sala, só então notando Abby.

Sua voz não estava rouca, mas forte e sulista. Parecia normal.

— Você está bem? — perguntou Abby.

Gretchen franziu o cenho.

— Por que eu não estaria?

— Todas aquelas coisas. Semana passada? Tudo o que estava acontecendo?

Gretchen ergueu uma sobrancelha e deu um meio sorriso.

— Não sei do que você está falando. Estou bem. Mas será que tem algo errado com você?

— Essa idiota não vai sentar aqui de jeito nenhum — rosnou Margaret.

Abby precisou de um segundo para se dar conta de que era a idiota em questão.

Abby queria responder "Que se dane", ou "Não queria mesmo", mas, para sua decepção profunda, ela apenas olhou para a grama, constrangida, desesperada para receber autorização de se sentar à mesa de piquenique.

A tempestade tropical tinha poupado Charleston e desviado para o Atlântico, e a segunda-feira estava úmida e clara. Chovera na noite anterior, e a grama ainda estava esponjosa. Margaret e Glee tinham se apropriado da mesa de piquenique no meio do gramado, que ainda contava com vários assentos vagos, mas aparentemente eles eram apenas para não idiotas.

— Por mim tanto faz — falou Gretchen. — Não sei por que ela está me seguindo por aí.

— Que seja — respondeu Margaret. — Mas não quero essa coisa falando.

Abby observou, em choque, Gretchen se sentar com Margaret e Glee, e as três começaram a conversar como se ela não existisse. Humilhada demais para se afastar, desconfortável demais para ficar, desejando desesperadamente se decidir, Abby começou a se sentar, então parou. Olhou para todo mundo que caminhava pelo gramado, jogava frisbees, corria e escorregava pela grama molhada em seus sapatos sociais, depois se voltou para a mesa de piquenique e, enfim, resolveu ocupar um lugar na extremidade oposta. Era como se estivesse sentada com elas, mas não perto o suficiente para irritar ninguém. Seria aceitável para uma idiota?

— Preciso de um orientador para o Clube de Consciência Ambiental — disse Gretchen.

— Peça ao padre Morgan — sugeriu Margaret.

Ela baixou a maçã-verde com a qual estava brincando pelos últimos minutos, olhou para Glee e disparou:

— Glee precisaria se inscrever.

— Pare com isso — disse Glee, corando.

— Padre Órgão — provocou Gretchen.

Ela e Margaret desabaram no ombro uma da outra, rindo.

— Padre Morgasmo — sugeriu Margaret, e elas riram ainda mais.

— Padre Maior Gato — completou Abby.

As duas pararam de rir na hora e olharam fixamente para ela.

— O quê? — perguntou Gretchen.

Você está afastando sua melhor amiga?

as duas combinaram de estudar para uma difícil prova de literatura. De repente, ela cancela. Você:

A Supõe que ela recebeu um convite melhor e passa a tarde se sentindo rejeitada.

B Não liga. Essas coisas acontecem às vezes.

C Liga para ela e exige que lhe conte o verdadeiro motivo.

D Dá um gelo nela. Se não quer estudar com você, melhor não falar com ela.

No quinto ano, Elizabeth Root fizera xixi na calça durante o show do Dia dos Fundadores. O tema era "Os loucos anos 1920", e o coral da escola primária estava bem no meio de uma música sobre Al Jolson e o mercado de ações quando Elizabeth não conseguiu mais se segurar, e uma mancha preta brotou na frente de sua saia cinza. Ela tentou sair correndo do palco, mas a saída à esquerda estava bloqueada por um calhambeque gigante de papel machê. A saída à direita estava obstruída pelo coral dos garotos.

A sra. Gay tentou desviar a atenção da plateia tocando o piano mais alto. Os membros mais obedientes do coral acompanharam, e por sessenta segundos os pais assistiram à garotinha, atordoada pelas lágrimas, cambalear em círculos pelo palco, deixando uma trilha de urina enquanto um enorme carro antigo deslizava em sua direção.

Só se falou sobre o assunto por semanas. As pessoas faziam sons de "Shhhh…" sempre que Elizabeth Root passava pelos corredores. Na hora do almoço, ela foi rebaixada a se sentar com duas garotas muito gentis, mas nem um pouco populares. Em dado momento, o diretor do ensino fundamental mandou um bilhete para os pais dizendo como deveriam abordar o xixi na calça de Elizabeth com seus filhos. Dois anos depois, quando Elizabeth se transferiu para a escola Bishop England, todos sabiam que fora por causa da vez em que fizera xixi na calça.

Por outro lado, havia o dr. Gillespie, conselheiro matrimonial de metade dos casais divorciados de Charleston. No ano anterior, ele fora encontrado amarrado a uma das cadeiras de seu escritório, vestindo roupas de mulher e espancado até a morte com uma estátua pré-colombiana de sua coleção. Nenhuma reportagem sobre o assunto apareceu no jornal. Quando as pessoas mencionavam o episódio em eventos beneficentes, elas se referiam ao "acidente terrível", e um ano depois seria uma tarefa difícil encontrar alguém que admitisse se lembrar do dr. Gillespie, quanto mais ter sido um de seus pacientes.

Fazer dezoito anos não determina quando você se torna adulto em Charleston, tampouco se registrar para votar, se formar na escola ou tirar a carteira de motorista. Nessa cidade, o dia em que você se torna adulto é aquele em que você aprende a ignorar o fato de que seu vizinho dirige bêbado e busca saber se ele submeteu uma proposta para mudança de cor de sua propriedade na Comissão de Revisão Arquitetônica. O dia em que você se torna adulto é o dia em que você aprende que, em Charleston, quanto pior uma coisa é, menos atenção ela recebe.

Em Albemarle, todo mundo estava sendo muito adulto em relação a Gretchen de repente.

Por quase um mês, Gretchen fora evitada. Agora, em vez de receber advertências, ela ganhava atenção. As pessoas queriam ficar perto dela, sentar onde ela se sentava, conversar com ela antes das aulas, saber sua opinião, receber seus cuidados. Por três semanas, ninguém mencionara Gretchen. Em três dias, ela se alçou à posição número um.

Abby se assustou com a velocidade com que tudo mudara.

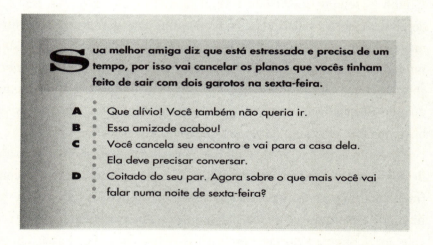

Sua melhor amiga diz que está estressada e precisa de um tempo, por isso vai cancelar os planos que vocês tinham feito de sair com dois garotos na sexta-feira.

A Que alívio! Você também não queria ir.
B Essa amizade acabou!
C Você cancela seu encontro e vai para a casa dela. Ela deve precisar conversar.
D Coitado do seu par. Agora sobre o que mais você vai falar numa noite de sexta-feira?

O tempo esquentou. O céu estava sem nuvens, como uma abóboda prateada.

Gretchen abriu sua garrafa térmica e serviu um copo de milkshake grosso e branco.

— O que é essa nojeira? — perguntou Margaret.

— Isto? — disse Gretchen. — Não acho que você vá gostar.

— Como você pode saber, porra?

Gretchen enfiou a mão na mochila, sacou um frasco plástico sem rótulo com tampa preta e o entregou a Margaret.

— Minha mãe comprou na Alemanha. É um suplemento dietético. Um shake por dia supre todas as necessidades nutricionais. Tem, tipo, oitocentas calorias ou algo assim. Acho que ele é cheio de anfetamina. Enfim, com certeza não vai ser aprovado pelo governo, mas eu roubei um dela.

Ela puxou o frasco da mão de Margaret, que ainda o segurou por mais alguns segundos, então observou com uma expressão desejosa Gretchen o guardar de volta na mochila.

— Me deixa cheirar.

Gretchen lhe entregou o copo. Margaret o passou por baixo do nariz, depois o manteve ali.

— Baunilha — disse ela. — E banana? Posso experimentar?

Gretchen arqueou as sobrancelhas e assentiu.

A maioria das pessoas tinha uma impressão errada de Margaret. Achavam que ela só queria curtição o tempo todo, mas Margaret era uma garota voluptuosa que queria ser magra, e faria qualquer coisa para queimar calorias, fosse aulas de dança aeróbica duas vezes por semana, a dieta de Cambridge, da rotação, de fibras Plano F, de Scarsdale, Deal-a-Meal ou Grapefruit 45. Nenhuma funcionava, então ela continuava a testar uma atrás da outra, sofrendo com inchaços, crises de desmaios, gases, dores de estômago, dores de cabeça, cólicas... Alguma dessas dietas a deixaria magra. Ela tinha fé.

— Não é totalmente horrível.

Margaret baixou o copo e enxugou o bigode branco e grosso no lábio superior.

— Você tem mais?

— Caixas — respondeu Gretchen, revirando os olhos.

— Quero comprar uma.

— Não viaja na maionese. Pode ficar. Minha mãe nem toma mais isso.

> **S**ua melhor amiga aparece na escola na segunda-feira com um corte de cabelo novo sobre o qual ela não pediu sua opinião antes. É radical, é caro e a deixa parecida com um poodle. Você:
>
> **A**   Diz que ficou ótimo. Amigas servem para isso.
> **B**   Finge que nada aconteceu. Afinal, se não tem nada de bom para comentar...
> **C**   Morre de rir. Ainda bem que não é você!
> **D**   É brutalmente honesta. Alguém precisa dizer a ela.

Abby não sabia ao certo o que mudara. Todas as roupas de Gretchen eram novas — blazers com mangas enroladas, uma gravata borboleta masculina com um colete bege, um vestido de manga comprida grande demais com estampas de losangos, camisetas de marinheiro listradas de azul e branco —, mas a questão não era as roupas. Ela cortara o cabelo, passara a usar mais maquiagem, assumira uma postura mais ereta e com o peito estufado, mas a questão também não era nada disso.

Gretchen estava reluzente. Era iluminada por um raio de sol particular aonde quer que fosse. Estava enérgica, empenhada, vibrante, agitada. Todos os garotos olhavam para ela. Mais de uma vez, Abby flagrou o sr. Groat se virando para checar a bunda de Gretchen quando ela passou pelo corredor.

Ninguém observava Abby andar pelo corredor. Na terça-feira, um dia após o retorno milagroso da amiga, Abby descobriu um pequeno ponto vermelho na bochecha direita ao acordar. Era o estresse, disse a si mesma. Na manhã seguinte, o ponto estava maior e mais escuro. Na manhã depois dessa, surgiram mais dois.

Abby encarou seu reflexo no espelho e se esforçou muito para não chorar. Havia três pontos rosa à direita de seu nariz, e sua testa estava áspera. Por mais que aplicasse pó compacto, seu queixo não perdia o brilho. Havia um ponto sensível em seu pescoço, e quando ela o apertava, sentia algo dolorido e inchado logo abaixo da superfície. Não importava o que ela fizesse, os pontos continuavam a aparecer.

Abby não fazia mais nenhuma aula com Gretchen, por isso levou dias até finalmente conseguir falar com ela em particular. Encontrou-a no corredor ao início do intervalo do quarto tempo, jogando livros dentro do armário.

— Oi — disse Abby, diminuindo o passo e agindo com naturalidade.

— Oi — respondeu Gretchen, sem parar.

— Você parece bem melhor.

Gretchen fechou o zíper da mochila.

— Como se você se importasse.

— Eu me importo demais.

Gretchen bateu a porta do armário e deu a volta em Abby, passando uma alça da mochila sobre o ombro. Era vários centímetros mais alta, e Abby pôde ver suas narinas e pupilas dilatando.

— Se você se importasse, teria me ajudado — disse Gretchen. — Não falado de mim pelas costas.

— Eu tentei ajudar. Você sabe disso.

Gretchen bufou, soprando a franja.

— Pff. Você não fez porra nenhuma.

Então ela abriu um sorriso largo, com os olhos brilhando, e o coração de Abby animou-se por um segundo porque era óbvio que ela estava brincando, até que disse por cima do ombro de Abby:

— E aí, galera!

Gretchen abraçou Margaret e Glee, e as três seguiram pelo corredor, ombro a ombro, emolduradas pela luz brilhante do sol da tarde que se infiltrava pelas portas de vidro, deixando Abby para trás nas sombras perto dos armários, desejando poder ir com elas, ou ficar onde estava, ou ao menos se sentir confortável com qualquer uma das possibilidades.

Todo mundo era amigo de Gretchen — todo mundo, menos Abby. Até Wallace Stoney tinha conseguido perdoá-la. A sra. Lang o recrutara para levar Gretchen de carona até a escola, já que ele também morava em Mt. Pleasant. Certa manhã, Abby parou atrás da picape de Wallace no sinal da Folly Road e viu os dois lá dentro: Gretchen estava falando, e Wallace, rindo. Quando ele estava com Gretchen, Margaret e Glee no intervalo do quarto tempo, prestava mais atenção em Gretchen.

Abby se perguntou o que Margaret pensava disso.

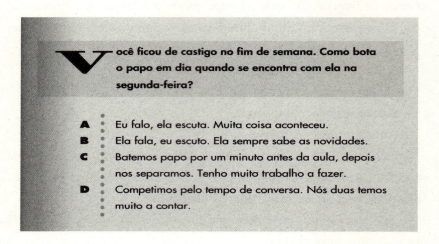

Você ficou de castigo no fim de semana. Como bota o papo em dia quando se encontra com ela na segunda-feira?

A Eu falo, ela escuta. Muita coisa aconteceu.
B Ela fala, eu escuto. Ela sempre sabe as novidades.
C Batemos papo por um minuto antes da aula, depois nos separamos. Tenho muito trabalho a fazer.
D Competimos pelo tempo de conversa. Nós duas temos muito a contar.

Abby se sentou em frente ao padre Morgan em sua sala. As cortinas estavam fechadas, estava fresco e escuro, e ele dizia a Abby que Gretchen estava completamente normal.

— Eu não tomaria todo o crédito — afirmou ele. — Mas falei com os pais dela, e isso sem dúvida parece tê-la ajudado a voltar para o caminho certo.

— Esse é o problema — disse Abby. — Ela não está no caminho certo.

O padre Morgan sorriu.

— Não se pode julgar um livro pela capa — concordou. — Mas a capa dá uma boa indicação do que está dentro. E eu diria que a capa de Gretchen parece bem melhor do que antes.

Abby demorou para se dar conta de que havia uma pessoa que conversaria sobre Gretchen o quanto ela quisesse: o padre Morgan. Ele era muito envolvido na vida dos alunos, achava que sabia tudo, e só era preciso marcar um horário.

Sentada ali no escritório do padre Morgan, ela sabia que tomara a decisão certa. Cortinas com ornamentos brancos e marrons cobriam a única janela, deixando o ambiente sombreado e seguro. A mobília era caseira e de boa qualidade, ao contrário dos móveis grosseiros de escritório que enchiam o resto da escola. Em vez de paredes de tijolos amarelos, a sala do padre Morgan era tomada por estantes de livros com títulos como *Entendendo seu adolescente* e *Levando uma vida focada em Deus*. E ele adorava falar.

— Gretchen está feliz e sociável — continuou o padre Morgan. — Tem demonstrado uma alegria absoluta em todas as nossas interações, e, pelo que pude notar, não há qualquer sombra sobre ela. Você sabe o que isso me diz, Abby?

Ele esperou por uma resposta, por isso ela falou o que ele desejava ouvir:

— Não, senhor.

— Que você está com medo de perder sua amiga.

Ele sorriu, e Abby olhou para os joelhos. Depois suspirou, sacudindo a cabeça.

— Quando Gretchen estava doente — contou Abby —, ela me disse que as pessoas podiam parecer bem por fora, mas serem más por dentro. Como os satanistas.

Ou os pais dela.

O sorriso do padre Morgan desapareceu, e ele se levantou e deu a volta na mesa, puxando uma cadeira para perto da garota.

— Abby. Eu sei como é ser jovem. Há todos esses relatos de cultos satânicos por aí, sacrificando bebês. Geraldo Rivera vai fazer um programa especial de duas horas sobre o assunto na semana que vem. Claro que vocês são profundamente afetados por essas coisas, e que elas perturbam e influenciam vocês. Mas não são reais.

— Então o que são?

— Elas são... — O padre Morgan agitou a mão no ar. — Metáforas. Maneiras de lidar com informações e emoções. A adolescência é um período complicado, e pessoas muito inteligentes acham que, quando você vira adulto, é como se fosse dominado por uma pessoa diferente. Quase como se fosse possuído. Às vezes, pais ou amigos ficam magoados quando alguém querido muda. Eles olham ao redor em busca de algo em que pôr a culpa. Músicas, filmes, satanismo.

Ele se afastou e abriu um sorriso.

— Então o senhor acha que Gretchen está possuída? — perguntou Abby. — Como se tivesse um demônio dentro dela?

O padre ficou sério.

— O quê? Não, é só uma metáfora. Abby, você conhece a história do endemoninhado gadareno?

— Ele é satanista?

— Na Bíblia — prosseguiu o padre Morgan —, Jesus vai a Gerasa e, quando chega lá, um homem possuído por demônios se aproxima dele. Ele fora banido e forçado a viver no cemitério, que é o pior castigo nos tempos bíblicos. E, quando Jesus pergunta a ele qual é o problema, o homem conta que está possuído por um espírito impuro. Jesus quer saber seu nome, e ele diz: "Legião é o meu nome." Isso lhe é familiar?

Abby deu de ombros. Sua família não frequentava a igreja, mas ela ficou com a impressão de já ter ouvido algo parecido em um filme de terror.

— Então Jesus expulsa os demônios e os coloca em um bando de porcos próximos. Eles saem correndo, caem de um despenhadeiro e morrem, e o homem é curado. Ele está livre. Mas todo mundo na aldeia está perturbado e pede que Jesus vá embora. Você entende?

— Coitados dos porcos — disse Abby.

— Coitados dos porcos — concordou o padre Morgan. — Mas você consegue entender a lição maior?

— Que ninguém nunca agradece a você por tentar salvá-lo?

— Que as pessoas naquela aldeia precisavam que o endemoninhado gadareno estivesse doente. Assim, podiam projetar todos os seus problemas sobre o homem. Elas o culpavam por tudo: chuva de mais, chuva de menos, seus filhos chegando tarde em casa, vacas morrendo. Enquanto ele estivesse doente, tinham alguém para quem apontar e dizer: "Isso é culpa dele. Ele está possuído por Satanás." E, quando Jesus o curou, os moradores da aldeia não sabiam o que fazer. Ficaram perdidos.

Abby não estava acompanhando o raciocínio.

— O senhor acha que não há nada errado com Gretchen.

— Estou dizendo que talvez você *precise* que algo esteja errado com Gretchen — explicou o padre Morgan. — Às vezes, a situação mais difícil para nós é quando a pessoa doente melhora.

— Por quê?

— Porque aí precisamos lidar conosco mesmos.

Ele lançou um olhar profundo para Abby, deixando que suas palavras fizessem efeito.

Uma batida na porta quebrou o clima. O padre Morgan pôs as mãos nos joelhos, se levantou e abriu a porta. Era Gretchen.

— Oi, padre M — disse ela com um sorriso.

— Pode entrar — falou ele. — Eu já estava terminando com Abby.

— O que você está fazendo aqui? — perguntou Abby, olhando fixamente para Gretchen.

Glee estava parada atrás dela.

— Faço parte do comitê da igreja — respondeu. — E Glee quer participar. O que você está fazendo aqui?

Antes que Abby pudesse se pronunciar, o padre Morgan foi logo respondendo:

— Ela ainda está preocupada com você. Só queria se assegurar comigo de que está tudo bem.

Gretchen entrou na sala.

— Eu me sinto ótima — afirmou, mas sua voz estava alegre e tensa demais.

— Agora — disse o padre Morgan —, se eu me lembro bem, vocês duas não deviam passar tempo juntas. Então, Abby, por que você não vai andando?

Abby se levantou para ir embora, passando com cuidado por Gretchen, que fez contato visual, sorriu e disse:

— Eu queria ter sido uma mosquinha aqui dentro. Nem imagino o que você deve ter falado de mim.

Sua melhor amiga não tem mais tempo para você. Você:

A Não para de ligar até ela dizer por quê. Você merece uma explicação.
B Respeita a vontade dela. Não quer parecer carente.
C Conta para todo mundo que você a rejeitou primeiro. Quem ela pensa que é?
D Se recusa a aceitar. Essa amizade só acaba quando você determinar.

No dia seguinte, o exorcista chegou.

— Quando você está preocupado e estressado, quando sente que todos o odeiam e seus pais simplesmente não entendem, quando o mundo não para de lhe pisar e o empurrar para baixo, você finalmente vai ouvir um sussurro firme em sua cabeça. Não, isso não significa que você está pronto para o manicômio. Essa é a voz de Deus, e ele está dizendo: "Cara, deixa comigo."

O enorme jovem deitado sem camisa no chão do palco cerrou os dentes enquanto seu irmão bombado erguia uma marreta e destruía o bloco de concreto apoiado em seu abdômen. Ele explodiu em poeira cinzenta, e os jogadores de futebol americano no auditório vibraram de forma irônica.

— Louvado seja Deus! — gritou o cara sem camisa, pulando de pé. — Às vezes Deus deixa você chegar ao fundo rochoso só para mostrar que ele é a *rocha* no *fundo*!

Todo mundo no auditório gritou e aplaudiu. Abby não sabia dizer se os cinco caras no palco entendiam que os espectadores estavam rindo da cara deles ou se achavam que estivessem rindo com eles. Ela afundou mais no assento. Só queria que a assembleia terminasse.

O Show de Fé e Malhação dos Irmãos Lemon foi a coisa mais engraçada a chegar ao Colégio Albemarle. Cinco caras gigantescos correndo pelo palco coberto de plástico, flexionando os bíceps, fazendo poses e louvando a Deus. A absoluta insanidade daquilo deixou a plateia alucinada.

Uma vez por mês, a assembleia de quarta-feira apresentava uma atração. Uma delas foi a exibição de "Gelo fino, linhas brancas", que era sobre um bando de estudantes do último ano que cheirou cocaína em festas ("viajaram no pó do demônio", entoou o narrador), em seguida pegou o carro para casa e derrapou em uma camada de gelo fino que os mandava direto para o inferno.

Houve o dia em que o treinador-assistente de futebol americano de Citadel descreveu em detalhes vívidos a Paixão de Cristo, demorando-se sobre cada ferida em minúcias técnicas nauseantes. Houve um garoto sem braços que tocava trompete com os pés. Mas isso? Isso era realmente especial. Todo o corpo estudantil ria histericamente.

Elijah, o segundo irmão mais novo, assumiu o centro do palco.

— Às vezes, quando estou puxando ferro e suando sangue, e não acho que vou conseguir suportar o peso, ou quando estou no meio do levantamento da barra e não consigo completar o movimento, de repente eu me sinto mais leve, como se alguém houvesse pegado meu fardo. É nessa hora que eu olho para o alto e digo: "Isso foi você, Deus. Obrigado! Obrigado por carregar meu fardo!"

As pessoas gargalhavam tanto que achavam que nunca voltariam ao normal. O padre Morgan estava na primeira fila, olhando para os fisiculturistas enormes — todos brilhando e reluzindo sob os refletores — com a boca aberta, estupefato. O Major mantinha uma expressão ilegível. Os irmãos Lemon pareciam achar que os risos indicavam que eles estavam no caminho certo.

Isaiah, o líder e mestre de cerimônias do grupo, apontou para duas enormes vigas de madeira com recortes apoiadas sobre a ampla parede do auditório, uma muito mais curta que a outra. Jonah e Micah, os outros irmãos, ergueram a maior e a carregaram para o centro do palco.

— Queremos convidar qualquer voluntário a vir aqui e mover este fardo — disse Isaiah, abrindo um sorriso sob o bigode. — Vocês conseguem erguer essa tora, garotos? Conseguem tirar esse peso do lugar? E você, mocinha? Gostaria de tentar?

Todos riram quando Gretchen flexionou os músculos na plateia.

Isaiah riu e flexionou os dele de volta. Em seguida, apontou para alguém ao lado dela.

— E você? Você parece forte, não é?

Era Wallace Stoney. Ninguém queria subir no palco e passar vergonha, mas ele era arrogante demais para recusar. Levantou-se e disse algo que Abby não conseguiu ouvir.

— Claro, você pode trazer mais gente — disse Isaiah. — Quanto mais, melhor. Não sejam tímidos.

Wallace falou algo rápido para Gretchen, em seguida chamou Nuke Zukerman e os dois irmãos Bailey para o palco. Eles constituíam boa parte da linha ofensiva do time de futebol americano, e uma onda de orgulho escolar varreu o auditório. Os outros jogadores começaram a bater palmas, e o resto dos alunos se juntou a eles, ansiosos para ver as estrelas de Albemarle esfregarem o desafio na cara daqueles cristãos bregas. Talvez eles não conseguissem ganhar um jogo de futebol americano, mas sem dúvida eram capazes de levantar peso.

— Venham para o centro — chamou Isaiah.

Ele os conduziu na direção da viga de madeira maior. Tinha cerca de cinco metros de comprimento.

— Vocês conseguem levantar isso? Deixe-me ver os músculos. Mostrem seus músculos.

Os quatro garotos fizeram poses exageradas de fisiculturistas, e os irmãos Lemon bateram palmas.

— Agora vamos ver um levantamento — disse Isaiah. — Ou esses músculos são só enfeite?

Wallace ordenou que os outros jogadores entrassem em posição. Ele se abaixou junto a uma das extremidades da tora, com Nuke na outra ponta e os Bailey no centro. Após uma contagem regressiva, os quatro fizeram força e conseguiram levantar o tronco até a altura do ombro. Com os rostos vermelhos e os braços trêmulos, eles o empurraram e ergueram acima da cabeça. O Major parecia nervoso, provavelmente pensando em questões de responsabilidade civil, mas Isaiah ficou extasiado.

— Vamos lhes dar uma grande salva de palmas — pediu à plateia. — Mas vamos agora ao verdadeiro desafio. Levantar isso… *e* aquilo.

Micah e Jonah ergueram a viga mais curta da parede dos fundos e a levaram para o centro do palco, onde a baixaram com um barulho alto. Tinha apenas um terço do comprimento da outra.

— Podemos colocar essa no chão? — perguntou Wallace.

Isaiah fez um gesto de "como preferirem", e os jogadores largaram a tora comprida e pesada com um estrondo e começaram a pensar numa estratégia. Primeiro, tentaram erguer as duas vigas ao mesmo tempo, depois as empilharam, tentando equilibrá-las, mas não conseguiam fazer funcionar. Wallace estava ficando mais e mais raivoso. Finalmente, quando estava claro que eles não iam chegar a lugar algum, Isaiah interveio.

— Tudo bem — disse ele. — Vocês tentaram.

Isaiah pôs a mão no ombro de Wallace, mas ele se sacudiu para afastá-la. Os jogadores de futebol americano começavam a sair furiosos do palco quando Isaiah parou na frente deles.

— Eu nunca vi voluntários levantarem até a altura do peito antes, então outra salva de palmas para esses belos rapazes! — exclamou ele, e o público obedeceu. — Calma aí, não vão embora. O que vocês diriam se eu falasse que meu irmão consegue levantar essas duas toras sozinho?

Ele estendeu o microfone.

— Eu diria que você está mentindo — respondeu Wallace.

Isaiah sinalizou para os irmãos, e Christian, o mais novo e com os maiores músculos, se aproximou dos dois enormes pedaços de madeira. Ele arrastou o pequeno para cima do grande e o posicionou de forma a encaixar os recortes. Em seguida, flexionou os joelhos, ergueu uma das extremidades da viga mais comprida e, com os braços tremendo, o rosto vermelho e os músculos do pescoço salientes, se abaixou e entrou embaixo do peso. Equilibrando-o nas costas, Christian ergueu as duas toras de uma vez. Encaixadas uma na outra, elas formavam uma cruz enorme. Com o rosto suado, Christian mudou a pegada, fazendo a parte de trás da cruz girar e quase derrubando a parede dos fundos do auditório. Mas então se ajustou e começou a erguê-la cada vez mais. A cruz estava acima de sua cabeça. Lentamente, ele fez um giro, e os irmãos se abaixaram para não serem decapitados. A plateia enlouqueceu. Christian segurou a cruz gigantesca por dois segundos antes de flexionar os cotovelos.

— Hup! — exclamou ele.

Os quatro irmãos se aproximaram e pegaram o peso.

Mais aplausos.

— Com o poder da cruz — falou Christian no microfone do irmão, respirando com dificuldade —, tudo é possível.

Ele fez uma pose de fisiculturista, flexionando os ombros esculpidos sob a regata arrastão. Depois, Jonah, que mancava, pôs uma melancia em uma mesa.

Com um golpe do punho, Christian a esmagou.

— Estes são os problemas que afligem o mundo — disse Christian enquanto a melancia explodia em uma chuva de polpa cor-de-rosa.

Jonah jogou duas toranjas para ele.

— A vida pode ser difícil, mas meu Deus é grande.

Com as mãos, Christian esmagou as frutas até virarem uma polpa gotejante. O show estava se encaminhando para um frenesi final.

— Esses são os demônios que assombram o mundo, destruídos por meio da fé e do poder que me sustentam!

— Uau — murmurou Dereck White, sentado atrás de Abby. — Se alguma fruta cítrica do mal atacar, ele dá conta.

Os garotos do Clube da Consciência Ambiental que o ladeavam deram risadinhas. No palco, Jonah pegou uma pilha de CDs.

— O que vocês acham que vamos fazer com isso? — gritou ele, se aproximando da borda do palco. — Vocês querem que a gente jogue para vocês? Temos alguns do Slayer, do Megadeth, do Anthrax. Alguém quer um pouco de Anthrax?

Uma comemoração irônica irrompeu do auditório. Jonah empilhou os CDs e os apertou como um acordeão. Seus peitorais enormes pulsaram enquanto a pilha explodia em estilhaços de plástico.

— É isso o que pensamos de letras explícitas! É isso o que pensamos de mensagens subliminares!

Atrás dele, Micah carregou um bloco de concreto e o colocou em frente a Christian.

— Vejam só o que o Senhor me deu! — gritou Christian, rasgando a regata e expondo os músculos reluzentes.

— Tira! — berrou alguém.

— Eu faço tudo através de Cristo, que me fortalece — afirmou Christian.

Seus quatro irmãos abaixaram a cabeça em torno do palco e começaram a rezar, com as mãos juntas contra a testa, os lábios em movimento.

— Vejo este mundo assombrado por demônios — disse Christian, flexionando os músculos enormes por trás do bloco de concreto. — Vejo formas e sombras se movimentando por ele. O demônio da raiva, o demônio da preguiça, o demônio de não respeitar seus pais, o demônio do heavy metal, o demônio de não cumprir suas promessas.

Ele observou as fileiras de modo dramático, protegendo os olhos como se visse os demônios ali naquele instante, provocando a plateia.

— Eu desafio qualquer um que esteja em aliança com Satã — chamou Christian — qualquer um de seus representantes, qualquer um de seus emissários aqui na Terra, seja quem for, a subir neste palco agora mesmo e rezar por seu deus enquanto eu oro pelo meu, aí vamos ver quem é mais poderoso.

Mais vivas irônicos, então Christian parou. Olhava fixamente para um ponto na plateia, e Abby percebeu que era onde Gretchen estava. Ele a encarou por um longo minuto, e todo mundo começou a ficar desconfortável. O zum-zum-zum alegre no auditório se aquietou. Quando ele tornou a falar, o salão estava silencioso.

— Eu vejo seu demônio, minha jovem — disse ele, pegando o microfone do irmão. — Vejo um demônio subjugando você. Eu o vejo fazendo com que machuque as pessoas que ama. Eu o desafio. Você acha que é forte, demônio? Acha que é forte? Repitam comigo. Você acha que é forte, mas meu Deus é mais. Saia, demônio! Você se acha durão, mas meu Deus é mais. Saia, demônio!

Com isso, deu impulso com um punho e o enfiou no bloco de concreto. Ele não rachou, mas explodiu. Uma chuva de areia cinza se expandiu, e Christian ergueu os braços no ar em um V de vitória, com a mão direita vermelho-vivo.

Todo mundo irrompeu em um frenesi de aplausos e desordem extasiada.

Foi a assembleia mais louca, estranha, tosca e engraçada de todos os tempos. Enquanto os alunos fofocavam a caminho da saída sobre se os irmãos Lemon tinham empregos de meio-expediente como strippers, Abby deu a volta pelo auditório até os fundos, onde a van dos apresentadores estava estacionada na faixa de terra ao lado da porta lateral.

As portas traseiras estavam abertas, e Christian permanecia sentado no para-choque enquanto Jonah esfregava pomada anti-inflamatória em seus antebraços vermelhos e na mão inchada. Os outros três irmãos estavam guardando seus objetos cenográficos na van, carregando engradados de leite e sacos de lixo cheios com a cobertura plástica que embalava os fragmentos de tijolos e restos de melancia.

— Com licença? — disse Abby.

Jonah e Christian ergueram os olhos. O primeiro abriu um grande sorriso por baixo do bigode louro.

— Você está aqui para dedicar sua vida a Cristo? — perguntou ele. — Ou quer um autógrafo? Nós temos uma lista para correspondência.

— Hã — respondeu Abby. — Eu queria falar com ele, na verdade.

Ela apontou para Christian.

— Acho que não consigo assinar nada — falou ele em tom de desculpas, erguendo a mão direita. Seu punho parecia esfolado. — Aquele último bloco de concreto aprontou para cima de mim.

— Não, eu queria perguntar sobre aquilo que você disse da garota com o demônio, sabe? Ela é minha melhor amiga. Queria saber o que você viu.

— Ele não viu nada — intrometeu-se Elijah, passando na frente dela com duas marretas, uma em cada mão.

— Eu tenho o dom do discernimento — afirmou Christian, bufando.

— Você não consegue discernir nem a sua mão na frente da cara — retrucou Elijah, jogando as marretas na traseira da van com estrondos altos.

— Ele só está com inveja — disse Christian, voltando-se para Abby. — Eu vi um demônio assombrando sua amiga. Um demônio na forma de uma grande coruja, obscurecendo o rosto dela com uma sombra escura.

— O show acabou — falou Jonah, entrando na frente de Christian. — Precisamos ir embora daqui. Eles não estão nos pagando pela arrumação. Aqui, pegue um de nossos panfletos e conte a todos os seus amigos sobre o Show de Malhação e Fé dos Irmãos Lemon.

Abby pegou a filipeta xerocopiada e se afastou, mantendo os olhos em Christian pelo máximo de tempo possível.

Eu vejo um demônio subjugando você. Eu o vejo fazendo com que machuque as pessoas que ama.

Ela não estava mais sozinha.

— Quinze palitos de aipo — disse Margaret.

Ela escreveu *15 Aip* em seu caderno espiral.

— Doze palitos de cenoura.

12 Ce.

— Oito fatias de maçã.

8 F Ma.

— Vinte e cinco uvas.

25 Uv.

— Dois shakes.

2 S.

Os shakes alemães de Gretchen tinham transformado Margaret em pura sensualidade. Era como se uma faca houvesse desbastado suas curvas macias e entalhado nela maçãs do rosto dramáticas. Seu cabelo estava mais denso, e seus olhos, mais brilhantes.

— Wallace não consegue tirar as mãos de mim — gabava-se ela, sentada com as pernas cruzadas sob o sol de outubro no gramado da escola.

O inverno havia se atrasado, e a área externa estava lotada. Garotas em círculos comiam seus iogurtes, e os garotos do Clube de Malabarismo jogavam pinos para cima, passando perto da cabeça delas e as fazendo gritar. Bolas de meia quicavam entre os garotos. Jogadores de bocha estavam parados com as mãos no bolso, observando as jogadas uns dos outros. Alguns alunos do último ano se encontravam de camiseta, jogando futebol americano na extremidade mais distante.

Os alunos usavam óculos escuros, camisas desabotoadas e dispensavam os suéteres. Todo mundo se aquecia ao sol, ficando bronzeado e atraente. Os ânimos estavam bons; a tolerância, alta; e Margaret, linda. Agora podia usar um vestido preto no baile semiformal de inverno, coisa que só algumas das garotas mais magras do último ano ousavam fazer. Em Charleston, usava-se cores sólidas ou estampas; o preto era considerado urbano demais. Se alguém fosse usar preto, tinha que bancar. Margaret podia, e devia tudo a Gretchen.

— Sério — continuou ela, fechando a agenda de alimentação e esticando as pernas, com os óculos escuros virados para o céu. — Se ele continuar a me agarrar assim, vou estar grávida em janeiro.

— Vamos ficar tão orgulhosas — disparou Glee.

— Um dia você vai crescer também — falou Margaret. — Aí vai experimentar os prazeres maduros de trepar.

— Isso me lembra — disse Gretchen, sentando-se.

Ela estava deitada de barriga para cima, com o livro de gramática erguido enquanto passava batida pelas lições. Sua turma estava no capítulo quatro. Gretchen fazia as palavras-cruzadas no fim do capítulo vinte e um. Sua mochila servia como travesseiro, com o zíper aberto, e quando ela se ergueu sobre os cotovelos, os livros escorregaram para fora e seu diário com estampa paisley apareceu na beira da bagunça. Abby não conseguia tirar os olhos dele.

— Aqui — continuou Gretchen, entregando uma folha de papel dobrada para Glee. — É do padre Morgan. Sobre a assembleia da igreja.

— Aah! — exclamou Margaret. — Um bilhete erótico.

Glee a ignorou e guardou o papel dentro dos livros.

— Você tem mais desse shake para eu experimentar? — perguntou Glee.

Gretchen franziu o nariz sob os óculos escuros.

— Meu pai ficou irritado porque minha mãe não estava bebendo. Jogou a caixa fora.

— Ainda tem... — começou Glee.

— É meu — disse Margaret. — Qualquer um que tenha sobrado é meu.

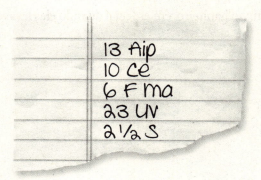

Na aula de Biologia, Abby levantou a mão e pediu para ir ao banheiro. Não estava com vontade, só precisava de um pouco de ar fresco. Eles estavam dissecando fetos de porco, e o cheiro de vinagre a deixava enjoada.

Vozes zumbiam por trás das portas fechadas enquanto ela avançava pelo corredor mal iluminado. A porta para a sala de francês da *madame* Millicent estava aberta, e Abby ouvia o barulho de giz no quadro enquanto a professora explicava algo para alunos desinteressados. Não sabia aonde estava indo até parar no armário de Gretchen.

Por curiosidade, ela tentou girar a combinação. A senha de Gretchen sempre fora o aniversário de Abby, assim como a sua sempre fora o aniversário de Gretchen. Ela girou a combinação para 01-12-72 e ergueu o trinco. Ele não se mexeu. Magoada, Abby decidiu que não desistiria. Gretchen não podia esconder segredos dela.

Abby pensou por um segundo, então girou a combinação para 12-05-73, aniversário de Gretchen. O trinco se ergueu com um *clique*, a porta se abriu, e a primeira coisa que ela viu, em cima dos livros didáticos, foi o diário de Gretchen. Antes que pudesse reconsiderar, Abby o pegou e correu para o estacionamento.

Gretchen adivinharia na hora sua combinação, por isso a única esperança era o Sujinho. Evitando as janelas das salas de aula, Abby chegou ao carro em dois minutos cravados e escondeu o diário embaixo do banco do motorista. Depois correu de volta para a aula, recuperou o fôlego em frente à porta e tornou a entrar. Os professores nunca comentavam sobre o tempo que as garotas passavam no banheiro, em especial quando elas levavam suas bolsas.

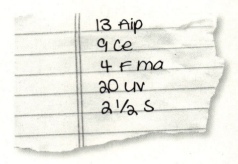

— É como a dieta de Beverly Hills — disse Gretchen para Margaret. — Só que apenas com frutas e hortaliças. Combinadas com os shakes, você vai perder cinco quilos antes do baile semiformal. Fácil.

Gretchen e Margaret estavam sentadas lado a lado à mesa de piquenique no gramado, com os cotovelos apoiados na madeira prateada aquecida pelo sol, examinando a agenda de alimentação de Margaret. O livro de alemão de Gretchen estava esquecido na sua frente. Abby percebeu que a amiga já estava no penúltimo capítulo.

Glee estava sentada diante delas, de frente para o auditório, olhando para alguma coisa. Abby se acomodou na outra extremidade da mesa, tentando prestar atenção em seu dever de Biologia, mas ouvindo a conversa e se perguntando por que Gretchen estava tão preocupada com a dieta de Margaret.

Margaret parecia uma daquelas garotas magras e pálidas nos vídeos de Robert Palmer — com uma testa saliente, um maxilar definido e maçãs do rosto dramáticas para completar. Comprava roupas novas toda semana conforme suas antigas ficavam grandes e largas. A mãe de Margaret estava mais orgulhosa dela por perder peso do que jamais ficara por qualquer outra conquista da filha. Gabava-se de que Margaret estava finalmente tendo uma segunda fase de crescimento e "distribuindo o peso". Suas amigas concordavam. Margaret estava se tornando uma verdadeira beldade, comentavam. O sr. Middleton não percebera porque ainda não tinha recebido a fatura do cartão de crédito.

— Eu quase não sinto mais fome — disse Margaret.

— Você não tem mais bunda — opinou Glee.

— Posso pegar um pouco da sua emprestada — retrucou Margaret.

Frisbees e gaivotas voavam. Professores estavam dando aulas no gramado, e todas as janelas das salas de aula permaneciam abertas.

— Ah, aliás — começou Gretchen, enfiando a mão na mochila e sacando um envelope fechado. — O padre Morgan me usou como serviço de entrega outra vez. Vou começar a cobrar.

Glee hesitou, em seguida pegou o envelope, juntou os livros em uma pilha e saiu andando em direção ao auditório, percorrendo o caminho que fazia a volta na torre do sino e levava à capela. Abby ficou surpresa por Margaret não tecer um comentário sequer. Que tipo de bilhete um professor estaria mandando para uma aluna que precisava ser lacrado em um envelope?

— Sabe, ela está ajudando na igreja o tempo todo — falou Gretchen, observando Glee se afastar. — Eu me sinto mal por tê-la envolvido. Acho que está se esforçando além da conta.

— Ninguém se esforça além da conta — disse Margaret.

Ela apontou algo em sua agenda de alimentação.

— Olhe, está vendo a última segunda-feira? Vinte aipos. Já estou cortando isso pela metade. Odeio todo esse peso por retenção de líquidos.

10 Aip
6 ce
3 F ma
20 UV
3 S

Abby se sentou na cama e abriu o diário de Gretchen. A primeira página tinha o telefone de Andy: os algarismos estavam escritos em azul e tinham formato de bolhas, e cada letra de seu nome, Andy Solomon, fora contornada com marcador amarelo. Abby virou a página. A primeira parte era dedicada aos deveres de casa de Gretchen e fora preenchida com canetas coloridas diferentes, na época em que as duas ainda faziam algumas aulas juntas:

Introdução à Programação — *formas básicas*
Literatura — *poss. teste*
História Americana — *pensar em assunto para trabalho de pesquisa*
Ética — *fazer perguntas para as reportagens de quinta*
Alemão — *ler vocab*
Biologia — *gráfico para sexta*
Geometria — *págs. 28, 32 nº 1-8 (Eu entendi!! Mais ou menos?)*

Grandes manchas coloridas marcavam aniversários, dias em que a escola terminava mais cedo, jogos de vôlei. Então a programação parava, as cores desapareciam, e a página seguinte estava tomada por uma caligrafia pequena e apertada de alto a baixo, subindo pelos lados, um pequeno monólogo louco. O mesmo acontecia na próxima página e na seguinte. Abby tentou ler, mas o texto se alternava entre uma baboseira sem sentido sobre anjos e demônios e uma série de palavras aleatórias.

Aí começavam os desenhos. No início, apareceram no meio de frases, mas foram crescendo até expulsarem as letras da página, riscados em cima delas, rabiscos em marcador vermelho formando espirais e barras, imagens de rostos tristes chorando, flores derramando lágrimas, funis dentro de bocas, insetos grosseiros, besouros, minhocas, baratas, aranhas.

Perto do fim, Abby encontrou as páginas que garantiriam uma passagem só de ida para Southern Pines se fossem vistas por alguém. Nelas, se lia: *Mate todos eles. Eu quero morrer. Me mate. Faça parar faça parar faça parar.* Aquelas palavras deixaram a respiração de Abby acelerada, entrecortada e alta. Deixaram-na tonta. Riscos brancos pontilhavam sua visão.

Na manhã seguinte, ela acordou com a testa quase toda coberta de cascas de ferida, e as espinhas em torno do nariz tinham se enchido de pus amarelo. Abby usou dois cotonetes para espremê-las e secá-las antes de passar base e pó, deixando seu rosto com uma camada homogênea, porém irregular e empelotada, antes de ir para a escola. A primeira coisa que fez ao chegar foi encontrar Gretchen. Estava na hora de terem uma conversa.

A mão de Gretchen descia rapidamente pelas páginas do caderno espiral, respondendo às perguntas de fim de capítulo de alemão.

— Eu posso ajudar — disse Abby, plantando-se na frente da carteira de Gretchen.

Elas estavam na sala da sra. Erskine antes do primeiro sinal. As pessoas chegavam devagar, encontrando carteiras ou terminando freneticamente o dever de casa, passando os olhos com pressa pela leitura pedida para a aula.

Gretchen ergueu o rosto com uma expressão perdida. Olhou ao redor para ver quem mais estava na sala.

— Você não é dessa turma — disse. — Pediu transferência?

— Não — respondeu Abby, aliviada por Gretchen estar ao menos falando com ela. — Eu posso ajudar com o que quer que esteja acontecendo.

Abby passou a noite inteira estressada, pensando em como iniciar a conversa, mas tudo estava correndo melhor do que ela imaginara.

Gretchen abriu um sorriso vago.

— O que está acontecendo? — perguntou ela, perplexa e confusa.

— Sei que você não está feliz.

Abby se sentou virada para trás na carteira diante de Gretchen, com os braços apoiados no encosto, e foi franca.

— Conversa comigo. Me conta o que aconteceu. Ainda somos amigas.

Gretchen tornou a se debruçar sobre o livro.

— Claro que ainda somos amigas. Se não fôssemos, por que eu deixaria você se sentar com a gente na hora do almoço? Sei que Margaret está sendo uma mala, mas ela é assim. Talvez fique feliz quando emagrecer.

Abby pôs a mão espalmada sobre o caderno de Gretchen, bloqueando a caneta.

— Por que você está fazendo isso com Margaret?

Dessa vez, Gretchen olhou para Abby, séria.

— Pela mesma razão de ter envolvido Glee nos trabalhos da igreja. Porque a deixa feliz. Você anda tão negativa ultimamente. Não sei o que aconteceu entre vocês, e sei que é estressante, mas vai se resolver, Abby. Na verdade, a pessoa com quem eu mais me preocupo é você. Quero que todas as minhas amigas sejam felizes, e com certeza tem algo errado com você. Não queria comentar, mas sua pele está piorando de novo.

Algo cutucou a lateral da mão de Abby, que olhou para baixo e descobriu que a mão de Gretchen continuava a se mover sobre a página, escrevendo com uma letra irregular e frenética pelo caderno.

Abby ergueu os olhos depressa.

Gretchen ainda a encarava, completamente inconsciente do que sua mão direita fazia, com uma expressão doce de preocupação no rosto.

— O que está preocupando você, Abby? — perguntou ela. — Por que não me conta?

A mão de Gretchen parou de se mover, e Abby não conseguiu evitar olhar para baixo. Palavras apressadas estavam escritas de cabeça para baixo, de modo que ficassem de frente para ela.

não sou eu não sou eu me ajuda não sou eu

Abby afastou os olhos, mas não rápido o bastante. De repente, com o rosto cheio de fúria, Gretchen arrancou a página do caderno. Ela a amassou e estava prestes a dizer algo quando Wallace Stoney surgiu ao lado das duas.

— Como estão as coisas, *meister* de alemão?

Gretchen abriu um sorriso radiante para ele.

— Oi, Wallace — respondeu. — Ainda está de pé a ida para a Med Deli mais tarde?

— Só se você me ajudar com o alemão. Eu nunca devia ter me inscrito em nazismo.

— É fácil — afirmou Gretchen. — Me dá aqui.

Ele começou a se sentar na cadeira de Abby, como se a garota fosse invisível. Ela se encolheu e se levantou, tomando cuidado para não encostar nele.

— Até mais tarde, Abby — falou Gretchen. — Pense sobre o que eu disse.

Então os dois se debruçaram no livro de alemão dele. Enquanto saía, Abby ouviu Gretchen explicando a Wallace Stoney como aquilo era fácil.

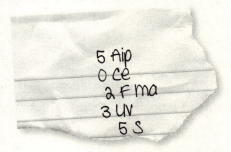

— Foi Julie Slovitch — disse Margaret durante o almoço. — Meu Deus, essa garota é uma iludida. Fica fantasiando sobre transar com ele o tempo todo.

Nossa, concordou Laura Banks, Julie Slovitch era tão nojenta. Com certeza fora ela quem mandara entregar aquele buquê de rosas brancas para Wallace durante o intervalo do quarto tempo.

— Agora olhem só para ele — continuou Margaret. — Agindo como se fosse o rei dos garanhões.

Abby se sentou no gramado com as costas apoiadas no poste de luz, ao lado do banco verde-escuro típico de Charleston onde Margaret tagarelava com Laura Banks. Glee não se sentava mais com elas. Em vez disso, ia para a capela na hora do almoço e recebia a comunhão. Gretchen passava os almoços nos bancos diante do alojamento do último ano, agora fechado, com todos os alunos mais velhos. Margaret desdenhava de Glee, chamando-a de "fanática religiosa" e ignorando seu abandono, mas não conseguia relevar o fato de que estava perdendo Wallace. Isso a corroía por dentro.

O clima quente estava deixando todo mundo feliz da vida. Wallace circulava pelo gramado, entregando rosas brancas a todas as garotas, fazendo mesuras e beijando suas mãos. Depois de algum tempo, se aproximou de onde estavam Margaret, Laura e Abby e ofereceu uma rosa para a namorada.

— Toma — disse ele. — Você parecia muito sozinha, e, sabe como é, eu tenho muitas flores porque sou irresistível.

Margaret o encarou por um momento antes de responder:

— Por que você não cala a boca sobre essas flores de merda?

— Está com ciúme?

— Estou com pena de você — retrucou Margaret com rispidez. — Julie Slovitch é uma baranga. Se você me ama, deveria jogar todas no lixo.

Abby sabia exatamente o que Wallace diria antes mesmo que ele abrisse a boca.

— Quem disse que eu te amo?

Então ele se deu conta do que tinha falado. Após um único segundo de silêncio, Margaret soltar uma risada áspera e escandalosa. O som ecoou até a passagem coberta.

— Você — respondeu ela. — Quando eu quase dei um pé na sua bunda e você me implorou pelo telefone para não terminar.

— Eu nunca implorei merda nenhuma.

— Implorou como uma garotinha — insistiu Margaret, fazendo um movimento brusco com o rosto para a frente.

Suas bochechas estavam muito vermelhas, e os tendões do pescoço saltaram. A testa estava ossuda, dividida por uma única veia pulsante, e os músculos da mandíbula se retorceram por baixo da pele translúcida. Os nós de seus dedos estavam enormes. Na quadra de vôlei, ficara óbvio que seus joelhos estavam mais largos que as coxas. A carne estava se dissolvendo em volta dos ossos.

— Você é uma vaca — xingou Wallace. — Até Julie Slovitch tem um corpo melhor que o seu. Meu cachorro tem um corpo melhor que o seu.

— Então por que não trepa com seu cachorro? — retrucou Margaret.

Foi quando Gretchen apareceu e, em vez de se sentar com elas, pôs uma das mãos no ombro de Wallace e disse:

— Qual é, Wallace. Você está só chateando Margaret. Por que não vai embora?

Para a surpresa de Abby, ele foi.

Mas não antes de dar a última palavra:

— Você parece a porra do Esqueleto do *He-Man*.

Então se afastou, fazendo um "toca aqui" com Owen Bailey e distribuindo o resto das rosas. Na tarde seguinte, estava escrito no banheiro feminino do ensino médio:

"A Esqueleto fode muito."

Margaret ganhara um novo apelido.

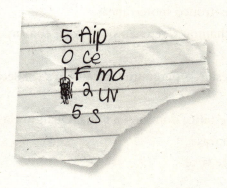

Ainda havia uma pessoa que Abby não tentara. Por mais que odiasse admitir isso, essa outra pessoa talvez conhecesse Gretchen tão bem quanto ela. Então, na noite de sábado, assim que chegou em casa depois do trabalho, ela se fechou no quarto, posicionou o cobertor cor-de-rosa no vão inferior da porta e abriu a agenda de Gretchen. Ali estava o número de Andy. Ela pegou o Mickey e discou.

O telefone tocou, curto e estridente, duas, três vezes, então ela ouviu o clique de alguém atendendo.

— Alô? — disse Abby.

Silêncio. Do lado de fora de sua janela, uma mariposa se debatia contra a tela.

— É Andy? — perguntou Abby. — Eu sou Abby Rivers. Amiga de Gretchen Lang?

Silêncio. A bola de fibra ótica em sua cômoda mudou de roxo para vermelho.

Ela ouviu um eco mecânico na linha, vento soprando estática por um cano de metal.

Seu relógio digital marcava 23h06.

— Abby? — respondeu uma voz fraca.

Mesmo com a distorção, Abby a reconheceu na hora. Aquela voz desceu por sua garganta e apertou seu coração.

— Gretchen?

Houve uma série de cliques conforme solenoides se encaixavam na escuridão da central de conexões da companhia telefônica. Estampidos voavam por linhas-tronco subterrâneas.

— Abby? — chamou Gretchen outra vez, com mais clareza. — Por favor?

— Onde você está? — perguntou Abby com a voz seca. — Que número é esse?

Uma onda de estática dominou a linha. Quando ela passou, Gretchen estava no meio da frase:

— ... preciso de você.

— Eu posso resolver isso — declarou Abby. — Você só precisa falar comigo. Me diz como resolver isso.

— É tarde demais — respondeu Gretchen, e sua voz ficou mais alta e distorcida. — Eu acho. Que horas são?

— Você está em casa? Posso encontrar você no Alhambra.

— Está escuro — disse Gretchen, com a voz sumindo. — Ele me enganou... Trocou de lugar comigo, e agora eu estou aqui e ele está lá.

— Quem?

— Acho que estou morta.

De repente, Abby teve total consciência do telefone em sua mão, de seu corpo na cama, da finura das paredes, do fato de sua janela não estar trancada, da escuridão pressionando contra o vidro.

Ela imaginou os cabos telefônicos correndo no subsolo, através da terra, passando pelo túmulo de Molly Ravenel. Sabia que era uma lenda urbana, mas imaginou Molly abraçando com força o cabo junto ao peito ossudo, agarrando-o com os dedos duros, jogando uma perna coriácea em torno dele e o puxando para o centro de seu corpo seco e cheio de insetos, apertando os lábios esqueléticos contra a linha, os cortes e cliques ecoando por trás de seus dentes sorridentes.

— Essa aqui sou eu — disse Gretchen, subitamente em alto e bom tom.

Então o som de um rádio sendo sintonizado zuniu no ouvido de Abby.

— Aquela não sou eu. Aquela é...

Um som de metal se amassando sobrepujou as palavras seguintes.

— Você precisa detê-la. Quer dizer, a mim. Quer dizer, ela. Isso é muito complicado, Abby. Não consigo pensar direito, e dói fazer isso aqui por muito tempo, mas você precisa detê-la. Ela vai machucar todo mundo.

— Quem? — perguntou Abby.

— Que horas são aí?

— Onze e seis.

— Que horas? — repetiu Gretchen com uma simplicidade idiota. — Que horas são aí? Que horas são aí? Que horas são aí?

Abby tentou acalmá-la.

— É quinta-feira à noite. Vinte e sete de outubro.

— O Halloween está chegando. Você precisa tomar cuidado, Abby. Ela tem planos para você. Quer machucar você mais do que todo mundo.

— Por quê?

— Porque você é minha única amiga — disse Gretchen.

A última palavra se dissolveu em um eco metálico, seguida pelo estalo de algo pesado e plástico, então a linha ficou muda.

— Gretchen? — sussurrou Abby.

Ela tinha sumido.

Abby ligou outra vez, mas o telefone apenas chamou.

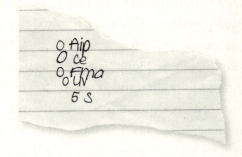

Segunda-feira começava a campanha de doação de sangue, e, durante o intervalo do quarto tempo, Margaret foi até o trailer da Cruz Vermelha estacionado em frente à escola. Quando ela se levantou do sofá ao fim do procedimento, parecia tonta, então disse "Mãe?" e desmaiou. Isso era comum após doar sangue, mas a enfermeira ficou alarmada ao ver a magreza de Margaret e insistiu para que ela fosse mandada para casa.

Algo estranho estava acontecendo. Abby pensou sobre o telefonema com Gretchen; sobre como ela estava botando Glee no comitê da igreja e ajudando Margaret a perder peso e aparentemente saindo com Wallace. Algo estranho estava acontecendo, e Abby precisava fazer aquilo parar, mas não tinha como conseguir sozinha.

Ela daria um jeito de conversar com Glee, mesmo que precisasse ir à comunhão durante o almoço; a amiga estava dedicando todo o seu tempo à igreja, o que era bem estranho. Falaria com Margaret também. Talvez até com o padre Morgan. Se eles não acreditassem, ela tinha o diário, mas esse era o último recurso. Se alguém da direção da escola visse aquilo, mandaria Gretchen direto para Southern Pines. Ela não podia mostrá-lo a ninguém até ter certeza.

Mas, primeiro, havia os cadáveres.

Abby temia esse momento desde o nono ano. Todo mundo sabia que ele se aproximava, e a única coisa que se podia fazer era rezar para não ser tão ruim quanto diziam.

Na manhã de quinta-feira, a escola embarcou o máximo de alunos do primeiro ano do ensino médio no único ônibus escolar amarelo de Albemarle, acomodou o restante na van esportiva vermelha e os levou pela ponte West Ashley até o centro de Charleston. Era hora do rito de passagem mais temido e esperado: a excursão ao laboratório de anatomia.

Gretchen e Glee fizeram questão de ir na van vermelha porque ela estava sendo dirigida pelo padre Morgan, mas Abby nem tentou se juntar a elas. Sentou-se no grande ônibus amarelo, apertada contra a janela traseira ao lado de Nikki Bull. Por toda a sua volta havia alunos nervosos, assustados ou empolgados, falando sem parar. O assunto mais popular era Geraldo Rivera.

Seu programa especial de duas horas intitulado *Revelando os subterrâneos de Satã* fora exibido na noite anterior, no horário nobre. Mostrou Geraldo enfrentando as forças do satanismo, falando com assassinos em série (e Ozzy Osbourne) enquanto provava (ou sugeria fortemente) que uma rede secreta de mais de um milhão de satanistas era responsável pelo assassinato de cinquenta mil crianças por ano. O programa mexeu com Abby. Estava coberto pela terra de covas rasas, manchado com o sangue de fotos de cenas de crimes, molhado com a saliva de homens possuídos em suéteres brancos que espumava pela boca enquanto vociferavam "Saia daqui" para cruzes agitadas em sua cara durante exorcismos. Geraldo se posicionou diante de uma parede de telas de TV, enojado pelo que ouvia: mulheres identificadas como "procriadoras" explicando com toda a calma que seus bebês nasciam para serem devorados em comunhões satânicas, seus pequenos cadáveres queimados, enterrados em concreto, cortados em pedaços e espalhados pelo mar.

No dia seguinte, todo mundo só falava de satanismo.

— Ano passado, uma aluna do último ano teve um bebê, e os adoradores do demônio fizeram com que ela o afogasse atrás da escola — contou Nikki Bull. — O pântano está cheio de bebês mortos. Às vezes, seus ossos vêm à superfície, mas a administração diz que são ossos de gaivotas, e a equipe de manutenção os queima no incinerador.

— Os zeladores sabem o que está acontecendo, mas têm medo de dizer qualquer coisa — acrescentou Eric Frey.

— Meu tio trabalha na polícia e diz que não iria ao Northwoods Mall nessa época do ano nem por um milhão de dólares — declarou Clyburn Perry. — Antes do Halloween, eles saem andando com uma agulha escondida embaixo da pulseira do relógio, e cada uma delas tem um pouquinho de sangue com Aids. Eles arranham as costas da mão das pessoas que passam, e não parece nada de mais, até que, seis meses depois, você está com Aids.

— Quem são "eles"? — perguntou Dereck White, virando-se no banco. — Quem são os misteriosos "eles" fazendo todas essas coisas terríveis?

Todo mundo sentiu pena dele, porque era muito óbvio.

— Os satanistas — respondeu Nikki Bull. — Passou na TV.

O ônibus chegou ruidosamente ao centro de Charleston, e carros se enfileiraram atrás dele, mas os motoristas eram educados demais para tocar as buzinas. Abby ouviu galhos baixos arranharem o teto do ônibus conforme entravam no estacionamento da faculdade de medicina. Ao se apertarem no elevador enorme em direção ao quinto andar, Nikki Bull ainda falava sobre satanistas.

— Sabe o último diretor? Alguns satanistas invadiram o cemitério e roubaram o corpo da mãe dele. Depois foram até a casa assombrada que ele sempre monta em seu jardim durante o Halloween, fantasiaram o cadáver de bruxa e o penduraram em uma árvore por uma forca. Ele achou que fizesse parte da decoração e o deixou ali por três dias. Quando foi retirá-lo, viu que era sua mãe e enlouqueceu.

— Quieta, Bull — disse a sra. Paul do outro lado do elevador.

A cabine chacoalhou com força, então as portas se abriram e os alunos saíram para o andar frio e com cheiro de picles. Mais à frente encontrava-se o primeiro grupo da excursão, rindo com nervosismo e empurrando uns aos outros. O grupo de Abby ficou ensanduichado entre os alunos à frente e os que chegaram em seguida pelo elevador e se apertaram no corredor estreito, tentando se manter o mais longe possível da porta do laboratório de anatomia.

Com o corredor cheio, todos caíram em um silêncio expectante. Sabiam o que estava por vir.

— Olá — cumprimentou o médico.

Ele tinha o pescoço enrugado e a cabeça calva coberta com manchas de idade. Vestia um jaleco branco com bolsos cheios que ia até o meio de suas coxas, e estava empolgado.

— Eu sou o dr. Richards e chefio o Laboratório de Anatomia Macroscópica da Faculdade de Medicina da Carolina do Sul. Hoje vocês vão testemunhar o que um dia acontecerá com todos aqui presentes. Então vamos mergulhar de cabeça e conhecer seu futuro.

Os alunos arrastaram os pés, se acotovelaram e se empurraram para segui-lo através das portas duplas, enchendo o amplo salão. Então viram o que os esperava e empacaram na porta, apertando-se contra a parede. O salão se estendia a distância, com linóleo verde marmorizado no chão e revestimento plástico nas paredes. No centro, havia dezesseis mesas de aço, cada uma contendo uma cama dura na qual jazia um único cadáver parcialmente dissecado.

— A primeira aula dos novos alunos de medicina é de Anatomia Macroscópica — explicou o dr. Richards com um sorriso. — Eles são divididos em grupos de quatro, e a cada um é designado um doador. O doador é anônimo, e por mais que nos velhos tempos acontecesse de nos depararmos com um tio ou amigo da família de vez em quando, não temos uma surpresa desse tipo desde 1979. Todos os doadores são cuidadosamente investigados. Na primavera, quando as aulas terminam, os estudantes se reúnem na capela e fazem uma cerimônia fúnebre para seus doadores, porque é uma atitude nobre deixar seu corpo para a ciência. Espero que alguns de vocês decidam fazê-lo depois de hoje. Seria agradável ter alguns doadores mais jovens para variar.

O médico estava relaxado e à vontade em torno daqueles corpos aos pedaços. Eles o deixavam feliz.

— Mas, entre o primeiro dia de aula e a cerimônia fúnebre — prosseguiu o dr. Richards —, os alunos trabalham com cada doador até os ossos e descobrem o que lhes interessa mais.

Os garotos estavam rindo e se empurrando, e o cheiro de picles expulsava todo o oxigênio do ambiente. Abby se forçou a olhar para os corpos. A pele deles era coberta de pelos, e as unhas, grossas e amarelas. A camada mais externa de tecido, seca e acinzentada, havia sido aberta, revelando uma faixa de músculos parecidos com carne-seca e uma fruteira de órgãos internos. Pulmões cinza manchados, corações vermelho-escuros, cadeias de intestinos cor de lavanda, fígados marrons e uma cornucópia de frutas carnosas empilhadas no interior.

O dr. Richards não parava de falar, cheio de observações macabras e piadas infames. Quando a mão de um cadáver escorregou de uma das mesas e caiu em seu bolso, ele simulou uma reação assustada.

— Saia daqui — disse, rindo.

Pegou a mão morta por seu pulso peludo e a largou de volta na mesa. Todo mundo riu alto demais quando o médico concluiu:

— Acho que ele queria minha carteira.

O dr. Richards estava ansioso para contar suas melhores histórias: um balão de cocaína achado em uma cavidade estomacal; um doador cujos pés eram encontrados misteriosamente cruzados toda manhã, quando entravam no laboratório; outro que era a tia perdida havia muito tempo do orador da turma. Abby viu Gretchen e Glee atrás do padre Morgan, do outro lado do círculo, sussurrando entre si. Antes que ela começasse a se sentir excluída, o dr. Richards mudou de assunto.

— E isso... — anunciou ele, conduzindo-os até as estantes de madeira no fundo do salão. — É nosso pequeno gabinete de curiosidades.

Era exatamente como Wallace havia alertado. Flutuando dentro de potes de conserva amarela, havia um seio sem corpo, um bebê de duas cabeças com o esterno aberto e a coluna vertebral bifurcada exposta, uma língua distendida por um tumor do tamanho de uma bola de beisebol, uma mão decepada com seis dedos.

— Ei, Abby — falou Hunter Prioleaux às suas costas. — Você deixou cair o almoço.

Abby olhou para baixo e quase tropeçou em um balde plástico de quarenta litros no chão. Ele estava lotado de fetos cinza. Eram muito parecidos: pele lisa, olhos fechados, bocas abertas, mãozinhas apertadas em punhos. Empilhados no balde sem nenhuma ordem, pareciam gatinhos sem pelo, pesados e reluzentes.

Abby jurou que não seria a primeira a sair da sala. Sua visão vacilou e turvou nas bordas. Ela ergueu o rosto e fez contato visual com Gretchen. Elas se entreolharam por um segundo, então Gretchen sorriu, e, embora Abby tenha achado o sorriso maldoso, instintivamente retribuiu. Não podia evitar. Gretchen parou de sorrir e sussurrou algo no ouvido de Glee, e as duas riram. Abby piscou e afastou os olhos. Só conseguia pensar: *Por que no chão? Eles não podiam ao menos colocá-los em uma mesa?*

No trajeto de volta para a escola, Abby ainda sentia o cheiro de conserva em suas roupas. Na frente dela, Dereck White e Nikki Bull continuavam a falar sobre um garoto chamado Jonathan Cantero, que matara a mãe a facadas em Tampa. Abby não parava de reparar nos músculos dos dois se movendo abaixo da pele. Imaginou como ficaria a boca deles sem lábios.

— Ele era um nerd fanático por Dungeons and Dragons — disse Nikki. — Foi por isso que matou a mãe. O jogo o obrigou.

— Você está doida — respondeu Dereck. — Um jogo não pode obrigar ninguém a nada.

— É um jogo satânico — retrucou ela, revirando os olhos. — Você é tão ingênuo.

Abby visualizou todos sem pele no ônibus, transformando-o em uma lata de metal sobre rodas carregando esqueletos com olhos grandes e mandíbulas batendo. Seus músculos se moviam e dançavam como fios de marionetes, erguendo e baixando os ossos de seus braços e pernas, e todos eles eram apenas ossos e carne, exatamente iguais.

Através da janela, Abby viu a van escolar vermelha parar ao lado deles na ponte West Ashley. O padre Morgan buzinou, e Abby observou enquanto Glee e Gretchen espiavam pela janela. As duas a viram, e Gretchen a encarou novamente.

— Satã o obrigou — repetia Nikki. — Além disso, ele provavelmente tinha tomado LSD.

Abby se imaginou removendo a pele de Gretchen, arrancando-a de sua carne como uma luva encharcada, expondo seus ossos. Mas não funcionou. Em sua mente, ela não conseguia ver o que havia dentro de Gretchen. Sua amiga não tinha coração, nem pulmões, nem estômago, nem fígado. Estava cheia de insetos.

Gretchen e Glee acenaram.

Abby não retribuiu.

— Lamento, Abby — disse a sra. Spanelli.

Estava vestida de bruxa e segurava uma sacola de compras que continha seu turbante e bola de cristal.

— Eles só me contaram quando cheguei aqui hoje de manhã.

Sexta-feira era meio-período por causa da feira de Halloween. Ela era organizada pelos pais, mas os clubes do ensino médio deveriam ficar responsáveis pelas barraquinhas que ocupavam o gramado, e o clube que conseguisse mais tíquetes tinha direito a metade do dinheiro arrecadado com os ingressos. Abby não pertencia a nenhum clube, por isso concordara em ajudar a sra. Spanelli a fazer a barraquinha de leitura da sorte. Só que esse ano não haveria leitura de sorte.

— Eles não querem nada que possa ser considerado, você sabe, oculto — explicou a sra. Spanelli. — Especialmente depois do programa especial do Geraldo.

— Tudo bem — respondeu Abby. — Talvez eu vá para casa mais cedo.

Em vez disso, ela foi para a biblioteca no centro.

— Estou tentando descobrir de onde é esse código de área — informou à bibliotecária.

Abby mostrou o número de Andy, sentindo-se muito madura por pedir ajuda para localizar um número de telefone.

— Oito-um-três é Tampa — respondeu a bibliotecária.

— Vocês têm catálogos telefônicos de Tampa?

A bibliotecária apontou para trás com o polegar.

— Na parede dos fundos.

Abby foi até uma seção mal-iluminada de estantes que fediam a papel-jornal e, em cima de uma pilha de catálogos velhos, encontrou um catálogo telefônico de Tampa com a lombada rachada. Parecia seboso e usado. Ela o jogou sobre uma mesa e o folheou até encontrar três Solomon. Escreveu os nomes, endereços e números de telefone, e naquela noite se fechou em seu quarto e começou a discar.

Ninguém atendeu na primeira residência dos Solomon. O segundo caiu na secretária eletrônica. O terceiro estava registrado em nome de Francis Solomon. Abby sabia que era o certo. Diferia apenas em dois algarismos do número no diário de Gretchen. Alguém atendeu no quinto toque.

— Alô? — disse a mulher, depois deu uma tossida de fumante. — Desculpe. Alô?

— Posso falar com Andy? — perguntou Abby, lutando contra o instinto de desligar.

— Andy! — gritou a mulher. — Tem uma menina na linha para você!

Houve uma pausa longa, seguida de um *clique*.

— Atendi, mãe. Desliga! — berrou uma voz lamuriante.

Abby ouviu outro *clique*, então a respiração de um garoto em seu ouvido.

— Tiffany?

— Aqui é Abby.

Seguiu-se um silêncio confuso.

— Eu sou amiga de Gretchen.

Mais silêncio confuso.

— Melhor amiga.

O silêncio se estendeu.

— Gretchen Lang? Do acampamento?

— Ah... O que houve? — disse o garoto.

Foi a vez de Abby ficar confusa.

— Eu queria perguntar...

Ela não sabia por onde começar.

— Você tem achado Gretchen estranha? Ou ela disse alguma coisa sobre mim?

— Como assim? — questionou ele. — No acampamento?

— Ou pelo telefone.

— Por quê?

— Porque sou a melhor amiga dela — explicou Abby, odiando como isso parecia infantil. — E acho que pode ter algo errado com ela.

— Como eu poderia saber? Não falo com ela desde o fim do acampamento. Ela nunca me ligou. Preciso desligar. Nosso telefone não avisa quando tem chamada em espera.

Depois que ele desligou, Abby ficou parada junto ao telefone por um minuto. Nada fazia sentido. Ela jurou que na segunda-feira arriscaria ser humilhada, confrontaria Gretchen a respeito de Andy e descobriria o que estava acontecendo. Mas esse fim de semana era Halloween. E na segunda--feira já era tarde demais.

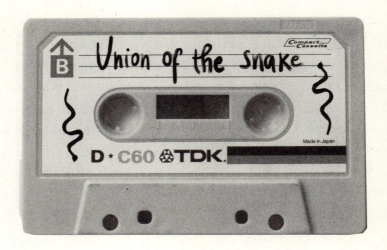

— Agradeço por terem tirado um tempo para vir aqui hoje — começou o Major com a voz grave. — Eu gostaria de discutir com vocês o futuro de Abigail no Colégio Albemarle. Na minha opinião, ele é inexistente.

Abby estava em frente ao Major. À esquerda estava seu pai, sentado desconfortavelmente em uma cadeira dura de madeira. Ele era todo magro, joelhos ossudos, cotovelos estranhos e omoplatas protuberantes. Tinha se barbeado, mas se esquecera do ponto abaixo do lábio inferior. Mantinha as mãos espalmadas sobre as coxas e, sem perceber, as esfregava para cima e para baixo sobre as calças cáqui surradas, para cima e para baixo. Isso estava enlouquecendo Abby.

À direita estava sua mãe, inclinada para a frente, ansiosa, com os dentes cerrados, pronta para uma briga; piscava os olhos bem depressa para permanecer desperta, pois trabalhara turnos dobrados durante o fim de semana e não estava preparada para uma reunião na terça-feira depois da escola. Apertava a bolsa no colo e não tirara o casaco acolchoado. Era um exagero para Charleston, mas a mãe de Abby sempre sentia frio.

O Major colocou uma pasta de papel pardo no meio da mesa e a abriu, em seguida pôs os óculos de leitura e os fez esperar enquanto folheava seu conteúdo. Ao terminar, voltou a erguer os olhos.

— Diversos incidentes ocorreram durante o fim de semana de Halloween — disse ele. — E, segundo fontes confiáveis, Abigail estava envolvida em pelo menos um deles. Também foi acusada de furto. E, embora tenha apresentado notas excelentes até agora, não acredito que o progresso passado seja indicativo de desempenho futuro. Pelo menos um pai telefonou e pediu que Abigail não interagisse com seu filho porque acredita, assim como eu, que ela esteja usando e vendendo narcóticos.

— Você está usando drogas? — perguntou a mãe de Abby com rispidez, virando-se para ela. — Você está vendendo drogas?

Abby sacudia a cabeça.

— Não, mãe. De verdade.

— Você jura?

— Juro. Eu nem uso drogas.

A sra. Rivers se voltou para o Major.

— Quem acusou minha filha disso?

— Não tenho liberdade de discutir nomes — disse o Major. — Mas vem de uma fonte irrefutável. Assim como a informação de que Abigail esteve envolvida na distribuição e no consumo de álcool no campus na noite de sexta-feira.

Na noite de sexta-feira, enquanto Abby trabalhava no último turno da loja de iogurte, o time de futebol americano de Albemarle vestiu seus uniformes e entrou em campo para enfrentar Bishop England pelo último lugar na divisão. Era o jogo final da temporada, remarcado devido à chuva, e a tensão estava elevada.

Dez minutos antes do jogo, o treinador Toole começou a surtar porque Wallace Stoney, seu astro quarterback, não estava presente. Alguém disse que ele estava dando uns amassos com uma garota em sua picape, mas ninguém conseguia encontrá-lo. Até que Wallace apareceu na lateral do campo, com a maior calma do mundo, logo depois do cara ou coroa. O treinador ficou tão aliviado que o botou em campo imediatamente. No fim do primeiro quarto, Wallace estava de quatro na linha de trinta jardas de Albemarle, jorrando vômito pelo capacete. Paramédicos correram para dentro do campo, achando que ele sofrera uma concussão. Bastou uma cheirada para convencê-los do contrário.

— Tire seu jogador de campo — dissera o juiz ao treinador Toole. — Ele está bêbado.

O jogo transformou-se em caos, terminando apenas quando o Major desceu da arquibancada e ordenou que o treinador Toole desistisse da partida. O time de futebol americano do Colégio Albemarle era oficialmente o pior de toda a Carolina do Sul. E tudo por culpa de Wallace. Atiraram ovos em sua casa durante o Halloween, e alguém jogou uma pedra no vidro traseiro de sua picape. Ele não aparecera na escola naquela manhã.

— O que aconteceu nesse jogo foi uma humilhação para a escola — continuou o Major. — E, embora Abigail não estivesse presente, uma fonte confiável me informou que foi ela quem comprou a bebida alcoólica e a forneceu ao estudante.

— Eu não… — protestou Abby.

O Major ergueu a mão para silenciá-la. Ela se voltou para a mãe.

— Mãe…?

— Srta. Rivers — disse o Major —, se você não consegue se controlar, vou pedir para se retirar enquanto discuto o assunto só com seus pais.

Aprisionada no escritório quente demais do Major, Abby sentiu um filete de suor escorrer por seu peito. Mesmo sem tocar o rosto, ela sabia que a oleosidade da sua pele brotava através da maquiagem. Seu estômago vazio roncou de modo constrangedor. Seu pai não parava de esfregar as mãos nas coxas. Tsh… Tsh… Tsh…

— Mais importante: um aluno veio a mim e acusou Abigail de furto — prosseguiu o Major, brando e irrefreável. — O objeto roubado é de grande valor sentimental para esse aluno. Roubo é uma violação do código de honra, sujeita à expulsão imediata. Abigail, eu lhe pergunto: ele está com você?

Abby sabia que ele se referia ao diário de Gretchen. A garota descobrira que Abby o pegara e procurara o Major. Ele a encarou com seus olhos caídos, e Abby olhou para uma rachadura em um dos blocos de concreto à frente.

— Abigail? — repetiu o Major.

— Eu não roubei nada — afirmou Abby.

O Major a encarou fixamente por um momento antes de dar um suspiro e falar:

— Após refletir, é nossa opinião que vocês devem transferir Abigail para um ambiente academicamente menos estressante, onde ela possa receber a ajuda e o aconselhamento de que precisa.

Um rangido soou quando a mãe de Abby se ajustou na cadeira.

— Que lugar seria esse? — perguntou ela.

— Não aqui — respondeu o Major.

— O senhor a está expulsando? — perguntou a sra. Rivers.

— Ninguém se beneficiaria com a expulsão de Abigail — explicou o Major. — Por isso chamei vocês até aqui, para que a retirem voluntariamente. Nesse caso, eu estaria mais do que disposto a desconsiderar os relatos recebidos sobre seu comportamento e a escrever uma carta de recomendação que garantiria sua admissão em qualquer uma das muitas boas escolas públicas na área de Charleston.

Os olhos do Major dispararam para a esquerda, e Abby notou que um botão em seu telefone piscava. Na mesma hora, ele lambeu os lábios com a língua cinzenta, encolheu a cabeça entre os ombros e ergueu o tom da voz uma oitava.

— Com licença.

Ele pegou o fone.

— Sim — disse o Major.

Em seguida ficou em silêncio, escutando com atenção.

Seus pais não tinham ideia, mas Abby, sim. Era do hospital. Nikki Bull contara a ela o que havia acontecido no primeiro tempo.

— Alguém roubou um bebê — dissera ela.

— O quê? — perguntara Abby.

— Um bebê morto — explicara Nikki. — No laboratório de anatomia. Havia bebês em um balde, e alguém pegou um enquanto estávamos lá dentro. Acho que a equipe do hospital os contou no fim de semana e percebeu que estava faltando um. A sra. Paul passou a manhã inteira na sala do Major. Doentio, não é?

Abby achou que se tratasse de mais uma mentira de Nikki. Mas a administração ordenara uma busca no armário de Hunter Prioleaux durante o intervalo do quarto tempo, e uma substituta estava ministrando a aula da sra. Paul. Abby não podia acreditar. Alguém tocara uma daquelas coisas tristes e sem ossos, enfiara na mochila e a escondera no ônibus. Abby sentiu vontade de chorar.

O Major desligou o telefone, olhou para o aparelho por um longo minuto, então voltou a atenção para Abby e os pais.

— Estamos de acordo? — perguntou ele, enfim. — Vocês vão retirar Abby do Colégio Albemarle, e eu vou escrever uma carta de recomendação elogiosa para ela. Vocês não devem encontrar dificuldade para inscrevê-la em uma das escolas públicas de Charleston. Sinto que isso é o melhor para todos.

Ele estendeu a mão, pegou uma folha de papel em branco da bandeja à sua frente e destampou caneta. Abby esperava que alguém argumentasse, mas ninguém disse nada. O Major começou a rascunhar sua carta. O pai de Abby esfregou as coxas mais depressa. Tsh, tsh, tsh, tsh…

Abby estava sendo expulsa da escola, e ninguém faria nada. Sua garganta se apertou até a grossura de um canudo, e uma pressão se acumulou atrás de seus olhos. Ela cravou as unhas no interior do pulso, escondendo-o no colo, tentando segurar o choro. Independentemente do que acontecesse, ela não lhes daria essa satisfação.

— Pronto — disse o Major, empurrando a folha de papel sobre a mesa. — Se vocês puderem ler e aprovar, eu peço à srta. Toné para datilografar em papel timbrado, e vocês a levam na saída. Vamos mandar o histórico de Abigail para a escola que considerem a melhor opção.

Ele se recostou na cadeira e entrelaçou as mãos sobre a barriga, satisfeito por seu trabalho estar terminado. A mãe de Abby não pegou a carta. Todos continuaram sentados por um longo momento, até o Major suspirar e dizer, com paciência:

— À luz dos problemas de Abigail, esta é a atitude menos problemática. Ela não pode continuar em Albemarle, e não haverá carta se vocês nos forçarem a recorrer à expulsão. Qualquer escola que a aceitar como aluna transferida vai me ligar para pedir recomendação, e não vou ter escolha além de compartilhar minhas suspeitas sobre seu envolvimento com narcóticos, fornecimento de álcool para um aluno menor de idade no campus e esse furto.

— Minha filha não usa drogas — afirmou a mãe de Abby. — Ela não bebe.

— Sra. Rivers — retrucou o Major com a voz grave. — Todo pai diria a mesma coisa, mas suspeito de que a senhora não conheça sua filha tão bem quanto pensa. Abigail…

— Eu perguntei a ela. O senhor me viu e ouviu a resposta. Ela falou que não usa drogas. E minha filha pode ser muitas coisas, mas não é mentirosa.

— Bom…

— Quanto o senhor disse que ela tirou nos exames pré-vestibular? — continuou a mãe de Abby. — Ah, é, o senhor não disse. Bem, eu vi o resultado. Ela fez 1.520 pontos. Não vi as notas dos outros alunos, mas aposto que alguns desses Middleton e Tigner, cujos nomes dos pais estão por todos os prédios daqui, não chegaram nem perto disso. E sei que foi Grace Lang quem ligou para o senhor, porque ela me ligou também. Se há alguém usando drogas, é aquela garota dela, mas entendo por que o senhor está sendo tão gentil com os Lang. Vai arrancar muito mais dinheiro deles do que jamais conseguirá com os Rivers. E não o julgo. É seu emprego.

— Não gosto dessa acusação — protestou o Major.

Abby nunca vira o Major demonstrar fraqueza antes.

— Não é uma acusação, Julius — disse a mãe de Abby. — Só estou expondo os fatos. Não aceito de jeito nenhum que você expulse minha filha da escola por ser pobre e falar o que pensa. E aceito menos ainda que você me induza a fazer o trabalho sujo por você. Se quer expulsar minha garotinha, vai precisar fazer isso por conta própria. E saiba de uma coisa: no minuto, no segundo exato em que você escrever uma carta afirmando que ela não é adequada para o Colégio Albemarle, eu estarei na próxima reunião de pais e mestres questionando todas as decisões que você já tomou. Então é melhor você se garantir muito ou a coisa vai esquentar, e eu vou jogar mais lenha na fogueira.

Abby nem sabia que era possível falar com o Major daquele jeito. Uma raiva incandescente irradiava de sua mãe, mas sua voz não se elevara; ela não estava gritando nem exaltada. Estava apenas acabando com o Major e brilhando com uma fúria calcinante.

— Olha só, Mary — disse o Major. — Tudo bem ficar com raiva e desabafar no meu escritório, mas isso não está ajudando Abigail.

— Não venha com essa, seu professor de educação física arrogante — retrucou a mãe de Abby com raiva.

Inacreditavelmente, a boca do Major se fechou.

— Como um diploma de Educação Física o torna qualificado para dirigir esta bagunça, eu nunca vou entender, mas isso não cabe a mim. Na época de Citadel eu já não gostava de você. Sempre foi abusivo com os subordinados e puxa-saco dos superiores.

— Martin — falou o Major, apelando para o pai de Abby. — Em respeito à nossa amizade, estou pedindo…

— Ah, cale a boca — interrompeu a mãe. — Martin também nunca gostou de você.

O pai de Abby parou de esfregar a calça por um momento, ergueu os ombros ossudos e disse:

— Isso não é bem verdade. Eu apenas nunca pensei em você por tempo o bastante para desenvolver uma opinião.

O Major tentou argumentar, mas a mãe de Abby já estava atacando de novo.

— Sei que há pais muito cansados desse clubinho que você administra. Aposto que todos adorariam ouvir sobre como minha filha está sendo feita de bode expiatório para sua incompetência. Aposto que não sou a única com uma história a contar. Aposto que, se todos resolvessem botar a boca no trombone, podíamos dificultar bastante seu trabalho.

Um longo silêncio se abateu enquanto a ameaça assentava.

— Mary... — começou o Major.

— Nossa conversa termina aqui — disse a mãe de Abby, levantando-se e botando a bolsa no ombro. — Não quero mais ouvir falar sobre a transferência de Abby nem ter qualquer dificuldade com você, e espero não ser arrastada para outra sessão de perda de tempo como esta. Se minha filha não passar de ano ou abandonar os estudos, aí nós vamos lidar com isso, e pode acreditar: eu arrancaria o couro dela. Mas esta conversa? Termina aqui.

Para a surpresa de Abby, seu pai se levantou, sua mãe abriu a porta, e eles foram embora da sala do Major. Abby ficou esperando que ele os chamasse de volta ou obrigasse todos a ir à escola no sábado, mas o homem não deu um pio. Abby foi a última a sair. Ela se virou e o viu ainda sentado, debruçado sobre a mesa e esfregando a testa com a ponta dos dedos. Quase pediu desculpas, mas sua mãe a puxou pelo pequeno corredor, então passaram pela srta. Toné e foram embora.

O vento soprava do pântano, varrendo o gramado, uivando através da passagem coberta. Ninguém disse uma palavra até chegarem ao carro da mãe de Abby, parado no estacionamento dos professores, onde ficavam com os cabelos e casacos se agitando de um lado para outro. O único som era o tremular da bandeira atrás deles. Pela primeira vez, Abby estava realmente animada para ir ao trabalho.

— Mãe — falou. — Obrigada. Você foi totalmente incrível e...

Ela girou para a filha com tamanha fúria que Abby perdeu a fala.

— Estou com muita raiva de você por ter nos colocado nessa posição, Abigail — chiou ela. — Como ousa fazer com que sejamos chamados aqui e tratados como escória? Eu sacrifiquei tanto por você, e é assim que me retribui?

Abby tentou concatenar uma frase.

— Eu... Mas eu não fiz nada. Você mesma disse.

— Estou te dando o benefício da dúvida por ser minha filha — retrucou a mãe com severidade. — Mas que Deus te ajude se me fizer passar por mentirosa. Quão boa você acha que é sua bolsa de estudos? Quando foi a última vez que olhou as faturas? Seu pai e eu fazemos sacrifícios para mantê-la aqui, e é assim que você age?

Abby sabia que parecia idiota com a boca abrindo e fechando, tentando formar palavras, mas isso não era justo. Nada disso era justo.

— Ele falou aquilo tudo porque me odeia. Está me culpando pelo que outras pessoas fizeram.

— Seu trabalho é fazer com que aquele homem goste de você — retrucou a mãe na mesma hora. — Ele só deveria falar seu nome uma vez, na formatura, ao entregar seu diploma. Está culpando você pelo que outras pessoas fizeram? Eu me pergunto quem são essas pessoas. Por que será que ouvi o nome de Gretchen Lang lá dentro?

Abby queria mentir, mas estava vulnerável demais.

— Não é o que você está pensando.

— Tenho certeza de que não entendo nada sobre suas amigas maravilhosas — disse a sra. Rivers. — Eu avisei que essas garotas a levariam por esse caminho, mas você achou que eu não fosse capaz de entender nada sobre sua vida. Imagina, você é inteligente demais. Por isso ignorou tudo o que eu falei, e aqui estamos nós. Bom, você deve estar se sentindo muito esperta agora.

— Eu... — começou Abby.

— Chega — ralhou a mãe. — Já aturei o suficiente por sua causa hoje. Preciso ir trabalhar.

Ela entrou no carro e bateu a porta. Seu pai caminhou lentamente até a porta do carona e entrou. Abby observou enquanto os dois afivelavam os cintos de segurança, davam ré e iam embora. Atrás dela, a corda da bandeira batia contra o mastro como um idiota aprisionado em uma jaula, causando um eco metálico à medida que o vento soprava impossivelmente alto. Uma folha de papel em branco voou pelo céu, surfando um oceano revolto de correntes de ar acima da cabeça de Abby.

Ela viu o carro da mãe frear na placa de pare, em seguida virar na rua Albemarle, perseguida por outra folha de papel que se agitava em seu para-choque traseiro. Depois olhou para trás, na direção da escola. Emoldurada pela passagem coberta, uma nevasca de papel girava e rodopiava pelo gramado. Gritos baixos alcançaram seus ouvidos, e ela começou a caminhar, depois correr, na direção do campus, com o coração congelado de medo.

Eram 16h05, e os sons do treino de vôlei eram sugados pela porta aberta do ginásio e destroçados pelo vento. A detenção após as aulas acontecia na sala de computação do sr. Barlow. Ensaios para o show do Dia dos Fundadores estavam em andamento no auditório. E uma garota seminua no alto da torre do sino jogava papéis para o céu.

Um deles passou girando por Abby, que o pegou. Era uma fotocópia de um bilhete manuscrito no qual se lia: "Amada, como um lírio entre espinhos é minha querida em meio às outras jovens…" Ela baixou os olhos direto para a assinatura: Bruce. Havia apenas um Bruce no campus — o padre Bruce Morgan —, e, quando ela voltou a erguer os olhos, se deu conta de por que a silhueta da garota parecia familiar, com os braços bronzeados e seios brancos.

Alguns alunos e professores tinham parado para observar, e mais foram atraídos de seus escritórios e salas de aula; a garota na torre estava cambaleando perto da beirada. O chão se agitava e balançava sob os pés de Abby enquanto a figura mexia os braços e gritava, o vento carregando suas palavras e jogando seu cabelo sobre o rosto. Abby começou a caminhar na direção da torre do sino. A caixa que continha as fotocópias estava vazia, e a garota a jogou, mas o vento não a ergueu para lugar algum. Ela só caiu em linha reta e atingiu os tijolos, como um ensaio geral do que aconteceria em seguida.

A equipe da manutenção lutava para abrir a porta da torre enquanto a garota cambaleava na borda, posicionada contra o céu, o vento empurrando-a para frente e para trás. Abby parou porque não queria ouvir o que estava prestes a acontecer. Sabia que, caso se aproximasse, jamais pararia de escutar aquele som.

A garota se preparou: baixou a cabeça, ergueu os braços para o céu, estendeu uma perna e caminhou para o vazio no momento exato em que dois braços a envolveram por trás e a ergueram do ar. Um homem a apertou contra o peito enquanto as pernas dela chutavam o espaço vazio. Ele se moveu para trás, cambaleando para fora de vista com a garota nos braços.

Abby correu para a torre do sino. Seus pés chutaram papéis revoltos, e o som de gritos ficou mais nítido quando o auditório bloqueou o vento estrondoso que vinha do pântano. A porta na base da torre se abriu bruscamente, e um círculo de homens da manutenção saiu lá de dentro, segurando a garota que se debatia.

— Eu quero morrer! Eu quero morrer! Me deixeeeem! — vociferou.

A calma, lógica e entediante Glee estava berrando e se esgoelando, investindo com as unhas contra os homens que a carregavam. Glee, que se recusava a brigar porque não era "uma mulher de fazer drama", chutava coxas, arranhava braços, cuspia em rostos. A garota que certa vez proclamara que não valia a pena se aborrecer com nada no mundo, que dissera que chorar era a maneira de pessoas sem graça se exibirem, começou a gritar e soluçar. Sua legging preta tinha sido puxada para baixo na luta, expondo a barriga macia. Abby percebeu que Glee não estava de blusa, e alguém passou por ela com um cobertor. Sobre os seios de Glee estava escrito "Para você" em caneta permanente preta.

— Me deixem morrer. Me soltem, por favor, me soltem — uivou.

Um odor pungente fez Abby torcer o nariz. Glee fedia a vodca. Todo o seu corpo agora convulsionava com soluços, agitando-se no ritmo de seu peito arquejante conforme o "Para você" se retorcia e estremecia. Enquanto os homens da manutenção envolviam Glee no cobertor, a pessoa que a resgatara se manteve parada no portal da torre do sino, oculta pela escuridão, com medo de sair à luz. Era o padre Morgan.

— Eu amo ele, eu amo ele, eu amo ele — choramingava Glee, virando-se e estendendo as mãos na direção do homem.

A voz de Glee estava rouca e apaixonada, e Abby não a reconhecia.

O exorcista adorava salsichas empanadas no palito. Ele se sentou na frente de Abby a uma mesa de plástico aparafusada ao chão do Citadel Mall e inalou o cheiro que emanava de sua porção com seis. Pegou a primeira, tirou o palito, mergulhou-a em ketchup e a devorou com duas mordidas. Enquanto suas mandíbulas enormes trabalhavam para cima e para baixo, ele se recostou na cadeira e fechou os olhos. Seu pescoço imenso se flexionou quando ele engoliu o bolo de carne e massa.

— Salsichas empanadas são a maior prova de que Deus existe — disse o exorcista.

Então pegou outra.

Grandes faixas de músculo se tensionaram e esticaram enquanto ele devorava a segunda salsicha. No meio-tempo, Abby tentava pensar em como iniciar aquela conversa, mas ele a poupou do trabalho.

— Então — falou o exorcista, limpando os lábios com um guardanapo de papel minúsculo. — Você é amiga da garota que está possuída por Satã?

Não era isso que Abby esperava quando ligou para o número do panfleto do Ministério de Fé e Malhação dos Irmãos Lemon. Ela discara com um dedo em cima do gancho, pronta para desligar se as coisas ficassem desconfortáveis. Relaxou quando o próprio Christian atendeu ao telefone.

A princípio, ele concordou em se encontrar com ela na Waffle House em West Ashley, mas ligou de volta cinco minutos depois e transferiu a reunião para o Hotdog on a Stick no Citadel Mall. Pelo jeito, ele amava salsichas empanadas no palito. Quando ela chegou, Christian lhe deu um aperto de mão firme e fez seu pedido. Abby comprou uma limonada que não queria.

O exorcista era gigantesco, muito maior de perto do que no palco. A mesa de plástico parecia um guardanapo sobre o seu colo. Vestia um moletom cinza do qual ele mesmo cortara fora as mangas, e sua calça exibia um padrão complexo em verde-néon e rosa e elástico na cintura. Usava uma pochete rosa-shocking presa em torno do quadril e um par de óculos escuros Aloha Surfer pendurado em um cordão no pescoço.

— Eu não sei o que há de errado com ela, sr. Lemon — respondeu Abby, sem vontade de usar uma palavra bíblica louca como *possessão* em voz alta.

— Me chame de irmão Lemon — pediu o exorcista. — Sr. Lemon é meu pai. Meus pais me chamam de Chris, mas não sei. Fui batizado de Christian porque todos temos nomes bíblicos, mas eu fui um bebê acidental. Então, quando eu nasci, eles estavam sem inspiração. Rá! Eu provavelmente não devia dizer isso pra você. Já sabe de onde vêm os bebês?

— Eu tenho dezesseis anos — disse Abby.

— Maneiro!

Chris Lemon sorriu, engolindo a última salsicha.

Com cuidado, ele juntou seu lixo, enfiando um item dentro do outro diversas vezes. Quando tudo tinha se reduzido o bastante para caber no copo de Coca, ele abriu a pochete, pegou um lenço umedecido e limpou a ponta dos dedos do tamanho de espátulas.

— Eu não quero chocar você. O que sabe sobre demônios?

— Demônios?

— Demônios, diabos, espíritos impuros. Íncubos, súcubos, criaturas das profundezas. Eles têm muitos nomes.

Abby olhou ao redor para se assegurar de que ninguém escutava essa loucura. Os clientes do Citadel Mall continuavam envolvidos em seus assuntos, totalmente alheios à discussão na mesa de canto do Hot Dog on a Stick.

— Por que você acha que Gretchen tem um? — perguntou Abby.

— Porque eu tenho o dom do discernimento — respondeu o irmão Lemon, sorrindo. — Bom, meus irmãos dizem que é Elijah quem sabe discernir entidades demoníacas, mas eu também consigo. Eu os vejo o tempo inteiro. Não se passa um dia sem que eu veja pelo menos três ou quatro. Meus irmãos me perturbam porque, bom, irmãos são assim mesmo. Eles criticam, implicam… É a função deles, eu acho. Você tem irmãos?

— Não.

— Não me leve a mal, eu amo os meus irmãos. Mas sou o caçula, então eles me tratam como se eu não entendesse nada. Mas sabe de uma coisa? Nosso show depende de mim. Todos eles são fortes, mas nenhum tem a minha definição muscular. Eu sou um espécime sarado, e eles têm inveja, só isso.

Chris curvou um dos braços e flexionou o bíceps. O músculo tremeu perto de seu rosto, do tamanho de uma bola de futebol americano.

— Acho que cometi um erro — disse Abby.

Ela se levantou e pegou a bolsa do encosto da cadeira.

— Ei, calma aí — chamou o irmão Lemon. — Você veio até o shopping, pelo menos me diga se estou certo.

Ele sorriu e se debruçou para perto, baixando a voz.

— Ela está possuída por Satã, não está?

Abby corou.

— Não há vergonha em pedir ajuda — assegurou ele. — Eu já estive no seu lugar. Você se depara com algo maior que você, maior que qualquer coisa pela qual já tenha passado, sente-se perdido e precisa de ajuda. Você quer a opinião de alguém que entenda a guerra espiritual contra o Inimigo, certo?

Abby permaneceu imóvel, com a bolsa na mão, e assentiu. O irmão Lemon deu um tapinha na mesa.

— Eu sou um bom ouvinte — falou, sorrindo.

Lentamente, Abby se sentou.

— Eu não sei por que liguei, na verdade. Mas quando você disse que viu alguma coisa, meio que fez sentido. Aí eu encontrei seu panfleto e acho que estava preocupada, então liguei. Eu quase não vim, mas pensei que seria falta de educação.

O irmão Lemon apertou o braço de Abby de maneira reconfortante, deixando um hematoma.

— Você fez a coisa certa. Agora, o primeiro passo é nos assegurarmos de que ela esteja mesmo possuída. É fácil se confundir, sabe. Muita gente acha que alguém está possuído, mas na verdade estão sendo enganados pelo Inimigo.

— Bom — disse Abby —, Gretchen mudou muito. Antes ela era legal e minha melhor amiga. Mas agora está muito horrível.

Ela sentiu uma pontada de deslealdade ao falar essas coisas sobre Gretchen em voz alta. O irmão Lemon se debruçou na mesa, ávido para ouvi-la, e deixou Abby constrangida. Ela baixou os olhos e traçou padrões no plástico amarelo.

— Você está com medo porque o Inimigo não quer que sejamos abertos um com o outro — afirmou o irmão Lemon. — Ele quer que nos sintamos envergonhados e sozinhos. Você vai me deixar ajudá-la? Posso fazer algumas perguntas?

Abby assentiu.

— Certo. Você só precisa responder com sinceridade, está bem?

Abby tornou a assentir. Sua garganta estava seca, e ela perdera a habilidade de formar palavras. O irmão Lemon a estava levando a sério, e ela sentiu como se houvesse pegado uma estrada sem volta. Seu coração palpitava contra a caixa torácica, impedindo-a de respirar fundo.

— Sua amiga ficou doente? Doente de verdade? Tipo, ela ficou toda grotesca e horrível fisicamente?

Abby assentiu.

— E depois, o que aconteceu? Ela falou sobre suicídio e coisas depressivas? Talvez tenha tentado se machucar?

Abby pensou em Gretchen no quarto, nos arranhões nos braços da amiga, no dia em que ela agarrou o volante, e assentiu.

— Ela ficou obcecada por morte e violência? Ou talvez por assuntos religiosos, como o Inferno?

Abby se recordou do diário de Gretchen e de sua obsessão por Molly Ravenel. Tornou a assentir.

— Então, ela melhorou de repente, certo? — perguntou o irmão Lemon. — Na verdade, ficou melhor do que antes. Pareceu viva outra vez?

Os olhos de Abby se arregalaram. Tudo o que ela conseguiu fazer foi assentir.

— O corpo dela está melhor — prosseguiu ele —, mas o espírito não.

Abby não entendeu.

— Ela parece ótima — explicou o exorcista, dando um tapinha na cabeça. — Mas aqui em cima está completamente pirada.

Abby deu um gole na limonada, que encheu sua garganta com uma substância arenosa de sabor cítrico.

— É — concordou ela com a voz rouca.

— Ela está cometendo pecados? — perguntou o irmão Lemon.

Abby pensou em Wallace, em Glee, em Margaret e nos shakes alemães, e se perguntou quantos dos Dez Mandamentos Gretchen tinha violado até então.

— Está.

— Ela está mal-humorada? De TPM o tempo todo? Você sabe o que isso significa?

— Sei — respondeu Abby, assentindo.

— Ela cometeu profanação de terra sagrada? Vandalismo de igrejas e cemitérios? Queimou a bandeira americana?

Abby hesitou.

— Talvez — murmurou.

— Ela está incentivando outras pessoas a pecar? Tentando-as? Levando-as a fazer coisas ruins?

— Sim — respondeu Abby.

Ela pensou em Glee gritando e fedendo a vodca.

— Muito.

— E seus olhos ficaram pretos, sem pupila? — perguntou ele. — Como os de um tubarão ou de um alienígena?

Abby parou de repente e balançou a cabeça.

— Não — disse ela, confusa. — Seus olhos estão normais.

— Ah — fez o irmão Lemon, desapontado, mas em seguida sorriu. — Mesmo sem os olhos, me parece possessão demoníaca.

Abby sentia vergonha por estar conversando sobre algo tão louco em um Hot Dog on a Stick. Tornou a olhar ao redor, vendo se alguém estava ouvindo a voz trovejante do irmão Lemon. Ele notou o que ela estava fazendo.

— Relaxa. Possessão demoníaca é muito mais comum do que as pessoas pensam.

— É mesmo? — perguntou Abby.

— Prefiro morrer a mentir — afirmou o irmão Lemon. — Meus irmãos e meu pai têm feito ministério da libertação há anos, e os casos não param de aparecer. Você não vai ler sobre isso no jornal, mas no Hospital Columbia, onde ficam os loucos, eles às vezes esvaziam os quartos, fecham um andar e chamam meu pai para fazer uma libertação à noite, fora do horário comercial. O Departamento de Saúde escreve apenas "procedimentos irregulares" no prontuário. Bem ali, em preto no branco. Todo mundo sabe que é um código.

— Quantas você já fez? — perguntou Abby

Ele se recostou e olhou para a entrada do shopping pela janela por um momento.

— Bom. Eu ajudei em algumas, sabe? Com meus irmãos e meu pai.

— Você já viu uma? De verdade?

— Ah, claro. Já vi alguns ministros de libertação incríveis e, pode acreditar, é um privilégio ver esses caras na ativa. Foram libertações de um tipo muito forte mesmo, sabe, com gritos, lutas, uivos e vômito por todo lado.

— Então você lutou contra um demônio? — confirmou Abby.

O irmão Lemon esticou bem os braços, coçou a nuca e fez um grande esforço para parecer descolado.

— Como assistente. Sabe, ajudando. Eu já vi influências demoníacas e conheci muitas pessoas que lutaram contra eles.

— Será que eu devia procurar uma delas? — perguntou Abby. — Tipo, um especialista?

O irmão Lemon pareceu alarmado e baixou a voz.

— Ah, qual é. Não existe especialista no campo da libertação. A maioria das pessoas meio que aprende na prática. O que significa que sou tão bom quanto qualquer um.

— Talvez eu devesse falar com seu pai.

— Você não vai querer fazer isso — afirmou o irmão Lemon. — Ele está ficando velho. Eu sou jovem e forte, e é disso que você precisa. Para expulsar os demônios de sua amiga, deve haver um bom e velho encontro de forças. Nós fomos a um exorcismo coletivo em Spartanburg há alguns meses, e meu pai ficou tão sem fôlego que teve que fazer uma pausa para respirar. Isso não vai acontecer comigo. Além do mais, eu aprendi alguns truques. Tipo, nunca se deve usar gravata durante uma libertação. Você vai acabar sendo estrangulado, com certeza. Sempre acontece.

Abby assentiu. Isso parecia a voz da experiência.

— Então, como fazemos? — perguntou ela.

— Bom… Você acha que ela iria a algum lugar com você? Tipo, em uma viagem?

— Talvez?

— Está bem. Então precisamos encontrar um lugar.

— Tipo onde?

— Algum lugar reservado. Com um espaço para amarrá-la para que não machuque a si mesma. Nem a nós. Então ficaremos ali por algumas horas, orando ao lado dela. Eu tenho um pouco de água benta que posso levar. Sério, é só chegar lá e arrancar o demônio de dentro dela. É melhor não irmos para um hotel. As pessoas podem ter a impressão errada. Ai, droga, falei demais de novo!

Ele deu um riso nervoso.

— Acho que conheço um lugar — disse Abby.

— Ótimo. Só precisamos levá-la até lá. Há todo tipo de demônio. De confusão, de niilismo, de autodestruição, de raiva e de orgulho. Há demônios de batismo infantil, do catolicismo romano, do misticismo judaico. Todos têm conhecimentos diferentes, tipo, alguns sabem sobre teologia, outros, sobre mísseis nucleares, e até muito sobre ciência. Mas uma coisa eles têm em comum: são todos ardilosos. Por isso precisamos ter um plano B para o caso de a endemoninhada, ou seja, sua amiga, aceitar seu convite, entrar no carro, mas mudar de ideia no último segundo.

— Tipo enganá-la? — perguntou Abby.

— Ou drogá-la — sugeriu o irmão Lemon de forma casual, olhando para além de Abby.

— Essa foi uma má ideia. Desculpe, mas… Esquece que eu vim aqui.

— Como assim?

O irmão Lemon se inclinou para a frente e gesticulou.

— Não é nada de mais. Às vezes é preciso assumir alguns riscos, sabe como é.

— Ela é minha melhor amiga — explicou Abby.

— Não mais.

O irmão Lemon a encarou com os olhos verdes e bonitos.

— Ela está endemoninhada. Possuída por um demônio. É uma criatura de Andras.

— Como é que é? — perguntou Abby.

O irmão Lemon envolveu o pulso dela com uma das mãos enormes e o apertou sobre a mesa delicadamente, mas com firmeza.

— Sabe por que estou falando com você assim? De forma tão aberta e franca? Porque eu vi quem está dentro de sua amiga e temo pelo seu futuro. Esse demônio quer isolar você. Quer afastar todo mundo. Aí, quando chegar a hora, ele vai fazer a endemoninhada se destruir e destruir você junto. Quando essa hora chegar, não vai ter sobrado ninguém para ajudar.

Isso parecia loucura, maluquice, insanidade. Mas também muito próximo do que estava acontecendo.

— Demônios são ideias transformadas em carne — continuou o irmão Lemon. — Ideias ruins. O que está dentro de sua amiga é discórdia, raiva e fúria. Ele traz tempestades e tem um sorriso como um raio, é o irmão de corujas e fornece inteligência aos filhos da noite. É a rachadura que nunca pode ser curada.

Abby não ousava respirar.

— Você tem visto muitas corujas? — perguntou o irmão Lemon. — Tem escutado seu canto à noite? Elas sentem que o mestre está próximo. Acha que estou mentindo? Então me diga: sua amiga está tentando semear a discórdia? É seu objetivo virar amigo contra amigo, família contra família? Ela espalha mentiras e embustes que levam a punições e ira contra os inocentes enquanto os culpados escapam ilesos?

Abby pensou em Margaret. Pensou em Glee. Pensou em Gretchen reportando o furto do diário. Pensou nos bilhetes que Gretchen levara para Glee e soube que a amiga os escrevera. Ela não queria admitir, mas era verdade.

— Você não está sozinha, Abby — afirmou o irmão Lemon. — Eu vou ouvir você, ser seu ombro forte, e, a qualquer momento, pode sair fora. Só não deixe que Andras a silencie. Converse comigo.

Lágrimas escorreram pelo nariz de Abby, mas ela estava determinada a falar. Levou quinze minutos para contar tudo a Christian.

— É — disse ele ao fim do relato, entregando-lhe um lenço de papel de sua pochete. — Faz todo sentido. Todas essas coisas aconteceram durante o Halloween, que é o dia mais poderoso para Satã. Com frequência, Andras finge ser um cara legal para disfarçar os próprios planos. Toda aquela caça aos comunistas nos anos 1950? Foi trabalho de Andras. Ele usa o caos e a anarquia para seus próprios fins.

— Ele parece mau — concordou Abby.

Ela fez uma bola com o lenço de papel encharcado, tentando imaginar o nível de estrago em sua maquiagem.

— Abby — chamou o irmão Lemon. — Você sabe como essa história acaba?

Ela sacudiu a cabeça.

— Acaba com sua amiga internada como louca no Hospital Psiquiátrico Estadual de Columbia — continuou ele. — Acaba com ela esfregando cocô nas paredes para criar símbolos satânicos ocultos. Ou com ela tomando comprimidos até morrer, ou dando um tiro na boca com uma espingarda. E ela vai levar outras pessoas consigo. Você me contou um pouco sobre essa Gretchen, e parece que ela era uma boa amiga. Bom, se você também é uma boa amiga, não pode abandoná-la agora. Sei que todas as coisas que estou dizendo parecem bem difíceis, mas sua amiga não está mais naquele corpo. Ela está em outro lugar, perdida, assustada e sozinha. Cabe a nós salvá-la.

— Como vamos levá-la para o local? — perguntou Abby depois de um momento. — Sabe, se ela não quiser?

— GHB. Levantadores de peso usam o tempo todo. É um suplemento alimentar, mas, se você tomar de mais, apaga. Difícil de comprar e complicado de usar. Demônios podem ser criaturinhas desprezíveis, mas precisam comer e beber como todo mundo. Ponha um pouco na bebida dela, aí nós a carregamos para o carro e a levamos até o lugar da libertação.

— Não sei…

— Bom — disse o irmão Lemon, erguendo seus ombros enormes. — Pense sobre o assunto e, quando se decidir, me ligue. Mas não espere demais. É provável que sua amiga ainda esteja viva em algum lugar, mas quem sabe por quanto tempo?

No caminho para o estacionamento, o irmão Lemon perguntou:

— Quer ver uma coisa?

Abby hesitou.

— Vamos — insistiu ele. — Quero mostrar um negócio no meu carro.

Abby o seguiu, mas se manteve alguns passos atrás, lembrando-se das histórias de garotas que eram sequestradas em estacionamentos de shoppings por homens com vans brancas e nunca mais eram vistas.

Como se para confirmar suas suspeitas, o irmão Lemon dirigia uma minivan branca. Isso disparou um alarme dentro do cérebro de Abby. Ela olhou ao redor para ver se havia alguém observando enquanto o seguia até a traseira. Ele abriu a porta, e ela elaborou uma rota de fuga. Só por garantia.

— Achei que você pudesse estar com a sua amiga — disse ele. — Quando ligou. Então me preparei para entrar em ação, caso necessário.

Ele abriu o zíper de duas grandes bolsas azul-claras. Dentro havia correias de nylon, algemas, uma camisa de força, silver tape, mordaças com bola, correntes, coleiras, uma guia e uma focinheira, uma máscara de couro, grilhões.

— Tudo para nossa segurança, é claro — garantiu o irmão Lemon.

Em seguida, riu e bateu palmas.

— Minha nossa, estou empolgado! — exclamou ele, pulando de um pé para o outro.

— Estou arruinada — soluçou Glee.

Era mais tarde naquela mesma noite, e Abby tinha acabado de atender ao telefone.

— Só posso falar por um minuto — continuou ela, com a voz embargada de lágrimas. — Você precisa saber que não foi culpa minha.

Esse "minha" se transformou em um lamento triste e mais choro.

— Vai ficar tudo bem, Glee — disse Abby.

— Não — respondeu Glee, de repente racional. — Nunca mais vai ficar tudo bem. Nós estamos indo embora. Mas alguém precisa saber que não foi culpa minha.

— O que aconteceu?

— Ele me mandava cartas. Um monte de cartas dizendo que me amava e que nunca tinha sentido isso por ninguém e que iria esperar até eu me formar, então largaria o emprego e se mudaria para perto de onde quer que eu fosse fazer faculdade. Ele disse isso. E ela falou que eu tinha que conversar com ele, e, quando criei coragem, ele agiu como se nunca houvesse me notado.

— Quem falou? — perguntou Abby.

— Fui humilhada — prosseguiu Glee sem parar. — Me lembro de beber suco de laranja, e ela dizer que tinha deixado ele mais potente, então me lembro de estar na loja de fotocópias, e do céu girando, e depois isso.

— Quem falou? — repetiu Abby.

Mas ela sabia.

— Você sabe exatamente quem foi — respondeu Glee. — Não foi culpa minha. Eu não estava... Preciso ir.

Abby ligou de volta, mas o telefone estava fora do gancho, e no dia seguinte Glee havia desaparecido. Sua família a tirou de vista e a engoliu. Mas Abby sabia que ela estava quebrada de um jeito que talvez nunca pudesse ser consertado.

Claro que ela sabia o nome que Glee não dissera. Era Gretchen.

Abby não podia detê-la sozinha, mas quem ajudaria? Não o irmão Lemon. Ninguém que carregava algemas e silver tape no porta-malas era uma boa opção. Não Glee. Nem o padre Morgan, porque ele também havia ido embora. Então Abby procurou a pessoa mais durona que conhecia: Margaret.

Margaret não ia à escola havia semanas. Provavelmente estava recebendo tratamento para anorexia na privacidade do seu lar, onde os Middleton podiam ficar de olho nela. Antes de visitá-la, Abby passou no mercado e comprou um buquê de cravos vermelhos. Na saída, avistou um pote de sorvete de pralinê com creme. Era o favorito de Margaret, mas seria esse o tipo de coisa que se levava para alguém com anorexia? Abby não tinha certeza, mas resolveu levar mesmo assim. A essa altura, Margaret devia estar dando a volta por cima; nada a derrubava por muito tempo.

Os Middleton tinham imóveis por toda a área de Charleston, mas sua casa do centro era uma enorme construção de madeira na Church Street, cuja calçada da frente estava erguida pelas raízes de um carvalho, que rachara os primeiros dois degraus de tijolos que levavam à porta. Era uma casa alta e estreita, típica de Charleston, por isso contava com duas varandas sustentadas por colunas laterais. Elas puxavam aquela enorme ruína de madeira ligeiramente para a direita, como um desmaio gracioso de duzentos anos.

Abby estacionou na rua e tocou a campainha. Ouviu os sinos ecoarem no fundo da casa, então esperou, examinando a rua de cima a baixo para se certificar de que ninguém a via. Ela não sabia por que, mas sentia como se estivesse fazendo alguma coisa errada. Tocou outra vez. No interior, um setter irlandês latiu. Finalmente, ela ouviu a porta da frente se entreabrir e um homem gritar:

— Beau, não! Fica aí, seu bobão.

Passos pesados soaram pela varanda, fazendo a casa balançar, em seguida a porta externa se abriu.

Riley apareceu na porta, olhando para Abby. Ele era descolado demais para admitir que se lembrava dela, mesmo que de fato se lembrasse.

— Oi — cumprimentou Abby, tentando parecer tranquila. — Sou amiga de Margaret. Posso vê-la?

Riley apoiou um ombro contra o batente e cutucou os dentes de trás.

— Ela está doente — disse ele.

— Eu trouxe sorvete para ela.

Abby ergueu o saco plástico.

— É melhor quando está macio, mas não quero que derreta e faça bagunça. E trouxe flores.

Riley estudou a ponta do dedo babado por um minuto, depois escancarou a porta e tornou a entrar na casa, com as tábuas da varanda rangendo e estalando sob seus pés.

— Feche a porta — gritou para trás enquanto desaparecia no interior.

Abby entrou e fechou a porta da melhor maneira possível, mas ela estava tão empenada graças à umidade e camadas velhas de tinta que mal cabia no batente. Então seguiu Riley para dentro da casa mal iluminada.

Casas antigas de Charleston eram o contrário do que se esperaria de uma casa no litoral: elas eram grandes, feitas de madeira e sem isolamento térmico. A manutenção custava uma fortuna, mas, se você possuía uma, estava mais preocupado em morar ao sul da Broad do que com dinheiro. Além disso, o estilo rústico chique estava na moda. O exterior de todas as casas no centro tinha a mesma aparência: colunas brancas bem pintadas, camadas reluzentes de tinta fresca nas paredes externas, persianas pretas brilhantes presas na moldura das janelas, cercas e portões com espirais de ferro fundido guardando jardins microscópicos. Mas o interior, escondido dos olhos do público, era um exemplo secreto de decadência. Tetos caídos, paredes rachadas, tinta com bolhas, gesso descascado, às vezes até a madeira. Os proprietários, no entanto, apenas davam de ombros e contornavam os buracos no chão, ou comiam na cozinha se o teto da sala de jantar houvesse desabado. Famílias de humanos coexistiam pacificamente com famílias de guaxinins que moravam nas paredes, e quando as lareiras eram acesas pela primeira vez no inverno, os pombos que viviam nas chaminés asfixiavam e caíam pelos dutos em redemoinhos de penas cobertas de fuligem. Empregados domésticos varriam o chão com frequência para limpar os flocos de tinta com chumbo que choviam dos tetos. Poeira de gesso se precipitava sobre os pratos em jantares festivos quando alguém caminhava pelo andar de cima. Portas não podiam ser abertas porque as chaves estavam perdidas havia anos ou as fechaduras haviam enferrujado e emperrado. O tipo certo de pessoa tolerava essas inconveniências sem reclamar porque, caso contrário, demonstraria não merecer uma verdadeira casa de Charleston, afinal.

Abby entrou no corredor escuro no momento em que as costas largas de Riley desapareciam na direção da cozinha. Ela passou por cima de um tapete enrolado e o seguiu pela sala de jantar. Um buraco no teto acima da mesa de mogno expunha as vigas de carvalho rústico que sustentavam o segundo andar, e a porcelana e os cristais nos armários chacoalharam e tilintaram conforme ela avançou pelo chão irregular. Em seguida, Abby empurrou portas de vaivém e entrou na cozinha clara.

A luz feriu seus olhos. Ali começava a parte renovada da casa, que seguia até um anexo nos fundos com ar-condicionado central. Riley estava sentado à bancada central lisa e branca, comendo uma banana e manteiga de amendoim de um pote com uma faca. Havia um exemplar da revista erótica *Hustler* aberta na sua frente.

— O que foi? — perguntou ele.

— Colheres — disse Abby.

Ela abriu com um ruído a gaveta lotada ao lado da geladeira barulhenta, puxou-a além do ponto onde prendia e pegou duas colheres diferentes. Jogou-as dentro do saco com o sorvete, depois fechou a gaveta com o quadril.

— Não demore — disse Riley, estudando a revista com dedos grudentos de manteiga de amendoim. — Eu não deveria deixar ninguém ver a minha irmã.

— Quando sua mãe volta?

Riley deu de ombros e virou outra página, revelando uma mulher com maquiagem de mais exibindo a vagina. Abby se esforçou ao máximo para não olhar. Passou pela almofada de Beau, de onde o cachorro a olhou, tremendo, e seguiu para a escada de serviço nos fundos da casa, equilibrando o saco do mercado e as flores, as colheres tilintando uma contra a outra a cada passo.

A escada era íngreme, escura e estreita; a fumaça de um incêndio antigo tinha descascado as paredes verde-abacate. Abby emergiu no andar de cima de pé-direito alto e caminhou na direção da frente da casa, com o piso de madeira rangendo por todo o caminho, até enfim abrir a porta maciça do quarto de Margaret.

As cortinas estavam fechadas, e o quarto estava escuro e abafado com o cheiro úmido de doença.

— Margaret? — chamou Abby na direção das sombras.

A cama era uma pilha enorme de cobertores e lençóis amarfanhados, que claramente fora ocupada por alguém, mas agora estava vazia, reluzindo branca na penumbra. Abby se aproximou do banheiro, onde uma lâmpada noturna estava acesa, e levou um susto quando as cobertas falaram:

— Hm... Riley?

Abby congelou.

— Margaret?

— Abby? — a voz fraca de Margaret pareceu tão surpresa quanto conseguiu demonstrar.

— Eu trouxe seu sorvete preferido — disse Abby.

Ela ergueu a sacola no escuro, na esperança de que Margaret conseguisse vê-la de onde estava.

— E colheres. Nós temos uma missão: tomar todo esse sorvete.

Em seguida, contou uma mentira piedosa, torcendo para que deixasse Margaret em um estado de ânimo receptivo.

— Wallace me pediu para trazer flores. São cravos, é claro, exatamente o que ele escolheria.

— Por que você está aqui? — gemeu Margaret, e os lençóis se moveram.

— Porque você não vai à escola há semanas.

Abby se aproximou da cama e levou a mão sob a cúpula franjada de um abajur.

— E, embora esteja com raiva de mim, você ainda é minha amiga.

Ela apertou o interruptor, e na mesma hora desejou não ter feito isso.

— Ah — disse Abby.

Quando não conseguiu pensar em mais nada a dizer, repetiu:

— Ah.

Margaret era um osso amarelado enterrado em lençóis sujos. Uma coisa murcha, fraca e indefesa, com olhos do tamanho dos do E.T., o rosto esquelético. Seu cabelo estava tão sem cor quanto os olhos, e ralo, começando bem depois da testa e expondo couro cabeludo demais. Havia espuma grossa grudada nos cantos da sua boca. Margaret piscou por causa da luz, e lágrimas gordurosas escorreram de seus olhos.

— Wallace não... deu nada a você — disse Margaret com rouquidão. — Pare de ser... tão boazinha... a porra do tempo todo...

Quando Margaret falou, Abby viu uma penugem cinzenta cobrindo sua língua. Ela afastou os olhos, tentando se concentrar em outra coisa, em qualquer outra coisa.

— Eu fui envenenada — continuou Margaret com esforço.

Em seguida, ela tirou uma garra esquelética de debaixo do cobertor, os ossos mal cobertos com pele, as unhas crescidas em garras calcificadas conforme as cutículas se retraíam.

— Alguém... me envenenou...

Na cabeça de Abby, as peças se encaixavam como numa máquina caça-níqueis. Ela largou os cravos e segurou uma das mãos congelantes da amiga.

— Foram os shakes alemães? — perguntou.

Margaret teve ânsia de vômito, e Abby viu cada tendão em suas bochechas se flexionar.

— Não fale... — Margaret engasgou quando sua garganta sofreu um espasmo. — Em comida...

— Mas você precisa comer — disse Abby. — Parece subnutrida.

Os olhos aquosos de Margaret focaram na embalagem de sorvete. Sua língua serpenteou para fora da boca e lambeu os lábios rachados. Seus ombros se curvaram, seu crânio se ergueu, e por um segundo pareceu que ela ia se sentar, mas então deixou a cabeça enorme e frágil cair sobre os travesseiros. Ar fecal exalou da pilha de cobertores.

— Eles querem que isso... passe pelo meu sistema — explicou Margaret. — Mas eu estou... com fome...

— E aqui estou eu com um pote de sorvete — respondeu Abby, sorrindo. — É o destino. Só uma colherada.

Margaret estava fraca demais para assentir, por isso Abby foi até a penteadeira, arrastou o banco de piano branco com babados até o lado da cama e se sentou. Abriu a tampa da embalagem de plástico, retirou o filme plástico branco e o botou sobre a mesa de cabeceira com a parte suja para cima. Instantaneamente o cheiro frio e nevado do sorvete encheu o quarto suarento.

Os lábios de Margaret se ergueram e revelaram seus dentes. Pareciam enormes em comparação ao restante do rosto encovado, e Abby se deu conta de que ela tentava sorrir.

— E aí? — perguntou Abby.

— Me deixe... cheirar primeiro — pediu Margaret.

Abby segurou o sorvete embaixo do nariz ossudo da amiga e observou-a fechar os olhos e aparentar dormir. As narinas de Margaret se flexionaram devagar enquanto ela ficava chapada com o cheiro do açúcar congelado e batido. O mesmo não acontecia com Abby. Embora estivesse com água na boca, não achava que fosse conseguir manter nada no estômago naquele quarto.

— Quer experimentar uma colherada? — perguntou.

Margaret assentiu, e seus olhos estremeceram por trás das pálpebras fechadas. Abby pôs o sorvete ligeiramente derretido no colo e encheu metade da colher. Era melhor começar aos poucos. Ela estendeu a colher para Margaret, que não abriu os olhos. Talvez tivesse dormido, pensou Abby, mas então viu sua garganta se erguer e a pele translúcida da testa deslizar sobre os relevos ossudos da fronte.

— Dói? — perguntou Abby.

Margaret assentiu, com os lábios pálidos apertados, e Abby reconheceu a expressão: ela ia vomitar. Enfiou a colher de volta no sorvete e apoiou a embalagem na mesa de cabeceira enquanto procurava uma cesta de lixo. Havia uma perto da penteadeira, então ela correu até lá, pegou-a e voltou.

— Margaret? Você pode rolar de lado um pouco? Não pode vomitar de barriga para cima.

A palavra "vomitar" fez com que Margaret tivesse outro espasmo. Abby puxou as cobertas e viu que o peito de Margaret era uma placa ossuda por baixo da camiseta da Rockville Regatta. Seus ombros eram varas presas a outras varas. Uma nuvem de ar fétido emanou da cama, mas Abby não se importou. Margaret estava sentindo dor, contorcendo-se delicada e lentamente. Os cobertores pareciam pesados demais, e Abby os afastou para baixo, então parou.

A barriga de Margaret estava inchada em um monte rígido. Abby não conseguia acreditar no tamanho, e por um segundo achou que a amiga estivesse grávida. Mas não era possível estar grávida de nove meses depois de faltar a escola só por algumas semanas. Margaret fez um som de engasgo, e suas garras ossudas arranharam a barriga inchada, coçando e acariciando o volume.

— Você está bem? — perguntou Abby outra vez.

Margaret abriu a boca para gritar, mas o que saiu foi um gorgolejar alto; um som molhado, sugado e engasgado que fez o estômago de Abby se contrair em solidariedade. Margaret se retorceu, a coluna curvando para trás em um C, a cabeça na direção dos calcanhares. Então virou para o outro lado, se dobrando ao meio, se enroscando em uma bola protetora em torno da barriga distendida. Os lençóis caíram no chão.

— Uh! Uh! Uh! Uh! — recitou ela.

Abby estava com medo de Margaret morder fora a língua ou usar a cama como privada. *O que eu faço? O que eu faço? O que eu faço?* A pergunta se repetia sem parar em seu cérebro, mas ela não sabia a resposta.

De repente a porta se abriu com força.

— O que você fez com ela?! — berrou Riley.

Havia manteiga de amendoim espalhada sobre os nós de seus dedos, e ele deixou manchas do creme em torno da maçaneta. Abby conseguia sentir o cheiro de onde estava. O aroma de amendoim pareceu provocar um novo ataque em Margaret, que agarrou frouxamente a garganta e emitiu um gemido longo:

— Guuuuuuuuuuuuuuuhhhhh.

Beau, o setter irlandês, deu a volta nas pernas de Riley e olhou para dentro do quarto, de Abby para Margaret. Em seguida, avançou e parou ao lado da cama, farejando as cobertas.

— Ela está doente — falou Abby. — Eu não toquei nela.

— Eu não devia ter deixado você entrar — disse Riley.

Mas ele não passava da porta, como se sentisse medo de se aproximar do corpo seminu e espasmódico da irmã, cujo short se erguera para revelar uma coxa manchada.

— O que devemos fazer? — perguntou Abby.

— A gente vai se ferrar muito.

— Precisamos ajudá-la.

Riley sacudiu a cabeça. Em seguida, estalou os dedos para o cachorro.

— Aqui, Beau. Vamos.

— Precisamos chamar uma ambulância — falou Abby. — Ela tem um médico?

De repente, Margaret parou de se contorcer. Seu corpo ficou imóvel, rígido como uma tábua, os dedos dos pés apontados para baixo, os joelhos travados, os braços tensos na lateral do corpo, o pescoço esticado, lágrimas escorrendo.

— Ela está legal — disse Riley — Viu? Ela está bem. Ela está bem?

Abby não fazia ideia.

— Eu realmente acho que deveríamos chamar alguém — insistiu ela. — Ou fazer uma massagem cardíaca, ou algo assim.

— Ela ainda está respirando — comentou o irmão.

Foi quando Beau se afastou dois passos da cama, firmou as patas e começou a rosnar baixo. As mandíbulas de Margaret se abriram de repente, expondo uma caverna profunda que se estendia até o estômago, e ela começou a implorar.

— Ai, meu Deus — gemeu ela. — Faça isso parar, Abby, por favor, faça parar. Eu quero minha mãe... por favor, faça isso parar... Manhêêê!!!

A última palavra se transformou em um grito tão alto que Abby o sentiu na sola dos pés. Tão alto que Beau começou a latir. O som continuou sem parar, e justo quando Abby achou que não conseguiria aguentar mais um segundo, ele se tornou abafado, como se algo obstruísse a garganta de Margaret. Os ruídos abafados começaram a soar molhados e grudentos, e Abby avistou algo pálido e branco se remexer na escuridão da garganta da amiga e se enroscar em suas amígdalas.

Abby se inclinou para a frente a fim de ver melhor, e a coisa lá dentro se mexeu. Ela deu um pulo para trás e bateu em Riley, que se aproximara em silêncio para investigar. A coisa continuava a sair, deslizando pela garganta de Margaret e se erguendo até a superfície. Lágrimas escorriam pelas bochechas emaciadas de Margaret, e sua garganta e seu peito não paravam de se contrair. Suas mãos ossudas coçavam e arranhavam inutilmente a pele repuxada do pescoço. Mas a coisa continuava a rastejar para fora.

Ela passou por cima da língua, e Margaret deu três tossidas explosivas para limpar a garganta, cada uma expulsando-a mais. Era gosmenta, gelatinosa e viva: um verme cego e branco, grosso como uma mangueira de jardim, e saía do estômago de Margaret com determinação obstinada.

— Mas. Que. Porra. É. Essa. — disse Riley.

— Não sei, não sei, não sei — repetiu Abby em voz baixa, afastando-se da cama.

O verme não parava de sair, erguendo cada vez mais seu corpo melado para fora do estômago de Margaret, passando por seus lábios trêmulos e caindo sobre seu queixo, onde parou por um momento e sentiu o ar com o focinho rombudo e cego. Ele se virou na direção do pote de sorvete, esquecido na mesa de cabeceira, e aproximou seu corpo longo e rastejante mais um centímetro do recipiente, escorregando pela bochecha de Margaret. Exausto após o esforço, ele permaneceu imóvel por um momento. Margaret respirava rápido pelo nariz, em pânico, com vontade de gritar, mas sem conseguir porque o corpo pesado do verme pressionava suas cordas vocais.

Foi quando Beau saltou sobre a cama, latindo furiosamente. Sem se importar com nada além de sua cólera, ele correu por cima do corpo de Margaret, pisando com força em sua barriga inchada. Abby agarrou sua coleira quando ele latiu e avançou no rosto de Margaret. Achou que ele estivesse tentando mordê-la, por isso agarrou a pele de seu pescoço.

— Beau! — gritou ela. — Não!

Quando puxou a cabeça do cachorro para trás, notou que ele estava com a extremidade do verme presa entre as mandíbulas. Margaret emitiu um sibilar abafado quando Beau forçou o verme para fora de sua garganta. Abby afastou a mão, e o cão deu algumas mordidas vigorosas no verme, bem perto do rosto de Margaret, mas ele era duro como carne-seca, e seus dentes não conseguiram rasgá-lo. A coisa se remexeu de um lado para outro, erguendo mais o corpo enquanto Beau a prendia com mais firmeza e começava a andar para trás.

O verme se enroscou no focinho de Beau, enrolando-se na cabeça do cachorro. Ele deu um rosnado baixo e grave, sacudindo-se de um lado para outro enquanto o verme continuava a sair. Margaret estava sufocada, tentando inspirar ar o suficiente enquanto Abby e Riley permaneciam imóveis, incapazes de qualquer coisa além de assistir.

Beau chegou ao pé da cama com um metro e meio de verme se estendendo desde a boca de Margaret, melado de saliva e pingando sucos estomacais. Ele saltou para trás, com o verme ainda entre os dentes, e Margaret gemeu de surpresa e dor. O cachorro aterrissou no piso de madeira e continuou a recuar. Abby e Riley olhavam horrorizados enquanto o verme se estendia por dois metros, depois três, depois quatro.

Ele finalmente arrebentou quando Beau chegou à porta.

Eles encontraram dez quilos de solitária no estômago de Margaret. A mais comprida media sete metros. Seu médico nunca desconfiara que solitárias fossem a causa da doença de Margaret, por isso, embora ela tivesse feito exames para tudo, de leucemia a anorexia, os vermes passaram despercebidos. As criaturas vinham se alimentando dela havia semanas, se reproduzindo em suas entranhas, que agora eram um ninho fervilhante de *Taenia saginata*.

A carteira de motorista de Riley estava suspensa, e Abby os levou para o hospital. Na confusão de pais, médicos, purgantes, clínicos e enfermeiras no quarto do décimo andar de Margaret, Abby meio que foi esquecida. O que significava que ainda estava ali, com o sr. e a sra. Middleton, Riley e os outros três irmãos de Margaret — Hoyt, Ashley e Saluda —, quando o médico contou o que havia acontecido.

Margaret comera ovos de solitária. Muitos. Era um esquema comum para perda de peso. Anúncios nas contracapas de revistas o chamava de "uma solução rápida e natural para suas necessidades de emagrecimento". Você mandava um cheque ou ordem de pagamento para a empresa e recebia um recipiente plástico cheio de ovos. Parecia um pó de giz. Bastava misturá-lo com água para formar um shake grosso, depois beber. Você devia tomar uma dose e esperar até funcionar. Se Margaret tivesse bebido mais de um, podia ser perigoso. Mesmo dois já representavam um risco de morte.

Os médicos queriam saber quantos ela consumira. E de onde tirara essa ideia. Sabia quão perigoso era? Sabia que podia ter morrido? Mas eles não podiam perguntar nada a Margaret, porque ela fora sedada no minuto em que chegou ao hospital. Foi o único jeito de fazê-la parar de gritar.

Mas Abby sabia.

Abby dirigiu para casa, subindo e descendo pelas pontes, e se trancou no quarto. Pegou o diário escondido no fundo do armário e virou as páginas. Estava tudo lá. Passagens do Cântico de Salomão ("Como um lírio entre espinhos, assim é minha amada entre as jovens. Como a macieira entre as árvores da floresta…"). A assinatura do padre Morgan repetida em longas colunas, a falsificação ficando melhor a cada linha. Fotos riscadas com marcadores pretos e vermelhos mostrando uma pessoa nua no alto da torre do sino, uma garota com vermes saindo da boca, outra cercada por cachorros que a rasgavam em pedaços.

Ela procurou em sua mesa, encontrou a lista com os contatos dos professores e ligou para o número do padre Morgan. Tocou dez vezes, onze, doze.

Finalmente, um homem atendeu.

— Padre Morgan? — disse Abby.

— Quem é?

— Sou uma das alunas dele. Preciso falar com ele.

— Não será possível.

— Por favor — pediu Abby. — Diga a ele que é Abby Rivers. Pergunte se ele pode falar comigo. Só pergunte.

Houve um baque surdo quando ele largou o telefone, seguido por um longo silêncio. Finalmente, alguém pegou o fone.

— Abby — disse o padre Morgan, parecendo muito cansado. — Não sou mais professor de Albemarle, mas tenho o número do capelão que me substituiu.

— Tem alguma coisa errada com Gretchen — disparou Abby.

— Não tenho como ajudá-la. Desculpe, mas não posso ter nenhum contato com alunos.

— Eu estou com o diário dela — apressou-se a dizer Abby. — Ela praticou falsificar sua assinatura. Eu a vi entregar aqueles bilhetes a Glee. Foi ela quem fez isso.

Houve uma pausa antes de o padre Morgan responder, parecendo ainda mais exausto:

— Desculpe, Abby. Mas acho que é melhor eu apenas seguir em frente.

— Isso precisa parar! Ela deu ovos de solitária para Margaret, embebedou Wallace Stoney, falsificou esses bilhetes para Glee. Está tudo escrito no diário dela. Ela planejou por semanas e, a menos que o senhor a detenha, vai continuar a fazer mais coisas. Coisas piores.

— Abby... — começou o padre Morgan.

— Por favor, acredite em mim. O senhor precisa entregar isso a alguém. O Major vai achar que eu inventei tudo. Mas o senhor podia dar isso a alguém no poder.

— Espere um minuto — pediu o padre Morgan. — Não desligue.

Abby ouviu o esfregar de tecido quando ele pressionou o fone contra o suéter e falou com alguém no aposento. Suas vozes se elevaram cada vez mais, falando ao mesmo tempo, mas estavam muito abafadas para Abby identificar o que estava sendo dito. Quando o padre Morgan voltou ao telefone, sua voz parecia mais forte.

— Isso tudo está no diário de Gretchen Lang? — perguntou ele. — Você tem certeza de que é dela?

Abby fez que sim com a cabeça, em seguida lembrou que estava ao telefone.

241

— Sim, senhor.

— Eu preciso vê-lo. E acho que seus pais deveriam estar presentes. Sua mãe está em casa?

— Ela volta de manhã — disse Abby.

— Está bem. De manhã cedo estarei na sua casa, e vou levar um amigo. Ele vai analisar o diário, e, se for o que afirma, você vai precisar dizer que está doente para faltar à escola e irmos à polícia.

— A polícia?

Abby não conseguiu evitar se sentir como se traísse Gretchen. Precisava se lembrar de que ela não era mais sua amiga.

— Esses crimes são sérios — disse o padre Morgan. — Vai haver consequências sérias.

Ao fim da ligação, Abby não conseguiu dormir. Ligou a TV, mas *A gata e o rato* pareceu agitado, banal e óbvio, por isso ela desligou e botou *No Jacket Required* para tocar, deixando que a voz suave e reconfortante de Phil Collins enchesse o quarto enquanto ficava sentada na cama, com o diário do outro lado. Ela estava exausta, aliviada e assustada, e suas veias zuniram com adrenalina até se esvaziarem. Foi quando ela segurou Geoffrey, a Girafa, e o Cabeça de Repolho no colo, apoiou a cabeça na parede e dormiu.

Em seu sonho, ela não estava mais sozinha. Em seu sonho, nada que não pudesse ser consertado acontecera. Em seu sonho, tudo voltara a ser como era, e ela e Gretchen estavam no carro a caminho de Wadmalaw para fazer esqui aquático com Margaret e Glee, havia um engradado de cerveja na mala do Sujinho, George Michael tocava no rádio, o vento soprava em seus cabelos e nada cheirava a United Colors of Benetton, e ela olhou para o lado e sorriu, e Gretchen retribuiu o sorriso, mas havia uma barata em seu rosto, parada sobre uma bochecha, e então sua amiga abriu a boca e disse:

— Oi! Eu sou o Mickey!

Abby pediu que ela parasse, mas Gretchen tornou a fazê-lo várias vezes até que Abby abriu os olhos e notou que a luz ainda estava acesa e seu telefone tocava.

— Oi! Eu sou o Mickey! — trinou. — Oi! Eu sou o Mickey!

Ela olhou para o relógio digital: 23h06. Ao tirar o fone do gancho, ouviu uma grande onda trovejante de estática.

— Abby? — disse Gretchen através de linhas de longa distância.

— Gretchen! — gritou Abby. — Eu vou resolver tudo. Amanhã. Vou fazer isso parar.

A estática foi cortada, e a linha telefônica tornou-se um vasto golfo de escuridão.

— Você não devia ter feito isso — falou Gretchen, sua voz emergindo das profundezas do vazio. — Você não devia ter contado.

— Isso precisa parar — disse Abby. — Ela está machucando todo mundo!

— É melhor você trancar todas as janelas e todas as portas — ecoou Gretchen. — Ela está chegando.

A urgência na voz cheia de estática de Gretchen alarmou Abby, mas ela sacudiu a cabeça.

— Ninguém está chegando.

— Você não entende… — começou Gretchen.

— Estou de saco cheio de gente me dizendo o que eu não entendo! — berrou Abby. — Isso acabou! Está terminando!

— Acabou — gemeu Gretchen. — É tarde demais.

A porta do quarto de Abby se abriu de repente, revelando Gretchen parada com uma sacola de compras e um sorriso no rosto.

— Oi, Abby anormal — cumprimentou.

— É tarde demais, é tarde demais, é tarde demais — cantarolava a voz ao telefone.

— Essa fantasminha ainda está falando? — perguntou Gretchen.

Ela baixou a sacola de papel perto da porta, tirou o telefone da mão de Abby e o devolveu à base do Mickey com um *clique* plástico e definitivo. Instintivamente, Abby se levantou da cama.

— Acho que dá azar falar consigo mesma, não acha? — perguntou Gretchen.

Então deu um soco no estômago de Abby.

Abby nunca tinha apanhado, e foi pega de surpresa. Todo o ar escapou de seus pulmões, e ela caiu de quatro no carpete. Gretchen a chutou na barriga, enfiando o bico do tênis no seu plexo solar. Abby choramingou. Gretchen a chutou outra vez na lateral do corpo. Abby se enroscou por reflexo.

Gretchen se agachou, agarrou um punhado do cabelo com laquê de Abby e puxou sua cabeça para cima.

— Você vem implorando por isso há séculos — disse Gretchen. — Muito bem, agora você tem toda a minha atenção. Está gostando? A sensação é boa?

Abby chorava. Gretchen apertou os dedos no cabelo de Abby e torceu.

— Fique fora do meu caminho. Você está acabada.

Ela deu uma última sacudida furiosa na cabeça de Abby, a jogou no carpete e se ergueu. Então pôs a sola do tênis contra o rosto de Abby e o apertou no chão.

— Fique aí — ordenou. — Finja-se de morta. Boa cachorra.

Então Gretchen pegou o diário sobre a cama e saiu calmamente do quarto de Abby, levando a sacola de compras consigo. Houve o som de portas se abrindo e fechando no corredor, em seguida o de algo caindo na sala, e, depois de um minuto, a porta da frente sendo batida.

Abby se levantou em um pulo, correu até a porta da frente e passou a tranca. Em seguida, disparou para seu quarto, bateu a porta e posicionou a cadeira embaixo da maçaneta. Sentia tanto enjoo que queria rir. Das fotos na moldura do espelho, Gretchen sorria para ela com o aparelho brilhante, Gretchen ria dela, Gretchen mostrava a língua para ela. Abby olhou o relógio que marcava 23h11, e em oito horas o padre Morgan chegaria e ela não teria o diário. Ela não tinha nada. Não podia salvar Margaret, não podia salvar Glee, não podia deter Gretchen, não podia salvar a si mesma.

Abby olhou ao redor do quarto e teve vontade de gritar. Como pôde sequer pensar que conseguiria fazer aquilo? Aquele era o quarto de uma garotinha, não de uma adulta. Era o quarto de uma criança.

Ela rasgou o pôster de *E.T.*, arrancando o papel envelhecido da parede e despedaçando-o, depois pegou a lata de Coca que ganhara de Tommy Cox e a jogou no canto. Ela arrancou as fotos do espelho, rasgando o rosto de Gretchen e o próprio, gritando profanidades enquanto reduzia seus anos juntas a confete lustroso no chão. Arrancou *No Jacket Required* do toca-fitas, desenrolando a fita magnética preta como se fosse serpentina, então fez o mesmo com todas as fitas compiladas: *Mix incrível do verão 88, Festa na praia do Cometa Halley, De Gretchen para Abby IV*.

Não foi suficiente. Olhar seus bichos de pelúcia a deixou com ânsia de vômito. Eles pertenciam a uma garotinha estúpida. Curvando as unhas em garras, Abby as enfiou na cara de Geoffrey, a Girafa, e arrancou seus olhos negros reluzentes; em seguida arrebentou a costura em suas costas e o virou do avesso. Torceu o crânio do Cabeça de Repolho, pegou uma tesoura e abriu a barriga de Wrinkles, o cachorrinho. Sentia-se mal porque sabia que estava fazendo algo errado, mas não conseguia parar. Estava cansada de ser estúpida, estava cansada de Gretchen rindo dela, estava cansada de perder. Estava cansada demais.

Quando Abby acordou, seu quarto estava inundado pela luz do sol e alguém tinha acabado de parar de gritar. Abby se sentou de repente no caos, com o coração batendo forte, o couro cabeludo formigando. Dormira demais. A casa estava silenciosa. Abby tentou ouvir alguma coisa, na esperança de que tudo tivesse sido um pesadelo.

A mulher tornou a gritar. Era sua mãe.

Abby jogou a cadeira para o lado e abriu a porta do quarto. Três policiais enormes esperavam ali. A mãe de Abby estava do outro lado do corredor, gritando, sendo detida por uma policial.

— Mãe? — gritou Abby. — O que houve?

— Você precisa vir conosco — disse o policial maior.

— Por quê? — perguntou Abby.

— Precisamos saber o que você pode nos contar sobre isto — explicou ele, erguendo uma sacola de papel marrom.

Era a sacola de Gretchen. A que ela carregara na noite anterior.

— O que tem aí? — perguntou Abby.

— É você quem precisa responder isso — falou um policial mais baixo.

Antes que pudesse ser detida, Abby deu um puxão na sacola, que se rasgou e abriu. Algo sem ossos deslizou para o chão com um baque carnoso. Era cinza, como um gato pelado. Seus olhos estavam fechados; sua boca, aberta; e suas mãos cerradas em pequenos punhos. Aterrissou aos pés do policial mais baixo. Ele cobriu a boca e o nariz; e virou o rosto.

Eles haviam encontrado o bebê desaparecido.

Depois que Abby foi levada sob custódia, identificada, informada sobre seus direitos, interrogada, avaliada pelo serviço social, interrogada outra vez por um membro do Departamento de Justiça Juvenil e designada uma data para a audiência de detenção em quarenta e oito horas, ficou claro que ela podia ser liberada para seus pais ou passar dois dias no centro de detenção juvenil. O sr. Rivers queria deixá-la lá para lhe ensinar uma lição, mas a sra. Rivers não deixaria a filha passar a noite no centro de detenção juvenil, então eles a levaram para casa.

Teria sido mais fácil para Abby ficar no centro de detenção. Seu pai dirigia sem desviar o olhar do para-brisa nem dizer uma palavra. Sua mãe chorava o tempo inteiro. Sempre que parecia que iria parar, recomeçava. Quando chegaram em casa, ela foi para seu quarto e bateu a porta. Abby podia escutá-la chorando através das paredes.

Seu pai se serviu de um copo de Pepsi Diet com gelo e se sentou com cuidado à mesa da cozinha, bebendo e olhando fixamente para a parede.

— Pai?

Abby se levantou do sofá e caminhou silenciosamente em sua direção.

— Você sabe que eu nunca faria uma coisa dessas, certo? Alguém deixou aquilo aqui para me incriminar. Você acredita em mim, não é?

Ele se virou para ela, piscando com calma.

— Eu não sei no que acreditar.

Abby se afastou, cambaleou pelo corredor e se trancou no quarto. Tinha se esquecido de que o havia destruído, e não estava preparada para os destroços. Sentiu um vazio no estômago quando pisou em um dos olhos de Geoffrey, arrancados por ela. Queria chorar. Não tinha mais nem passado.

Seus pais já tinham lhe tomado as chaves do Sujinho, mas tudo bem. Significava que não poderiam ser responsabilizados pelo que estava prestes a acontecer. Não era muito, mas proporcionou um pequeno conforto a Abby. Porque estava prestes a partir o coração deles.

Ela tomou um banho e se maquiou. Levou uma eternidade porque sua pele estava um caos supurado. Quando enfim terminou, pôs a maquiagem na bolsa de ginástica junto com uma muda de calcinha e meias, um sutiã limpo, um suéter e outra calça, em seguida ligou a TV e se sentou na cama, observando o sol se pôr pela janela dos fundos.

Ela desejou que houvesse outra maneira, mas estava sem opções. Talvez, se fosse mais inteligente, pudesse ter encontrado uma solução melhor, mas ela só conseguia pensar em uma saída no momento, e precisava agir. Olhou pela janela dos fundos enquanto a luz coloria o mato alto e os cortadores de grama quebrados primeiro de dourado, depois laranja, em seguida roxo e, enfim, preto.

Abby atentou os ouvidos para qualquer movimento na casa. Quando não escutou nenhum, abriu a janela e retirou a tela de insetos. Algo captou seu olhar no oceano de lixo espalhado pelo chão do quarto, um pedaço de passado que escapara da destruição: a lata de Coca de Tommy Cox do quinto ano. Ela a pegou e guardou na bolsa de ginástica, depois fechou o zíper e saiu escondida de casa.

Quando chegou ao posto de gasolina, fez uma ligação no orelhão e ficou esperando dentro da loja de conveniência, fingindo folhear revistas até a van branca parar junto das bombas. Então correu até lá e bateu na janela do carona. O irmão Lemon abriu a porta.

— Você trouxe? — perguntou Abby ao entrar.

Ele abriu o porta-luvas e mostrou a ela um saco plástico de sanduíche com algumas colheres de sopa de pó cinza. Ao lado, havia outro idêntico.

— Por que dois sacos? — perguntou ela.

— Sempre carrego um extra, só por garantia. Como os astronautas na Nasa.

— Vamos. Pode passar direto pelo sinal da Coleman Boulevard.

Quando eles entraram em Old Village, Abby afundou em seu assento.

— Você tem o número do orelhão? — perguntou ela.

— Está preso com fita no saco.

Abby abriu o porta-luvas e pegou os dois sacos.

— Não entendo por que não posso esperar estacionado aqui — comentou o irmão Lemon.

— Porque, nesta parte da cidade, as pessoas ligam para a polícia quando veem um carro estranho. Pare aqui.

Estava acontecendo uma recepção de casamento no Alhambra Hall, e havia carros estacionados por toda a rua. Abby enfiou os dois sacos no bolso e saiu da minivan. O irmão Lemon foi embora, acendendo as luzes de freio na esquina e desaparecendo.

Abby caminhou ao longo da fileira de carros até a Pierates Cruze. No interior do Alhambra Hall, uma banda tocava uma versão praiana de "Don't Worry, Be Happy", e o cara que fazia a parte do assovio não era ruim. Abby deixou que o barulho perdesse a força no escuro às suas costas enquanto passava pelo parque, sob os carvalhos, e entrava na rua de Gretchen.

Quando chegou à casa, notou que o Volvo da sra. Lang estava na entrada de carros, mas não o Mercedes do sr. Lang. Torceu para que isso significasse que eles tinham ido à casa de um amigo assistir ao jogo Clemson vs. Carolina, assim como todo o resto das pessoas em Old Village. O sr. Lang se formara em Clemson, e, quando se tratava de um jogo daquela importância, Abby sabia que os pais gostavam de se reunir em algum lugar; os homens se embebedavam enquanto as mulheres ficavam pra lá e pra cá na cozinha.

Abby deu a volta pela lateral da casa e entrou no jardim dos fundos. O andar de cima estava iluminado; o térreo, escuro. Ela podia ver luzes por todo o segundo andar, brilhando em cada janela, projetando grandes retângulos iluminados sobre o jardim. O contraste fazia com que a baía parecesse quase preta.

Abby observou as janelas da casa, tentando descobrir se havia alguém além de Gretchen lá dentro. Um vento frio atravessou seu casaco, e ela começou a tremer. Em meio à escuridão, ouviu uma coruja. Depois de algum tempo, avançou em silêncio até a porta da frente, temendo que as luzes externas acendessem a qualquer instante e a paralisassem sobre a grama.

Nada aconteceu, e ela conseguiu chegar à porta. Lentamente, girou a maçaneta e sentiu a lingueta recuar, em seguida destravar com um clique. Ela empurrou a porta no maior silêncio possível, entrou e a fechou.

Estava frio ali dentro, ainda mais do que antes. Abby não sabia como alguém aguentava viver assim. Quase de imediato, começou a tremer.

Ela adentrou a sala de estar escura e avançou na direção da cozinha, onde esperava encontrar uma garrafa de Coca Diet na geladeira. Gretchen bebia Coca Diet o tempo todo, e Abby planejava esvaziar o conteúdo de um dos sacos em uma garrafa de dois litros. Aí talvez Gretchen bebesse o suficiente e desmaiasse. E aí *talvez* Abby conseguisse tirá-la de casa antes que seus pais chegassem e bebessem a Coca Diet adulterada.

Era um plano péssimo, mas a inteligência de Abby havia se esgotado.

Um latido soou às suas costas. Abby levou um susto, e um calor se espalhou pelo seu corpo. Em silhueta contra a luz do corredor estava Max, olhando para a sala de estar com os olhos fixos em Abby. Enquanto ela observava, ele tornou a latir.

— Max — sussurrou. — Sou eu.

Ela se agachou e estendeu uma das mãos, tremendo de frio. Max baixou a cabeça.

— Max — sussurrou. — Bom cachorro. Bom cachorro, Max.

Ele tornou a latir, mas um latido de aprovação dessa vez. Parecido com um "auf?".

Abby ouviu passos no andar de cima e congelou.

— Max? — chamou Gretchen. — Quem está aí?

— Max — murmurou Abby. — Vem cá, Max. Shhh…

Mais passos soaram quando Gretchen andou até a beira da escada. Abby se esgueirou para trás, recuando para a escuridão da sala de estar, espremendo-se entre o fim do sofá e a parede e se agachando.

— Quem está aí, Max? — perguntou Gretchen.

Abby podia ouvi-la descendo a escada, e se encolheu mais no canto. Gretchen não a veria se ela ficasse fora da sala de estar. A coleira de Max tilintou quando ele trotou na direção de Abby, apertando o focinho em seu rosto e lambendo seus lábios.

— Vai embora, Max — sussurrou ela. — Vai, vai, vai.

O cão enfiou o focinho farejador em seu peito.

— Por favor, Max — sussurrou Abby. — Vai.

— Quem está aqui embaixo, Max? — disse Gretchen ao chegar à base da escada.

Abby fez um contato visual significativo com Max, segurando sua cabeça, olhando profundamente em seus olhos e canalizando todas as forças em transmitir o quanto era importante que ele saísse dali.

— Vai — sussurrou ela em sua orelha.

— Vem cá, Max — chamou Gretchen.

Max virou a cabeça para trás de repente, como se a ouvisse pela primeira vez, e saiu correndo da sala de estar.

— Bom cachorro, Max. Vem comigo.

Houve o som de alguma coisa clicando, depois um chacoalhar e o tilintar da placa de identificação de Max, em seguida os passos de Gretchen e Max correndo escada acima. Abby relaxou, ergueu-se do canto onde estava escondida e correu até a cozinha. A luz sobre a pia estava acesa. Ela abriu a geladeira.

Tudo estava podre. A comida se decompusera em papa ou secara em restos marrons. Os únicos itens intactos eram seis garrafas de dois litros de Coca Diet, a primeira embaçada com impressões digitais gordurosas.

Abby estava prestes a pegá-la quando ouviu os pés descalços de Gretchen galopando pela escada outra vez. Ela fechou a geladeira, girou, deu três passos longos e desapareceu na porta escura da sala de TV no momento em que Gretchen entrou na cozinha.

Ao recuar para a escuridão, Abby esbarrou na otomana onde os Lang guardavam todas as suas revistas e se desequilibrou para trás. Tensionando as pernas, ela conseguiu cair em câmera lenta, segurando a si mesma e a um exemplar de *European Travel & Life* antes que ele caísse no chão. Paralisada, curvada para trás, ela aguçou os ouvidos.

Na cozinha, Gretchen abriu a porta da geladeira e a de um armário. A máquina de gelo roncou, e Abby aproveitou o ruído para afundar na otomana de couro e se esgueirar até a porta enquanto Gretchen terminava de encher seu copo.

Ela estava ao lado da bancada, de costas para Abby, usando um short e uma camiseta. Sobre o tampo havia um copo cheio de gelo e a garrafa de Coca Diet. Ela pegou um limão murcho e seco de uma fileira de frutas podres no batente da janela, em seguida abriu ruidosamente a gaveta e retirou uma faca de açougueiro larga e reluzente. Segurando firme o limão sobre a bancada, Gretchen começou a cortá-lo, mas então ergueu a cabeça de repente e farejou o ar. Olhou bem na direção de Abby, em seguida virou para o outro lado e olhou para a sala de estar escura.

— Quem está aí? — perguntou ela. — Consigo sentir seu cheiro.

Ela andou até a sala de estar escura com a faca de açougueiro agarrada em uma das mãos e desapareceu. Rapidamente, sacando o saquinho da cintura, Abby foi até a pia na ponta dos pés e despejou o conteúdo inteiro no copo. Devia ser suficiente para dois litros de Coca, mas Abby não se importou, ela só queria terminar aquilo. Mexeu o pó encaroçado com um dedo, fazendo o gelo tilintar de leve contra o vidro.

— Abby?

Os passos estavam voltando, acelerados, e Abby avançou para a sala de TV.

— Você está aqui, Abby? — perguntou Gretchen da sala de TV.

Abby deu ré com tanta pressa que quase escorregou. Alcançou a sala de estar escura com seis passos enquanto ouvia Gretchen chegando pela cozinha, bem em seu encalço. Abby se moveu o mais rápido e silenciosamente possível, e saiu para o hall de entrada no instante em que Gretchen acendeu as luzes da sala de estar às suas costas.

Foi por pouco. Ela podia não conseguir chegar à porta da frente antes de Gretchen, mas precisava sair dali, daquela casa congelante, de perto de Gretchen. Girou a maçaneta. Estava trancada. Precisava de uma chave. Abby se virou para procurar na mesa do hall.

Gretchen estava parada no batente da sala de estar com a faca de açougueiro em uma das mãos e o copo de Coca Diet na outra.

— Você está mesmo a fim de mim, não é? — disse Gretchen, dando um gole.

Abby pensou em arrebentar a porta de vidro e sair correndo, mas não conseguia mover as pernas.

— Não acredito que tenha sido burra o suficiente para vir aqui. Ainda mais depois de ser presa — continuou Gretchen com um suspiro. — Vem comigo. Já que está aqui, pode pelo menos ver uma coisa legal.

Gretchen subiu a escada. Abby hesitou, então a seguiu. Encontrou-a em seu quarto, parada em frente ao armário, vestindo uma capa de chuva azul-bebê.

— O que você está fazendo? — perguntou Abby.

Gretchen deu um longo gole em sua Coca Diet e a pôs na mesa.

— Você vai ver.

Então ela ergueu a enorme faca de açougueiro. Sua lâmina captou a luz do quarto e projetou fragmentos prateados dançantes pelas paredes do cômodo.

— Vem cá — disse ela, gesticulando para Abby com a faca. — Eu não vou machucar você.

Gretchen entrou no banheiro. Abby sabia que era burrice seguir uma garota louca com uma faca na mão para dentro de um aposento pequeno, mas Gretchen não parecia perigosa naquele momento. Agia como se tivesse sido interrompida no meio de um trabalho extra da escola e quisesse terminá-lo antes de começar algo novo.

Abby entrou no banheiro. Gretchen esperava por ela, apoiada na pia, a faca em cima da bancada. Em sua mão estava o revólver preto da mesa de cabeceira de seu pai. No chuveiro, o Bom Cachorro Max. Sua guia estava enrolada na torneira, e ele dançava de uma pata para outra, suas garras estalando sobre a fibra de vidro da banheira. Quando viu Abby, sua cauda começou a balançar.

— Viu só — disse Gretchen. — Ele gosta de você.

Max botou a língua para fora, então se interessou pelo cesto de lixo ao lado da banheira, enfiou a cabeça dentro dele e começou a revirá-lo.

— É justamente porque ele gosta tanto de você que eu tive essa ideia — falou Gretchen. — De certa forma, o que está prestes a acontecer com ele é culpa sua.

Gretchen vestiu o capuz da capa de chuva e parou na beira da banheira.

— Bom cachorro, Max — elogiou ela. — Quem é um bom cachorro?

Gretchen pegou a coleira de Max e puxou sua cabeça para fora do lixo. Quando o Bom Cachorro Max tentou lamber a mão de Gretchen que se-gurava a arma, ela agarrou seu maxilar, ergueu sua cabeça e pressionou a arma na base de seu pescoço.

— Você não precisa machucá-lo — interveio Abby. — Você não precisa fazer nada disso.

— Você não sabe mais com quem está falando — respondeu Gretchen.

Max ganiu, batendo as garras na fibra de vidro, tentando virar a cabeça de volta para o lixo.

— Eu sei quem você é — afirmou Abby.

Sem hesitar, Gretchen soltou Max, afastou-se da banheira e deu um tapa em Abby com as costas da mão. Pega de surpresa, Abby girou de lado, atingiu a parede e caiu no chão. Gretchen montou em cima dela, puxou sua cabeça para trás pelo cabelo e apertou o cano da arma fria de metal contra a parte de baixo do queixo de Abby. Ela nunca estivera naquela situação, e seu estômago pareceu se encher de gelo.

— Lição aprendida — disse Gretchen. — Não fala merda.

Então se levantou e chutou Abby no estômago. Uma saliva aguada inundou a boca de Abby. Com a visão turva, ela enxergou Gretchen parada ao lado da banheira e as patas do Bom Cachorro Max trovejando sobre a fibra de vidro oca.

Incapaz de recuperar o fôlego, Abby rastejou até o quarto e se arrastou até a parede oposta, perto da porta. No momento seguinte, o ar explodiu e a golpeou nos ouvidos ao mesmo tempo que um clarão iluminou o local. No silêncio que se seguiu, fumaça de pistola e fedor de cordite emanaram do banheiro. Em meio ao zunido nos ouvidos, Abby ouviu algo se mover e cair com um baque surdo sobre a banheira, e então Gretchen surgiu na porta.

— Ufa — comentou. — Esse trabalho deu sede.

Ela bebeu ruidosamente o resto de sua Coca Diet com longos goles. Abby a encarou. Gretchen tinha metade do rosto coberto de sangue e a arma em uma das mãos. O líquido vermelho escorria da capa de chuva e pingava no chão. Gretchen terminou a Coca e largou o copo, em seguida se inclinou para dentro do banheiro e conferiu seu trabalho. Olhou novamente para Abby, cujos olhos estavam cheios d'água.

— Não chore, Abby — disse Gretchen, sorrindo. — Cachorros são como carros. Eles são baratos neste país.

Nesse momento, Abby soube que havia algo quebrado que jamais poderia ser consertado.

— Agora, veja só o que você vai fazer — prosseguiu. — Nós precisamos jogar esse vira-lata por cima da cerca do dr. Bennett, porque você pode imaginar o tamanho da briga que vai explodir quando Pony Lang descobrir os restos de seu amado bicho de estimação no jardim do vizinho. Eu não ficaria surpresa se acontecesse alguma violência séria. Quer dizer, os dois têm armas em casa.

Gretchen pôs o revólver na mesa e pegou a faca.

— Mas isso é muito cachorro — continuou. — Por isso, quero que você pegue essa faca e me dê... ah, sei lá, só a cabeça? Não me olhe desse jeito, Abby. Nós duas sabemos que você vai obedecer. Você sempre faz o que mandam, especialmente quando a ordem vem de mim.

Abby não conseguia encarar o que estava no banheiro: aquele saco sem vida de pelos molhados amontoado no canto da banheira. Começou a entrar em pânico. Gretchen pegou a faca e deu um passo na direção de Abby. Sua perna cedeu, e ela se escorou na parede. Ficou apoiada ali por um momento, respirando com dificuldade, sua mão agarrada ao batente da porta. Gretchen cambaleou outra vez. Em seguida, levantou a cabeça e olhou para Abby com ódio.

— Ah, sua vaca...

Então alguém desligou Gretchen, que caiu no chão como uma pilha de carne sem ossos. Abby não se moveu por alguns minutos, não até ouvir uma respiração pesada, profunda e regular vindo de Gretchen. Foi até o telefone no quarto dos Lang e discou um número.

— Depressa — disse Abby quando Chris Lemon atendeu. — É a número oito. A moderna.

Ela desligou e, tomando cuidado para não ver o interior do banheiro, arrastou Gretchen para o andar de baixo em sua capa de chuva ensanguentada, sem se preocupar com o fato de que a cabeça de Gretchen batia com força em cada degrau acarpetado. Ela a deixou apagada no corredor, foi até a sala de estar e pegou duas mantas de lã no sofá. Tirou a capa de chuva de Gretchen e a enrolou nas mantas.

Então esperou.

O relógio de pêndulo tiquetaqueava ao seu lado. O sistema de refrigeração soprava ar frio pelos dutos. A casa estava fria. A casa estava silenciosa.

Algo brilhou em frente à janela, e Abby deu um pulo. Ela ouviu agitação e movimento, então uma coruja-de-igreja pousou no galho de um carvalho, encarando Abby como se soubesse seu nome.

Faróis iluminaram o hall de entrada e depois se apagaram. Uma porta de carro bateu, e o irmão Lemon andou até a porta. Abby a abriu para deixá-lo entrar.

— Pai do céu! — exclamou ele. — O que você fez?

— O sangue não é de Gretchen. Ela matou o cachorro.

— Ela o quê?!

Abby pensou no Bom Cachorro Max, tão doce e estúpido, enfiando a cabeça em qualquer lata de lixo que encontrasse, e quase chorou. Cravou as unhas no pulso até a dor tirar aquela imagem de sua cabeça.

— Esqueça — disse Abby. — Vamos logo.

O irmão Lemon amarrou correias de nylon em volta dos cobertores de Gretchen para impedi-la de se mover, e juntos eles a carregaram para fora da casa, puseram-na na traseira da van e partiram. A coruja os observou o tempo inteiro.

— Me promete que ela não vai se machucar — suplicou Abby.

O irmão Lemon se recostou numa das cadeiras de vime da sala da casa de praia dos Lang. Ele afastou bem as pernas, estalou os dedos e apoiou os cotovelos nos joelhos.

— Isso depende dela — respondeu.

Mesmo sentado, ele era mais alto que Abby.

— Um exorcismo é uma disputa de força de vontade entre o demônio e o exorcista. Eu sou um cara bem forte, mas estou enfrentando as forças das trevas, por isso não há garantias. Como Jesus disse uma vez: por todos os meios necessários.

O irmão Lemon fez uma pausa e olhou ao redor da sala de estar escura.

— Tem certeza de que os pais dela não têm uma câmera de vídeo? Eu ia adorar registrar isso.

Durante todo o trajeto, Abby imaginou luzes azuis bruxuleando em silêncio no espelho retrovisor. Algum policial na extremidade da ponte Ben Sawyer iria pará-los por dirigir dez quilômetros acima do limite de velocidade e, quando fosse entregar a multa, ouviria Gretchen se debatendo na traseira. Será que seus pais já estariam à sua procura? Será que os Lang tinham chegado em casa e chamado a polícia? O estômago de Abby estava tão cheio de ácido que seus arrotos seriam capazes de corroer aço.

Seu estômago não parou de se contrair enquanto eles seguiam pela pequena ponte que ligava Sullivan's Island à Isle of Palms, avançaram para o norte na Palm Boulevard e encostaram em frente à casa de praia vazia. Por que ninguém os havia parado? Por que eles estavam conseguindo fazer aquilo?

— Chegamos — disse o irmão Lemon, botando a van em ponto-morto. — E agora?

A casa de praia dos Lang ficava elevada sobre estacas. Uma treliça de madeira fechava o primeiro andar sem piso, e um grande lance de escadas levava à varanda de entrada no segundo. Abby se forçou a sair do banco do carona, caminhou pela entrada de carros de ostras trituradas, soltou os trincos do portão da garagem embaixo da casa e o abriu. O irmão Lemon desligou os faróis e avançou lentamente com o carro até parar embaixo da casa. Os pilares reluziram em vermelho, e ele desligou o motor. O único som vinha dos grilos e do oceano.

Enquanto Abby buscava a chave pendurada em um prego atrás da escada, o irmão Lemon puxou para fora da van o tubo de mantas contendo Gretchen e a jogou por cima de um ombro maciço. Os três subiram pesadamente a escada.

Parado na sala de estar, respirando com dificuldade, o irmão Lemon se decidiu pelo quarto de hóspedes para realizar o exorcismo por não ter nenhuma janela. Entraram no quarto e acenderam a única luz no teto. As paredes eram forradas com painéis de madeira crua, o chão de tábuas era coberto por um tapete de retalhos. Os únicos móveis eram uma cama com armação simples de metal, um colchão exposto e uma cabeceira fina de vime branco. No canto, havia uma cômoda de vime combinando.

O irmão Lemon desceu para a garagem e voltou depressa, arfando, com suas duas grandes sacolas de surfe e um cooler de plástico, que largou na sala de estar. Em seguida, foi até o quarto de hóspedes, desembalou

Gretchen, colocou-a na cama e pegou uma vasta seleção de correias de nylon preto e algemas. Todas eram curtas demais.

— Tem certeza de que já fez isso antes? — perguntou Abby.

— Pegue um lençol velho.

Abby voltou do armário de roupa de cama com dois lençóis, que o irmão Lemon rasgou em tiras e usou para amarrar os pulsos e os tornozelos de Gretchen à cama. Ele deixou as mãos perto das laterais do corpo.

— Fica menos pornográfico assim — explicou.

Os dois deixaram a porta aberta e foram até a sala de estar para esperar Gretchen acordar. Era inverno na Isle of Palms, por isso não havia turistas alugando casas, só moradores permanentes. Mesmo assim, Abby mandou o irmão Lemon apagar a luz do quarto de hóspedes e não permitiu que ele acendesse nenhuma outra, deixando os dois no escuro para conversarem sobre o plano.

— A maior parte vai ser no improviso — afirmou o irmão Lemon.

— Improviso?

— Conhecimento, planos, estratégias. Nada disso é útil em uma situação intensa de exorcismo. Você precisa entrar na arena da batalha diabólica armado apenas de fé, amor e o poder de Jesus Cristo. Ah, droga, não acredito que não perguntei isso antes. Você é batizada, certo?

— Claro — respondeu Abby, mas não estava muito certa disso.

— O procedimento vai ser perigoso para qualquer alma não batizada. Eu vou fazer orações muito poderosas, e, se você não estiver protegida por toda a armadura de Deus, pode não sair com a alma ilesa.

Casas de praia em Isle of Palms não eram feitas para ser ocupadas no inverno. Nenhuma tinha isolamento térmico nem calefação. Estava tão frio que até as unhas de Abby doíam. Vento soprava pelas frestas em torno das janelas e empurrava as paredes.

— Quero que você saiba em que estamos nos metendo — continuou o irmão Lemon. — Preciso de você no quarto como minha auxiliar, mas você é inexperiente, então precisa seguir minhas ordens. Faça exatamente o que eu mandar, nada a mais, nada a menos. Você consegue?

260

Abby assentiu.

— Há quatro estágios em um exorcismo — explicou o irmão Lemon. — Não estamos seguindo o jeito católico, então tecnicamente é uma libertação. O primeiro estágio é o Fingimento. O demônio escondido dentro de sua amiga quer que a gente desista. Que duvidemos de nós mesmos. Então vai fingir que não existe. Eu consigo vê-lo, mas você não, por isso vai achar que estou louco. Mas precisa confiar em mim. Tenho algumas cartas na manga, mas isso pode demorar um pouco. Positivo?

Abby se sentiu ridícula ao repetir:

— Positivo.

— Quando eu fizer o demônio se revelar — prosseguiu o irmão Lemon —, nós passamos para o segundo estágio. Esse é o Ponto Crucial. É quando as coisas podem ficar um pouco estranhas. O demônio vai parar de fingir ser sua amiga e vai começar a conversar direto conosco. Não importa o que aconteça, não converse com o demônio, não interaja com o demônio, não se dirija ao demônio. Ele vai tentar nos enganar e nos atrair para suas armadilhas e ciladas. Positivo?

— Positivo.

— Aí chega o Embate. É como o Ponto Crucial, só que muito, muito pior. Vai ser uma batalha espiritual total. Demônios comandam os poderes das trevas, por isso todo tipo de coisa esquisita pode acontecer. Meu pai uma vez viu um copo d'água ferver. Eu vou fazer o possível para protegê-lo, mas precisa seguir minhas orientações sem questionar, positivo?

— Positivo.

— Por fim, vem a Expulsão. É quando vou banir o demônio do corpo de sua amiga. Quando isso acontecer, esteja pronta para qualquer coisa. Ele pode tentar entrar em um de nós, ele pode tomar esta casa. Quem sabe do que ele é capaz? Por isso, fique atenta. Você entendeu tudo?

Abby assentiu e perguntou:

— Quanto tempo você acha que vai levar?

Mesmo no escuro, era possível ver sua respiração condensando ao sair da boca.

O irmão Lemon soprou nas mãos e esfregou as palmas.

— Uma libertação pode demorar desde quinze minutos a... hã, cerca de uma hora — respondeu ele. — Talvez quatro ou cinco, mas é raro.

Não parecia tão ruim, pensou Abby. Talvez até conseguissem devolver Gretchen antes que seus pais voltassem para casa.

— Abby? — chamou uma voz na escuridão. — Onde estou?

O irmão Lemon e Abby se encararam, seus olhos reluzindo nas sombras, então ele se levantou. Remexeu em uma de suas bolsas, pegou um protetor genital e o deslizou por dentro da calça. Percebeu Abby observando.

— É o primeiro lugar que eles atacam — explicou.

Ele se ajustou e pegou uma Bíblia muito usada.

— Vamos fazer o trabalho do Senhor.

Christian se dirigiu para o quarto, caminhando com as pernas levemente curvadas.

Ao entrar, ele acendeu a luz do teto. O brilho cegou Abby por um momento, mas então seus olhos se acostumaram, e ela enxergou Gretchen se contorcendo na cama, desviando o rosto da luz, puxando as tiras de lençol que a prendiam.

— Isso não é engraçado — reclamou ela.

Abby fechou a porta. O irmão Lemon parou ao pé da cama enquanto ela permanecia perto da saída. Gretchen o estudou.

— São Miguel Arcanjo, defende-nos na batalha — orou o irmão Lemon. — Sê nossa proteção contra a maldade e as armadilhas do Diabo. Rogamos humildemente que Deus o censure. E tu, ó Príncipe do Senhor Celestial, pelo poder de Deus, manda para o inferno Satã e todos os seus espíritos malignos que andam pelo mundo em busca da ruína de almas. Amém.

— Que raio é isso? — perguntou Gretchen.

Ela virou os olhos arregalados na direção de Abby.

— O que você está fazendo com esse cara? Está me assustando.

O irmão Lemon começou a recitar o Pai Nosso.

— Pai Nosso, que estais no Céu, santificado seja o vosso nome...

— Por que você está fazendo isso comigo? — perguntou Gretchen. — Eu quero ir para casa. Por favor, meus pais dão o que vocês quiserem. Abby, por que você está fazendo isso?

— O pão nosso de cada dia nos dai hoje, e livrai-nos do mal, pois vosso é o reino, o poder e a glória, para todo o sempre. Amém.

Ele repetiu a oração uma segunda vez, depois uma terceira. Estava muito frio. Abby tremia. Ela olhava para Gretchen, esperando que ela fumegasse, gritasse, vomitasse ou qualquer coisa. Mas Gretchen só continuou a falar:

— Você está com raiva de mim, Abby? É por isso que está fazendo isso? Sei que ando estranha nos últimos tempos, e sinto muito, muito mesmo. Tem um monte de coisa acontecendo em casa. A situação está... bem ruim. Acho que meus pais vão se divorciar, e você viu como minha mãe me trata. Mas isso não é desculpa. Eu fui uma amiga ruim. Fui uma babaca com você, Glee e Margaret. É que fiquei com muita raiva delas, e talvez tenha exagerado na reação, mas você sabe como é, não sabe? Me desculpa. Eu estraguei tudo, não faço bem para você e sei disso. Me desculpa mesmo. Mas você precisa me soltar. Olha só, isso não está certo. Você sabe que isso não é certo.

O irmão Lemon firmou as pernas e se apoiou contra a cama, como se estivesse se preparando para uma briga.

— Eu ordeno que você, espírito impuro — vociferou ele, com voz trovejante —, junto com todos os seus asseclas que atacam esta serva de Deus, pelos mistérios da encarnação, paixão, ressurreição e ascensão de Nosso Senhor Jesus Cristo, me revele seu nome. Diga-me seu nome!

Gretchen continuou a falar com Abby:

— Isso é loucura. Vocês não podem me manter amarrada assim.

— Eu ordeno que você, espírito impuro — repetiu o irmão Lemon —, junto com todos os seus asseclas que atacam esta serva de Deus, pelos mistérios da encarnação, paixão, ressurreição e ascensão de Nosso Senhor Jesus Cristo, me revele seu nome. Diga-me seu nome!

— Por favor, Abby. Vamos embora daqui. Eu não vou contar a ninguém o que aconteceu. Prometo.

— Eu ordeno que você, espírito impuro — começou o irmão Lemon pela terceira vez, ainda mais alto —, me revele seu nome!

Gretchen virou a cabeça para ele.

— Gretchen Lang. Esse é meu nome, está bem? Você podia ter perguntado a Abby.

— Esse não é seu nome verdadeiro — retrucou o irmão Lemon. — Mais uma vez, pelo poder de meu Senhor e Salvador Jesus Cristo, eu ordeno que você me diga seu nome!

— Eu acabei de falar meu nome! — exclamou Gretchen.

— Seu nome verdadeiro, demônio! — ordenou o irmão Lemon.

Houve uma pausa longa. Gretchen começou a rir.

— Desculpem — disse ela. — Eu acabei de me dar conta do que vocês acham que estão fazendo. Estão aí parados como em *O exorcista*, perguntando meu nome sem parar. Vocês acham que eu estou possuída? Ai, meu Deus! Abby, isso é bizarro.

Ela não parava de rir, com os olhos fechados, virando a cabeça de um lado para outro.

— Demônio — repetiu o irmão Lemon —, eu ordeno que você me diga seu nome!

— Andras — disse Abby baixinho.

— O quê?

O irmão Lemon olhou para ela, espantado.

— Andras — falou Abby, envergonhada. — O nome dele é Andras. Você já tinha dito isso.

Houve um longo silêncio. A pressão do ar caiu, e as paredes e o teto da casa de praia estalaram.

— Que nome ridículo — falou Gretchen da cama, ainda dando risadinhas. — Ele é integrante do Menudo?

— Venha cá — chamou o irmão Lemon.

Ele segurou Abby e a levou para fora do quarto, batendo a porta ao passar.

264

Os dois pararam na escuridão, e Abby podia sentir a raiva emanando do corpo do irmão Lemon como uma vibração. Ele iluminou o próprio rosto com uma lanterninha presa no chaveiro e falou:

— O que eu disse a você? Qual foi a única coisa que eu disse a você para *não* fazer?

— Ela está rindo de nós — respondeu Abby.

— Eu disse: "Não fale com o demônio." Eu disse: "Não interaja com o demônio." E qual é a primeira coisa que você faz? Não tem nem uma hora que começamos.

— Está demorando muito.

— Mais do que eu previ — admitiu o irmão Lemon. — Mas é de importância vital que eu mostre a esse demônio quem é o rei do ringue. Ele precisa entender que sou eu quem manda. Ao forçá-lo a revelar seu nome, eu o submeto à minha vontade. Chama-se dominar o demônio e é muito, muito importante. Agora, se eu deixar você voltar, promete não falar?

Abby assentiu.

— Sim, senhor.

— Que bom — disse o irmão Lemon, então se acalmou. — Só estou tentando proteger sua alma imortal.

Ele apagou a lanterna, e os dois voltaram para o quarto. Gretchen estava olhando para a porta.

— Ainda está tudo certo com o exorcismo? — perguntou ela. — Não quero atrapalhar seu encontro sexy.

O irmão Lemon assumiu sua posição ao pé da cama, e Abby ficou perto da porta.

— Eu ordeno mais uma vez… — começou ele. — Eu ordeno, espírito impuro…

— E-eu o-ordeno m-mais uma v-v ez. E-eu o-ordeno, espí-pírito impu-puro — repetiu Gretchen, imitando o Gaguinho.

— Quem quer que você seja, junto com todos os seus asseclas que atacam esta serva de Deus… — prosseguiu o irmão Lemon.

— Que-quem que-quer que-que vo-você se-seja, ju-junto c-com t-todos os s-seus as-seclas que ata-tacam est-ta serv-va de De-deus... — continuou Gretchen como o Gaguinho.

Isso atrapalhou o roteiro do irmão Lemon.

— Pelos, hã, mistérios da paixão, e, hã, a paixão e ressurreição de Jesus Salvador — balbuciou ele.

— Ei, o que é que há, velhinho? — perguntou Gretchen, fazendo uma imitação perfeita do Pernalonga.

O rosto do irmão Lemon ficou tenso, sua mandíbula se contraiu, suas juntas enrijeceram. Ele sacou uma folha de oração de sua Bíblia e a leu, usando o dedo para não se perder. Dessa vez, Gretchen repetiu, mas com um segundo de atraso. Na vez seguinte, fez sotaque britânico. Ela o distraiu na tentativa seguinte, na que veio depois e na outra.

O exorcista orou por tanto tempo e com tanta força que ficou rouco. Os joelhos de Abby estalaram. Seus pés estavam inchados. Ela se recostou no batente da porta, trocou o peso de um pé para o outro, se alongou, tocou os dedos dos pés, estalou as juntas. Seus ombros doíam. De vez em quando, o irmão Lemon lhe lançava um olhar irritado, mas, na maior parte do tempo, se concentrava em ler seu papel, repetidas vezes.

Finalmente, o irmão Lemon saiu do quarto de supetão. Abby se virou para segui-lo.

— Espere! — sibilou Gretchen.

Sua garganta parecia inflamada.

Abby se virou. Gretchen a olhava.

— Estou com medo — disse ela. — Estou com muito, muito medo. Esse cara é louco, e eu estou aqui há muito tempo. Fala para ele que eu não estou possuída.

Abby olhou o relógio para conferir as horas. Passava das duas da manhã. A essa altura, era provável que os pais de Gretchen já tivessem chegado em casa. Deviam ter encontrado o bom cachorro Max no chuveiro, deviam ter percebido que a filha havia desaparecido. A polícia devia estar procurando por eles.

— Qual é, isso é maluquice — sussurrou Gretchen. — Você sabe que é maluquice. É assim que pessoas acabam mortas.

Abby lançou um olhar para a sala de estar escura, mas não viu o irmão Lemon.

— Você está com medo dele? — perguntou Gretchen. — Ele está obrigando você a fazer isso?

Abby se voltou para Gretchen e respondeu:

— Estou com medo de *você*.

Ela saiu correndo do quarto antes que Gretchen pudesse dizer mais alguma coisa e encontrou o irmão Lemon na cozinha, remexendo nos armários.

— O que está acontecendo?

— O que está acontecendo — disse ele com a voz apertada — é que precisamos de uma provocação para atrair o demônio. As coisas estão se intensificando, Abby. Estamos em DEFCON 3.

Ele pegou um pote azul-escuro de sal iodado e o sacudiu. Estava quase cheio.

— O que isso significa?

— Significa — explicou ele, botando o sal sobre a bancada — que eu preciso que você me dê as mãos e ore comigo sobre este sal. Pai nosso, que estais no céu, santificado seja o vosso nome…

Eles recitaram o Pai Nosso sobre o sal três vezes, depois voltaram para o quarto. Gretchen se contorcia na cama.

— Eu nunca fiz nada para machucar você — dizia ela. — Por favor, por favor, pense em…

O irmão Lemon encheu a mão de sal.

— Em nome de Jesus, eu o removo. Espírito de discórdia e desarmonia, eu o mando para a cruz.

Ele jogou o punhado de sal no rosto de Gretchen, que se encolheu e cuspiu. Ele se serviu de outro punhado.

— Em nome de Jesus, eu o removo — repetiu. — Espírito de discórdia e desarmonia, eu o mando para a cruz.

Dessa vez, ele jogou o sal com tanta força que deixou uma marca na bochecha direita de Gretchen. Então jogou de novo. Havia sal no nariz de Gretchen, preso à saliva em seu queixo e nas dobras de seu pescoço. Estava em seu cabelo, acumulando-se nos cantos molhados dos olhós.

— Em nome de Jesus, eu o removo — tornou a dizer. — Espírito de discórdia e desarmonia, eu o mando para a cruz.

Ele jogou mais um punhado de sal no rosto de Gretchen, que começou a chorar. Quando o irmão Lemon voltou a erguer a mão cheia de sal, Abby o tocou. Ele girou na direção dela.

— Você está machucando ela — sussurrou Abby. — Eu não entendo por que estamos machucando ela.

— Deve-se mortificar a carne do endemoninhado para extrair o demônio — afirmou o irmão Lemon.

Ele jogou o punhado de sal no rosto de Gretchen enquanto ela rolava de um lado para outro, tentando se proteger. Seus lábios se moveram e ela disse alguma coisa, mas foi tão fraco que Abby não ouviu.

— Você é muito esperto?! — gritou o irmão Lemon a centímetros do rosto de Gretchen. — Se é tão esperto, por que está amarrado a uma cama e eu estou aqui de pé?

Algo se rompeu na expressão de Gretchen, e ela caiu em prantos, soprando bolhas de saliva, com o corpo trêmulo e o rosto manchado.

— Isso mesmo! — gritou o irmão Lemon, jogando mais um punhado de sal na garota. — Diga-me seu nome, em nome de Deus, diga-me seu nome, demônio! Diga-me seu nome!

Houve o som de uma torneira se abrindo, do chiado de um vazamento, e a parte da frente do short de Gretchen escureceu. Um filete de urina escorreu de sua virilha, desceu pela perna direita e se empoçou em volta do joelho. Seu cheiro salgado encheu o quarto frio. Abby sentiu vergonha pela amiga.

— Ela está fazendo xixi.

O irmão Lemon se virou para Abby.

— Pegue uma toalha e molhe-a com água morna.

Ela foi até a cozinha e encontrou um pano de prato. Quando ligou a torneira, os canos vibraram nas paredes, e a bica cuspiu água ferruginosa, depois água congelante, então um filete morno. Ela encharcou o pano e correu de volta para o quarto.

O irmão Lemon estava rezando com as mãos erguidas sobre Gretchen.

— Vá em frente — disse o irmão Lemon. — Limpe-a.

— Eu? — perguntou Abby de modo estúpido.

— Eu devo evitar tocar qualquer área do possuído que possa abrir a porta para a luxúria — explicou ele.

Com nervosismo, Abby se aproximou da cama e esfregou a perna de Gretchen. O irmão Lemon encontrou um balde de plástico, e Abby torceu o pano dentro dele. No início, tocar a urina de Gretchen a enojou; depois, ela começou a vê-la não como sua amiga, nem mesmo como uma pessoa, mas como algo a ser limpo, um carro a ser lavado, e a tarefa se tornou mais fácil.

— Abby? — soluçou Gretchen. — Por que você está fazendo isso comigo?

Dessa vez, Abby não tinha uma resposta.

O irmão Lemon deixou o quarto por um breve momento, mas logo voltou, passando por Abby com passos largos. Foi até a cabeceira da cama, derramou sal nas mãos e se debruçou sobre Gretchen, que começou a se debater.

— Não! — gritou ela. — Não, saia de cima de mim! Abby! ABBYYYY!!!! Socorro! Socooorroo!

O irmão Lemon jogou mais um punhado de sal em seu rosto.

— Para trás, Satanás — ordenou ele.

Outro golpe de sal.

— Não me tente com coisas vãs.

Outro punhado de sal. O corpo de Gretchen tremia, indefeso.

— O que você oferece é mau, Satã! — gritou o irmão Lemon.

Mais sal açoitou o rosto de Gretchen.

— Diga-me seu nome, ser maligno! — berrou o irmão Lemon, com o pescoço inchado e tenso. — A verdade diante de Deus. Diga-me seu nome.

Gretchen tinha desistido de lutar. Seus olhos estavam fechados, seu peito arquejava. O irmão Lemon apertou seu esterno, logo abaixo da garganta, e ela começou a soluçar convulsivamente, incapaz de respirar fundo.

— Andras.

A princípio, Abby não soube de onde viera a palavra, mas então viu os lábios de Gretchen se moverem quando ela repetiu, em um sussurro:

— Andras. O nome dele é Andras.

Gretchen abriu os olhos vermelhos e reluzentes, e lágrimas escorreram por suas têmporas.

— Não. Nada de choro, porca! — rosnou uma voz masculina e mais grave com a boca de Gretchen. Então ela suplicou: — Abby, tire-o de mim. Por favor, tire-o de mim.

Duas pessoas lutavam para ficar visíveis no rosto de Gretchen.

— Me ajude — pediu, engasgada. — Por favor, me ajude.

O irmão Lemon bateu a Bíblia com força contra a palma da mão.

— Caraca! — gritou ele. — Nós temos um demônio!

A sala estava escura, e o vento assoviava pelas janelas, fazendo as paredes rangerem. O frio fez Abby se encolher dentro das roupas. O irmão Lemon pegou um saco com um peito de frango do cooler, sentou-se em uma cadeira e o comeu como se fosse um picolé.

— Foi mal — disse ele, triturando a carne com os maxilares maciços. — Andras é a 63ª entidade da Chave Menor de Salomão, um grande marquês do inferno e comandante de trinta legiões de demônios, conhecido como semeador de discórdia e portador da destruição. Preciso de uma recarga de proteína.

A parede dos fundos da casa de praia dos Lang era toda composta por janelas, que davam para uma varanda telada com vista para o Oceano Atlântico. Além estavam as ondas, pouco visíveis, cinzentas e raivosas, encapeladas com espuma branca. Ao longe, à esquerda, uma linha recortava o horizonte, como uma ferida sangrando luz laranja. Passava pouco das cinco da manhã.

— Passamos a noite inteira aqui — disse Abby. — E se você não conseguir?

— Escute, Abby. Quando você me procurou e afirmou que sua amiga estava com um demônio do inferno aninhado na alma, eu acusei você de louca? Eu ri? Nada disso. Eu acreditei em você. Agora precisa acreditar em mim.

— Mas e se você não conseguir? — repetiu Abby. — Você mal conseguiu fazer com que ele dissesse seu nome.

O irmão Lemon aproximou a cadeira e se sentou em frente à garota.

— Um exorcismo é angustiante. Você sabe o que isso significa? É um teste do exorcista, uma prova para sua alma. Sabe por que não podemos simplesmente pedir para o demônio sair? Afinal, o braço direito forte do Senhor está do nosso lado, e através de Deus tudo é possível. Cristo, o Salvador, poderia expulsar aquele demônio de dentro de sua amiga assim.

Ele estalou os dedos grossos no ar frio.

— Mas um exorcismo nos testa — prosseguiu. — Ele pergunta: "Qual é a força de sua fé? Qual a profundidade de sua crença?" O exorcista deve estar disposto a perder tudo, toda a dignidade, toda a segurança, todas as ilusões, tudo é queimado na chama do exorcismo, e o que resta é a sua essência. É como levantar peso: quando você está muito envolvido em uma série, seus braços tremem e você é como uma vela derretida de dor que queimou até o fim, não lhe sobra nada para dar. E, nesse momento mais sombrio, você clama: "Senhor, eu não consigo!" E uma voz responde da escuridão: "Mas eu consigo." Essa é a voz baixa e tranquila que vem à noite. Esse é o som de algo maior que você. Isso é Deus. E Ele diz "Você não está sozinho", e o envolve em asas de águia e o carrega para cima. Mas primeiro você precisa queimar tudo o que não importa. Você precisa queimar polainas, e cristais da Nova Era, e Madonna, e ginástica aeróbica, e New Kids on the Block, e o garoto de quem você gosta na escola. Você queima seus pais, seus amigos e tudo com que sempre se importou, e você queima a segurança pessoal, a moralidade convencional. E quando tudo isso desaparece, quando tudo é consumido pelo fogo e tudo ao redor são cinzas, o que resta é uma pequena pepita, um pequeno núcleo de algo bom, puro e verdadeiro. E você pega essa pedrinha e a atira na fortaleza que esse demônio construiu na alma de sua amiga, esse leviatã de ódio, medo e opressão, e você joga essa pedrinha pequenina, que atinge a parede, faz *ping*... e nada acontece. É esse o momento em que você vai ter as piores dúvidas da vida. Mas nunca duvide da verdade. Nunca a subestime. Porque, no segundo seguinte, se você passou pelo fogo, vai ouvir o crepitar se iniciar, as rachaduras começarem a se espalhar, e todos aqueles muros e portões de ferro poderosos vão desmoronar como um castelo de cartas porque você se atormentou até só restar a verdade. Essa pedrinha é isso, Abby. A nossa essência. Poucas coisas são verdadeiras na vida, e nada pode resistir a elas. A verdade rasga os exércitos do Inimigo como a espada da justiça. Mas, para chegar lá, para encontrar a verdade, nós passamos por essa provação, nos submetemos a este exorcismo. Você entende o que estou dizendo?

Ele se recostou na cadeira, olhando para Abby.

— Mas e se formos presos?

O irmão Lemon suspirou e se levantou.

— Pense no que falei. E, no meio-tempo, faça o que eu fizer e diga o que eu lhe mandar dizer. Você consegue fazer isso? Só por mais um tempo? Nós já chegamos até aqui.

Abby assentiu. Ela fora longe demais para desistir.

— Que bom — disse o irmão Lemon. — Agora vamos mandar esse demônio de volta para o inferno.

Gretchen os observava da cama. Havia grãos de sal encrustados em volta dos olhos e da boca, no cabelo, nos ouvidos. O irmão Lemon ergueu um copo d'água sobre o qual ele orara na sala de estar.

— Com sede? — perguntou.

A língua de Gretchen serpenteou para fora da boca e passou sobre os lábios rachados. Estava coberta por uma película grossa e branca. O irmão Lemon se ajoelhou junto da cabeceira da cama, segurando o copo de modo que ela pudesse beber. No primeiro gole, ela se jogou para trás, se debatendo e gritando. O irmão Lemon jogou a água em seu rosto.

— Água benta! — exclamou ele em triunfo. — Eu afogo você no sagrado amor de Deus!

Espuma saiu dos lábios de Gretchen enquanto seus olhos giravam para dentro da cabeça, deixando expostas apenas as partes brancas injetadas de sangue.

— Estômago, cabeça, coração, virilha! — gritou o irmão Lemon.

Ele apertou a Bíblia contra cada parte do corpo da garota enquanto dizia seus nomes.

— Me enfrente, mentiroso. Não se esconda. Me enfrente!

Um ronco profundo emergiu dos lábios de Gretchen, um som vindo do fundo de seu estômago. O quarto se encheu com um fedor poeirento que Abby não identificou.

— Tire ele de mim — engasgou ela com voz fraca. — Está indo mais fundo. Dói. Isso dóóiii…

Sua voz se transformou em um chiado de dor. O irmão Lemon farejou o ar.

— Canela — disse ele, sorrindo e olhando para Abby. — Sente esse cheiro? Discernimento olfativo. O odor artificial de uma presença sobrenatural.

— Não resta muito de mim — falou Gretchen com a garganta em espasmos. — Estou me afogando… Ele está me afogando…

O irmão Lemon passou por Abby e saiu correndo do quarto. Voltou com um funil de plástico amarelo e um galão de quatro litros de vinagre branco destilado. Com as mãos enormes, ele curvou a cabeça de Gretchen para trás e forçou o funil entre seus dentes. Ela soltava gemidos altos e raivosos.

— Segure as pernas dela! — gritou o irmão Lemon.

Ele abriu a tampa do galão com uma das mãos, arrancou o lacre de papel branco com os dentes e o cuspiu na cama. Então virou a garrafa e derramou um terço do líquido pelo funil.

Gretchen engasgou, sufocou, esperneou contra o colchão. O cheiro de vinagre ardeu nos olhos de Abby. O irmão Lemon puxou o funil e segurou a boca de Gretchen fechada.

— Balde! — berrou enquanto a garota se debatia.

Abby pegou o balde e o estendeu para ele.

— Mais perto! — gritou. — Perto da cabeça dela!

Abby chegou no instante em que ele soltou a boca de Gretchen, e ela vomitou por toda a camisa. O irmão Lemon virou-a de lado, e ela expeliu um líquido ralo e amarelo. Em seguida, ele repetiu o processo enquanto Abby segurava o balde. Dessa vez, um jorro de vômito foi lançado sobre o balde em um jato de alta pressão.

— Eu pego a espada do espírito de Deus — disse o irmão Lemon, forçando o funil entre os dentes da garota. — Eu o perfuro e expulso suas mentiras.

— Ele está se escondendo — falou Gretchen com a voz embargada. — Lá no fundo, ele vai...

Então a voz ficou mais grave, suas cordas vocais inflamadas e irritadas:

— Você acha que isso me machuca? Vocês estão amaldiçoando suas almas, vocês dois. Estão jogando fora sua salvação ao torturar esta porca. O que seu Deus diria?

Ela jogou a cabeça para trás bruscamente e mordeu a língua. Seus olhos se abriram, cristalinos.

— Não escutem — disse Gretchen. — Continuem. Tirem-no de mim. Tirem-no de mim.

O irmão Lemon se levantou, se virou para Abby e instruiu:

— Quero que você vá até a cozinha. Veja se encontra amônia embaixo da pia. Vamos ter uma luta de verdade agora.

Abby encontrou meia garrafa de amônia embaixo da pia, mas mentiu e disse que não, por isso o irmão Lemon continuou a usar o vinagre. A luta durou horas. O papel de Abby se limitava a dizer "Cristo tende piedade de nós" ao sinal do irmão Lemon, esvaziar o balde à medida que Gretchen o enchia com quantidades de bile cada vez mais ralas e menores, e segurar as pernas da amiga. O quarto de hóspedes se aqueceu com o calor corporal dos três até parecer uma sauna e condensação escorrer pelas paredes. Quando finalmente saíram para um intervalo, a luz do sol queimou seus olhos.

Eles se sentaram na sala de estar, e o irmão Lemon bebeu água de um galão de quatro litros. Depois de entornar metade, derramou o resto na cabeça e a sacudiu, espalhando água fria.

— Brrr! Quer um pouco disso? Vai acordar você.

— Tem que haver outro jeito — disse Abby.

— Não se preocupe. Andras acha que está em vantagem, mas está prestes a sentir a bota do Senhor na sua bunda. Vá encher a banheira.

Abby ficou perplexa.

— Por quê?

— Batismo de imersão total — respondeu o irmão Lemon, que não estava mais sorrindo. — Quanto mais mortificarmos a carne, com mais dureza santificarmos o espírito, mais difícil fica para o demônio se esconder.

Abby o imaginou afundando Gretchen amarrada na banheira, enquanto ela se debatia e gritava, soltando bolhas ao ser pressionada contra o fundo.

— Não. Isso é ir longe demais.

O irmão Lemon apontou um dedo carnudo para Abby.

— Não venha de covardia para cima de mim. Você ouviu. Ela quer que ele saia.

Abby sacudiu a cabeça.

— De que adianta o exorcismo se ela estiver morta?

O exorcista pensou por um momento. Então se dirigiu à cozinha, sacudindo a cabeça.

— Eu faço sozinho. Solitários são aqueles que servem ao Senhor.

Abby o ouviu fazendo barulho, depois a água correndo. Em seguida, silêncio. Ela voltou para o quarto de hóspedes. Cheirava a urina choca e vômito azedo. Gretchen tinha parado de tremer, e sua pele estava arrepiada. Sua respiração estava entrecortada. Seu rosto, esfolado e molhado; os lábios, feridos, rachados e descamados do vinagre. Havia sal em seu cabelo, e seus olhos estavam vermelhos e inchados. Ela ergueu uma das mãos amarradas o máximo que pôde e gesticulou para que Abby se aproximasse.

Ela se ajoelhou ao lado do colchão. Gretchen abriu um olho vermelho e sussurrou:

— Deixe ele continuar.

— Ele vai matar você — disse Abby.

Gretchen sacudiu a cabeça violentamente.

— Ele precisa sair de mim. Corte fora, queime, afogue. Eu não consigo viver desse jeito.

Abby pegou sua mão. Estava gelada e rígida.

— Vou falar com ele. Podemos fazer outra coisa. Não consigo continuar a machucar você.

— Andras me mostrou o que eu fiz — disse Gretchen. — Com você, com Margaret. Com Glee. Com o padre Morgan. Com Max…

Sua voz vacilou nesse último.

— Não foi você — afirmou Abby.

— Foi, sim! Fui eu! Eu e essa… Essa coisa dentro de mim. Ele precisa sair. Antes que destrua tudo.

Ao longe na casa, uma chaleira apitou.

— Eu não vou deixar que ele machuque você — afirmou Abby. — Nós ainda podemos resolver isso.

A porta se abriu, e Abby viu o irmão Lemon se aproximar da cama. Em uma das mãos, ele trazia uma chaleira fumegante. Na outra, o funil.

Foi então que Abby percebeu que ninguém iria detê-lo. Nenhum pai, nenhum professor, nenhum amigo, nenhum policial. Não havia ninguém ali que pudesse obrigá-lo a parar. Era a sensação mais aterrorizante do mundo. Ela tinha libertado um monstro que não podia controlar.

— Pronto para mais? — perguntou o irmão Lemon, entrando a passos largos no quarto. — Vamos para DEFCON 2. Sabe o que é isso?

Ele ergueu a chaleira acima da cama, com vapor saindo pelo bico, e os olhos de Gretchen se arregalaram de medo. Então ela tensionou a mandíbula.

— Faça isso. Tire-o de mim…

Sua voz baixou novamente a um som rouco e áspero:

— Eu duvido.

— Saia do caminho, Abby — ordenou o irmão Lemon. — Sinta a palavra de Deus, como um martelo de justiça, expulsando-o.

— Pare! — gritou Abby.

Ela se colocou entre o irmão Lemon e Gretchen, com os braços estendidos para os lados, protegendo a amiga do exorcista.

— Você vai matá-la!

— Não! — berrou Gretchen. — Façam isso!

— Eu preciso matar o demônio — disse o irmão Lemon, avançando.

Abby sentiu a chaleira esquentar o lado esquerdo de seu rosto até começar a cozinhá-lo. Ela tentou pegar o funil.

— Olhe para ela — suplicou. — Olhe o que você está fazendo.

O irmão Lemon segurou o funil fora do alcance de Abby, com as mãos trêmulas.

— O Inimigo procura me humilhar — vociferou ele. — O Inimigo quer me diminuir.

— Ela é só uma garota — afirmou Abby, se afastando do exorcista.

Ela bateu com a parte de trás dos joelhos na cama e caiu sentada sobre o braço de Gretchen.

— Você não vai ter como voltar atrás!

— Vou mortificar sua carne até que ela desista do demônio! — exclamou o irmão Lemon. — Não vou estragar tudo de novo!

Ele era uma parede de músculos esmagando Abby contra Gretchen, assomando sobre ela, bloqueando a luz. Empurrou Abby para o lado, fazendo-a deslizar da cama e cair ruidosamente de joelhos no chão. Forçou o funil entre os dentes de Gretchen, que assentia de forma frenética.

— Sim! Sim! Sim! — gemeu ela, em êxtase, enquanto o funil entrava em sua boca.

O irmão Lemon levantou a chaleira e começou a derramar. Abby se jogou em sua direção, com os braços estendidos, sem sentir nada no início, até que suas mãos queimaram onde atingiram a chaleira. Água fervente respingou por toda a extensão dos seus braços, e o irmão Lemon gritou e pulou para trás. A água o queimou também, e ele largou a chaleira, que caiu com um clangor no chão, girando até o canto e expelindo jorros de água fumegante pelo piso.

Atrás dela, Gretchen gritou de decepção enquanto o irmão Lemon se reerguia em toda sua altura. Ele pegou Abby pelo pescoço, com o rosto contorcido de raiva. Ela estava tão aterrorizada que não sentia mais medo.

— Quando você vai parar?! — berrou ela. — Quando ela estiver morta?

O irmão Lemon paralisou. Ele olhou para a garota chorando na sua frente, com os braços lívidos da água fervente, em seguida para a outra garota atrás dela, amarrada à cama, encharcada, coberta de sal e urina, deitada sobre o próprio vômito. Ela virava a cabeça de um lado para outro, sem forças, recitando:

— Me matem, me matem, me matem, me matem...

A luz no quarto mudou. Uma película pareceu cair dos olhos do irmão Lemon.

— Não consigo mais vê-lo — disse. — Não consigo ver o demônio.

Ele se virou e saiu do quarto. Abby o seguiu até a sala de estar, encontrando-o sentado na grande cadeira de vime com as mãos na cabeça.

— Eu vi o demônio — falou o irmão Lemon, olhando para o colo. — Eu juro que vi.

— Nós podemos consertar isso — afirmou Abby.

Ele ergueu a cabeça. Lágrimas escorriam por seu rosto.

— O que foi que eu fiz?

Abby não sabia como consolá-lo. Ele pegou sua Bíblia e se jogou de joelhos, orando, apertando-a contra os lábios. Abby ouvia Gretchen no quarto, recitando sem parar:

— Me matem, me matem, me matem...

Finalmente, o irmão Lemon ergueu os olhos e disse:

— Preciso buscar meu pai. — Então repetiu, com mais confiança: — Preciso buscar meu pai.

Ele se levantou e começou a procurar as chaves do carro.

— Por quê? — perguntou Abby. — O que ele vai fazer?

— Isso é apenas um ensaio — disse o irmão Lemon, convencendo a si mesmo. — É um teste de nossa fé. Eu não consigo mais lidar com isso, mas meu pai vai saber como agir. Ele lida com demônios piores o tempo todo. Ele vai consertar isso. Vai acertar as coisas.

— Você não pode me abandonar — suplicou Abby.

O irmão Lemon pegou as chaves na mesa de centro e se voltou para Abby. Ela não gostava de como ele não a olhava nos olhos.

— Eu não estou abandonando você. Vou buscar meu pai, aí vou voltar e vamos derrotar aquela coisa. Espere. Eu volto logo. Prometo.

Então ele saiu e desceu correndo as escadas para baixo da casa. Ela ouviu uma porta de carro bater, um motor ligar, e observou pela janela da frente quando ele deu ré até a rua, engrenou a primeira e foi embora.

Era fim de tarde, e o céu já escurecia. A casa estava silenciosa. Abby foi até o quarto de hóspedes para dar uma olhada em Gretchen. Ela estava deitada na cama, completamente imóvel. Abby se debruçou sobre ela para analisá-la.

— Por favor... — gemeu Gretchen. — Faça isso parar...

— Vai ficar tudo bem. Ele foi buscar alguém para ajudar.

— Faça isso parar... Faça isso parar... Faça isso parar...

Abby foi abraçá-la, e Gretchen de repente começou a gargalhar.

— É tão fácil — comentou com um sorriso cruel.

Abby sentiu como se uma pedra afundasse devagar de seu peito até o estômago.

— Você achava que Gretchen ainda estava aqui? Ela se foi há muito tempo, e vocês dois ficam aí entoando um monte de preces pomposas para um Deus no qual vocês nem acreditam e... o quê? Vocês esperavam que minha cabeça começasse a girar? Vocês têm imaginação de criança. Eu mal precisei revelar um décimo de minha majestade para dispensar aquele impostor. Algumas vozes bobas aqui, um empurrão ali, um cutucão, uma sacudidela, e agora somos apenas você e eu. Assim como era no começo, vai ser no fim.

Gretchen sorriu para Abby e cantarolou uma musiquinha, olhando em seus olhos:

— I think we're alone now. There doesn't seem to be anyone aroun--ound. I think we're alone now, the beating of our hearts is the only sou-ound...

O sangue de Abby gelou com a letra: *Acho que estamos sozinhas agora. Não parece haver ninguém por perto. Acho que estamos sozinhas agora. As batidas de nossos corações são o único som...*

— Você sabe o que vai acontecer — disse Gretchen. — Meus pais já estão à minha procura. Você pode imaginar o ataque que minha mãe deu quando chegou em casa do jogo, cheia de pasta de caranguejo e frango frito, e descobriu que sua filhinha perfeita e preciosa tinha desaparecido? Que o amado bicho de estimação da família estava morto? Que havia sangue por todos os seus carpetes brancos? Quer dizer, eles com certeza precisarão ser substituídos. Meus pais vão chamar a polícia, e a primeira suspeita vai ser aquela garota... Qual é o nome dela?

Abby se agachou e apertou a base das mãos sobre as têmporas. *Esta não é Gretchen*, afirmou a si mesma. *Gretchen está em outro lugar*.

— Aquela garota — continuou Gretchen. — Sabe, aquela que trafica drogas? A que quase foi expulsa? A que roubou o bebê morto do hospital para algum tipo de orgia pervertida? Ah, é, Abigail Rivers. Será que ela está em casa? Trim, trim! Alô, sra. Rivers, em algum momento nas últimas vinte e quatro horas de sua vida de pobre você percebeu algo diferente em sua filha? Ela desapareceu? Bem, eu sei que somos apenas o Departamento de Polícia de Mount Pleasant e só temos dois neurônios funcionais, mas isso pode ser uma pista. Ei, Cletus? Você acha que aquela garota maluca com cara de pizza pode ter alguma coisa a ver com o rapto e possível assassinato dessa garota simpática, gentil, honesta e, ouso dizer, supergostosa? Bem, Retus, acho que vale a pena investigar.

Abby começou a balançar para a frente e para trás. *Esta não é Gretchen*, repetiu a si mesma diversas vezes. *Esta não é Gretchen*.

— Eles vêm atrás de você — continuou Gretchen.

Ela não parecia mais sentir frio. Na verdade, parecia estar onde sempre quisera.

— Eles vão encontrar você aqui comigo amarrada à cama e vão trancafiá-la em alguma instituição. Seus pais vão ser as pessoas mais odiadas em Charleston. Você é tão surtada que vai se tornar lendária. As pessoas vão se lembrar da ladra de bebês mortos e sequestradora drogada do Colégio Albemarle para sempre. Mesmo depois que finalmente soltarem você, mesmo depois que estiver velha, seca e com trinta anos, você nunca vai conseguir ser outra pessoa. Vai sempre ser a mesma idiota patética e imunda que é hoje.

Abby pulou de pé e correu para a sala de estar. A coisa que usava a voz de Gretchen tinha penetrado em sua cabeça e seu cérebro até latejar. Ela precisava de silêncio. Foi até a janela da frente e observou a rua escurecer. Um homem de capa de chuva vermelha passou com o cachorro. Um avião deixou um rastro de fumaça no céu violeta. O tempo correu. Quando as luzes da rua se acenderam, Abby precisou encarar o fato de que o exorcista não ia voltar. Ela estava sozinha. Um demônio a esperava no quarto ao lado, e ninguém iria ajudá-la.

— Abby — chamou a coisa Gretchen. — Você consegue me ouvir, Abby?

Ela apoiou a testa no vidro. Não havia saída. Ela estragara tudo.

— E se eu deixar você sair?! — gritou ela em desespero. — Eu solto você, e nós vamos embora. Pedimos para um vizinho chamar a polícia, e você promete contar a eles que pegou o bebê. Aí seguimos caminhos diferentes, e você nunca mais vai ouvir falar de mim.

— Ah, nós já passamos muito desse ponto, Abby — respondeu Andras.

— Sabe por quê? Porque você me irritou de verdade. Estou amarrado a esta bendita cama, mas é você quem está presa.

Abby sacudiu a cabeça, desejando que as coisas voltassem a ser como eram antes de ela estragar tudo até esse nível.

— Eles vão chegar em breve — prosseguiu Andras. — Está pronta para ser mandada para muito, muito longe? Acho que você já passou do nível de Southern Pines. E quando você se for, eu vou me divertir tanto. Acho que Margaret pode virar outra tragédia adolescente. Eu mal comecei a brincar com Wallace Stoney. Talvez Nikki Bull possa ser a primeira garota em sua escola a pegar Aids.

Abby olhou para a mesa de centro. Pousada em cima de revistas *National Geographic* velhas estava a Bíblia do irmão Lemon. Ela a pegou. Suas anotações estavam enfiadas entre as páginas. Ela as puxou.

Era o exorcismo. Todas as orações, todos os rituais, todos os ritos, tudo escrito, com instruções. Abby pegou as páginas e olhou para aquelas orações e encantamentos inúteis. Ela iria para a cadeia, sabia disso, mas Andras continuaria a agir. Não havia fim para isso.

— Sabe o que eu acho, Abby? — retomou Andras. — Acho que está na hora de Dereck White se cansar do jeito como aqueles jogadores de futebol o tratam. Acho que pode ter chegado o momento de ele levar sua arma para a escola. Imagina só! Ele caminhando pelo corredor, indo de sala em sala, e pela primeira vez ninguém pode mandá-lo calar a boca. Depois que você for embora, eu vou me divertir muito.

Não havia mais Margaret. Não havia mais Glee. Não havia mais Wallace Stoney. Não havia mais padre Morgan. Em breve não haveria mais irmão Lemon. Quando isso acabaria? Quanta desgraça precisava acontecer? Abby sabia que o sofrimento seria infinito. Ele se espalharia de pessoa em pessoa até não restar mais nada. Até que todos se sentissem como ela se sentia nesse momento.

Isso precisava parar. Não importava mais o que acontecesse com ela, isso tinha que parar.

Abby apagou as luzes da sala e verificou se todas as portas estavam trancadas. Pegou um copo d'água e foi até o quarto de hóspedes carregando a Bíblia e as instruções do irmão Lemon.

— São Miguel Arcanjo, defende-me na batalha — leu Abby. — Sê minha proteção contra a maldade e as armadilhas do Diabo. Eu oro humildemente para que Deus o censure. Amém.

O papel tremia em suas mãos, mas ela afirmou a si mesma que era por causa do frio. Abby estava parada ao pé da cama, e sua voz parecia alta demais, teatral demais, fingida demais. O lustre do teto deixava tudo com uma aparência barata e vagabunda.

— Pai nosso que estais no céu, santificado seja o vosso nome — orou ela. — Venha a nós o vosso reino, seja feita a vossa vontade…

— Sério? — perguntou Andras, erguendo a cabeça de Gretchen. — Você está fazendo isso mesmo?

— … assim como nós perdoamos a quem nos tem ofendido. Não nos deixeis cair em tentação…

— Não vai funcionar — falou Andras. — Um exorcista precisa ser puro e honesto, e isso é algo que você nunca foi. Você é arrogante, Abby. Acha que é a única pessoa que se esforça, que ninguém além de você sofre…

— … para todo o sempre. Amém.

Abby respirou fundo antes de continuar:

— Pai nosso que estais no céu, santificado seja o vosso nome…

Ela repetiu o Pai Nosso três vezes.

— Pergunte a si mesma, Abby — falava Andras durante a reza. — Se você é tão maravilhosa, se é essa árvore altruísta e generosa, porque só tem amigas ricas? Você costumava andar com Lanie Ott e Tradd Huger, mas eles não são ricos como eu, Margaret e Glee. Aposto que nem falaria com seus pais se não tivesse que morar com eles. Tudo o que eles fazem é se sacrificar por você, mas você se sente humilhada por eles. Acha que são escória.

As mãos de Abby tremeram com mais força, e ela ergueu a voz para abafar a de Andras:

— Eu ordeno que você, espírito impuro, junto com todos os seus asseclas que atacam esta serva de Deus, vá embora.

Andras riu dela.

— Mais uma vez, pelo poder de meu Senhor e Salvador Jesus Cristo, eu ordeno que você saia desta serva de Deus.

— Sabe, Abby — falou Andras na voz de Gretchen —, essa é uma das coisas que não podem ser consertadas depois de quebradas. Alguns erros são para sempre, e você cometeu um. Bem-vinda ao resto de sua vida longa e solitária.

Elas continuaram assim por uma hora. Depois de algum tempo, Abby não conseguia lembrar quantas horas passara no quarto. O corpo de Gretchen estava exausto; seu cabelo, suado e embaraçado; os pulsos e tornozelos, esfolados pelos lençóis; e o colchão, frio e molhado.

A voz de Abby estava acabada, mas ela tomou outro gole d'água e continuou a ler. Seu copo estava quase vazio, mas ela sabia que não podia sair do quarto.

— Vá embora, transgressor — leu Abby. — Vá embora, sedutor, cheio de mentiras e astúcia, inimigo da virtude, perseguidor do inocente. Abra caminho, seu monstro, abra caminho para Cristo, em quem você não encontra nenhuma de suas obras!

Andras emitiu um som de reprovação cansado.

— O poder de Cristo o subjuga, demônio — disse Abby. — Deixe esta serva de Deus.

Andras fingiu roncar.

— Eu o expulso — continuou Abby de forma monótona. — Eu o expulso, espírito impuro, junto com todo poder satânico do inimigo, todo espectro do inferno e todos os seus companheiros caídos, em nome de Nosso Senhor Jesus Cristo. Vá embora e fique longe dessa filha de Deus.

Andras encarava o teto com olhos mortos. Abby parou, e o silêncio a dominou e a oprimiu. Ela estava cansada demais. Aquilo era muito estúpido.

— Eu o… — começou Abby, mas sua garganta estava tão seca que só emitiu um som rouco.

Ela olhou para a cômoda e sentiu o coração dar um pulo de felicidade ao perceber que seu copo estava ainda meio cheio. Deu um longo gole. O gosto era doce. Então ela engasgou e cuspiu o líquido no chão. Era turvo e amarelo e fedia a enxofre. Ela estava bebendo urina. Insetos pequenos com muitas pernas nadavam nela, remando na direção da superfície. Abby largou o copo, que quicou e rolou, molhando sua calça com xixi quente.

— Quem disse que havia regras? — provocou Andras, rindo. — O que a fez achar que eu estaria preso às suas expectativas?

Gretchen bocejou, e uma barata rastejou para fora de sua boca, roçou as antenas nas suas narinas, subiu pelo seu rosto, pela sua têmpora, e desapareceu em seu cabelo. Ela deu um bocejo maior, e um enxame de baratas explodiu de sua boca, avançando em direções diferentes. Algumas subiram pela parede, de vez em quando perdendo a aderência e caindo no chão, outras desceram pelo colchão, e mais ainda envolveram seu rosto e corpo, entrando por sua camiseta, rastejando por dentro das pernas do short.

Abby correu para a cama e as espantou, afastando os insetos da barriga, das coxas e do peito da amiga o mais depressa possível. Andras fez com que Gretchen sorrisse e mastigasse. Ela triturou baratas, sua gosma amarela e cremosa se espremendo entre os dentes.

— Pare! — gritou Abby, expulsando baratas do rosto da garota. — Pare com isso!

Então o olho esquerdo de Gretchen se retorceu, e um verme avermelhado se esgueirou para fora de seu duto lacrimal, enroscando-se em seu nariz. Insetos vibravam, trepidavam, se retorciam, farfalhavam, sibilavam e se prendiam em Abby, fervilhando em torno de seus pés, agarrando-se a seus dedos e nas laterais da palma de suas mãos, subindo em grande quantidade por seus braços e pernas. Ela deu um pulo para trás, gritando, e bateu as costas contra a parede.

Andras começou a rir quando Abby saiu correndo do quarto chorando e balbuciando, tirando baratas do cabelo, espantando-as do corpo, disparando para o banheiro. Ela se chocou contra a porta e acendeu a luz, pronta para pular no chuveiro, então se olhou no espelho e paralisou.

Não havia insetos. Todos tinham desaparecido. Abby verificou até dentro da calça e da blusa, mas não achou um inseto sequer.

Ela voltou para o quarto, onde Andras a esperava. Também não havia insetos ali.

— Você acha que tem alguma chance? — perguntou ele. — Não vai sair disso viva.

Sem hesitar, Abby caminhou até a cômoda e pegou a Bíblia e o papel do irmão Lemon.

— Seu nome é Andras — começou ela, lendo as anotações do irmão Lemon. — Você tem um sorriso de fogo e olhos de trovão, e faz com que criados matem seus mestres e crianças matem seus pais. Você é o devorador de estrelas, o destruidor do tempo, a solução imprudente, a fenda que nunca pode ser fechada, aquele que propaga a fúria maldita.

— Então você ouviu falar de mim. E daí, porra?

— Você é um dos demônios mais poderosos do inferno — prosseguiu Abby, ignorando a interrupção. — Você começa guerras e mata milhões. Você é a bomba, o míssil MX, a nuvem de cogumelo que cobre o mundo.

— E você é apenas uma garotinha idiota! — gritou ele.

— E eu sou apenas uma garotinha idiota! — berrou Abby em resposta. — Mas não vou parar, porque você está com a minha melhor amiga, e eu vou resgatá-la! Está me ouvindo? Eu vou resgatá-la, e não há nada que você possa fazer, porque eu não vou parar, eu nunca vou parar, eu nunca vou desistir porque eu quero minha amiga de volta!

Enquanto ela gritava, Andras riu com uma voz que veio do fundo de Gretchen. Quando ele voltou a falar, usou duas línguas ao mesmo tempo. Uma era alemão, a outra algo muito mais antigo.

*"**Ich** Ils **werde** viv **dich** malpirgi **zu** salman **Tode** de **ficken** Donasdogamatatastos **wirst** ds du Acroodzi **sterben** bvsd, und bliorax **sterben** balit **und** Ds **sterben** insi **allein** caosg **schreien** lusdan **immer** pvrgel **und** Micalzo in chis **Angst** Satan **vor** od **Gott** fafen ist Zacare **tot** ca **Gott** od **sei** zamran **tot** Odo **ist** cicle **alles** qaa! **tot** Zorge **in dir meine schwarze Krallen** Zir ziehen noco! das Hoath **Herz** Satan in Bvfd **Stücke** lonsh **wie** londoh **faules** babage **Obst** Chirlan! **und** A **ich** bvsd **am** de **Fest***

*vovim **der** Ar **Schmerzen** i **aller** homtoh **gebrochenen** od **Stellen** gohed! in Irgil **dir** chis **alle** ds **Enttäuschungen** paaox **alles** i **Leben** bvsd **Sie** De caosgo **alle** ds **Leute**, chis **die** od ip Vran **Sie** teloah **verraten** cacrg iad gnai loncho"*

Abby caiu de joelhos, espalmando as mãos nas laterais da cabeça enquanto um fluido quente escorria de seus ouvidos. Então o som impossível parou, e restou apenas a voz de Gretchen, grunhindo em agonia, arfando e respirando com dificuldade.

— Me ajude... Ai, Deus, me ajude, Abby, me ajude...

Com grandes estalidos carnosos de cartilagem, as mãos de Gretchen começaram a se esticar. Abby pegou o papel e leu o mais alto que conseguiu.

— Demônio — recitou ela acima do som das juntas estalando —, eu lhe ordeno mais uma vez, eu ordeno que você, espírito impuro, diga-me a hora e o momento de sua partida...

Os braços de Gretchen estavam se esticando também. Os cotovelos se deslocaram, em seguida os ombros. Suas rótulas se soltaram quando as pernas começaram a se esticar. Seus dedos dos pés se deslocaram, um por um.

— O poder de Cristo o obriga! — gritou Abby, tentando parecer forte. — Deixe essa mulher! Vá embora!

Gretchen choramingava como o Bom Cachorro Max enquanto a palma de suas mãos se esticava até os joelhos, seus pés pendurados para fora da cama. Com um rasgo cartilaginoso, seu pescoço começou a alongar.

— A luz de Deus me cerca — leu Abby. — O amor de Deus me envolve. O poder de Deus me protege. A presença de Deus vela por mim. Quem quer que eu seja, Deus é. E tudo está bem. E tudo está bem. E tudo está bem.

— Faça isso parar, Abby — lamuriou Gretchen. — Pare... pare... pare...

Seu pescoço se esticou mais dois centímetros. Abby torceu para que fosse uma ilusão, como as baratas. Rezou para que fosse uma ilusão.

— Arg! — engasgou Gretchen quando suas cordas vocais se retesaram.

Um vento congelante começou a soprar pelo quarto, fedendo a esterco. A luz no teto minguou e ficou marrom, em seguida brilhou forte e piscou.

— Em nome e pela autoridade do Senhor Jesus Cristo! — gritou Abby na direção do vento. — Eu renuncio a todo o poder das trevas existente em Gretchen Lang. Eu prendo todos os espíritos malignos designados a Gretchen Lang e proíbo que você opere de qualquer jeito, Andras. O poder de Cristo o subjuga!

Gretchen gritou mais alto. Seu corpo se retraiu, e os membros voltaram para o lugar em uma balbúrdia de juntas estalando e cartilagem triturando. O vento frio ainda soprava. Abby segurou o papel aberto com ambas as mãos.

— Eu ordeno que você, espírito impuro, junto com todos os seus asseclas que atacam esta serva de Deus, pelos mistérios da encarnação, paixão, ressurreição e ascensão de Nosso Senhor Jesus Cristo, cesse seu ataque a esta filha de Deus e vá embora.

As paredes do quarto desabaram, o vento ficou mais forte, e Abby e Gretchen não estavam mais na casa de praia, mas sim em algum lugar antigo e morto. A distância, Abby viu um homem com a cabeça em chamas, seu crânio completamente engolfado no fogo que queimava sem consumir. Atrás de uma porta semiaberta, uma forma a observava, faminta por seu corpo.

Gretchen começou a tagarelar algo inteligível e a gritar.

— O poder de Cristo o subjuga! — tentou Abby.

— Pare! — gritou Gretchen mais alto que o vento. — Abby, ele não vai parar até você parar. Por favor!

— O poder de Cristo o subjuga, Andras! — berrou Abby. — Deixe essa garota em paz!

Os gritos de Gretchen foram interrompidos quando pontas de dedos emergiram de sua boca, coroadas com unhas sujas. A mão forçou caminho para fora de Gretchen, melada de saliva. Seus lábios eram impotentes para deter os nós dos dedos.

— Eu ordeno, espírito impuro! — exclamou Abby ao vento. — O poder de Cristo o subjuga!

O rosto de Gretchen estava tenso e esticado. Um pulso peludo seguiu a mão, depois um antebraço grosso. Os ombros de Gretchen se ergueram conforme, centímetro a centímetro, o braço peludo forçava sua saída, alargando cada vez mais seus lábios. As mandíbulas de Gretchen travaram em sua amplitude máxima, mas ele continuou a empurrar.

— Deixe essa garota! — gritou Abby. — O poder de Cristo o subjuga!

O braço continuava a sair, e a pele em torno da boca de Gretchen começava a rasgar. Gretchen soluçava e engasgava. O braço, exposto quase até o cotovelo, se dobrou, espalmou a mão sobre o peito de Gretchen e começou a se empurrar para fora, talhando o rosto da garota ao meio.

— Não consigo! — berrou Abby.

Ela sentiu toda a força se esvair de suas pernas.

— Não consigo. Desculpe, Gretchen, eu não consigo… Eu desisto, eu desisto, juro que desisto.

Ela caiu sentada e, no segundo em que atingiu o chão, o vento parou, a luz se estabilizou e o braço recuou para o interior de Gretchen que, finalmente, misericordiosamente, ficou imóvel. Fazia silêncio. O quarto voltou a ser um quarto, com paredes nuas, piso de madeira, cabeceira e cômoda de vime, e Abby arrastou o corpo alquebrado até a parede, onde desabou.

Derrotada.

As duas ficaram assim por um bom tempo. A respiração rouca de Gretchen, os ombros de Abby se agitando com soluços. Ela fracassara. Ela fracassara, e logo a polícia apareceria para buscá-la e não haveria mais chances. Estava acabado.

Depois de algum tempo, Abby percebeu uma respiração em sua orelha esquerda, muito perto, úmida e densa, acompanhada por um sussurro gutural que só ela podia ouvir. Era o som voraz do triunfo e da vitória, e as palavras poluíram seu cérebro, cobriram sua pele de sujeira e expulsaram seus pensamentos até que sua mente estivesse nadando em pus.

Mãos invisíveis a tocaram, deslizando de forma possessiva sobre seu corpo — mãos fortes e ossudas que puxavam seu cabelo, arrancavam as cascas de ferida em seu rosto. Humilhada, ela ergueu a cabeça e viu o corpo imóvel de Gretchen na cama; as mãos invisíveis a acariciavam também. As roupas de Gretchen se moviam enquanto as mãos passavam sobre seus seios e entre suas pernas, puxavam seu short, e a respiração no ouvido de Abby se tornou ávida.

Ela queria lutar, queria resistir, mas a centelha em seu interior estava morta. As duas pertenciam a Andras. Abby desistiu e deixou que as mãos fizessem o que desejassem. O sussurro em seu ouvido ficou mais sôfrego. Ela falhara. Não havia mais Abby, apenas um corpo a ser beliscado e apertado e esmagado e violado.

Foi quando a bateria começou, bem no fundo da mente de Abby. Muito, muito fundo — tão fundo que, no início, ela não a escutou acima dos sussurros obscenos. Mas então ela se fez presente, fraca, e algo no coração de Abby disparou. Dentro de seu crânio, um piano e uma guitarra tocavam, e seu coração começou a bater com o som de centenas de patins.

— … freedom people… — sussurrou ela com os lábios rachados.

As vozes sibilantes ficaram mais altas, raivosas e odiosas em seu ouvido. Algo deslizou sobre seus lábios. As mãos apertaram seus seios com tanta força que deixaram hematomas.

— Marching on their feet… — murmurou Abby. — Stallone time… just walking down the street…

As vozes pararam, só por um segundo, e a bateria ganhou força.

— We got the beat… — sussurrou Abby.

Em seguida, mais alto:

— We got the beat… we got the beat…

As vozes pararam. Os toques pararam, mas então retornaram com vingança, mais dolorosos, torcendo e punindo sua carne.

Abby espalmou uma das mãos na parede, acima da cabeça, e usou toda sua força para se levantar do chão. O planeta inteiro a pressionava para baixo, algo mais pesado que o universo a empurrava de volta, e ela sentiu um osso se partir no ombro esquerdo. Ainda assim, ergueu-se até ficar de pé, cambaleante. Em sua cabeça, as vozes sussurrantes foram abafadas pelas mesmas quatro palavras repetidas sem parar, o mesmo refrão sem sentido:

— We got the beat… we got the beat… we got the beat…

Abby deu um passo na direção da cama, e um vento soprou, cortando-a em fatias, a dor explodindo no ombro quebrado. Ela abaixou a cabeça e continuou caminhando na direção da cama, um pé na frente do outro. As mãos torceram e rasgaram sua carne, e um espeto invisível martelava entre seus olhos, mas ela seguiu em frente.

— Tommy Cox — disse. — Tommy Cox, defenda-me na batalha. Seja minha proteção contra a maldade e as armadilhas desse mundo. Que Tommy Cox e sua lata sagrada de Coca-Cola o repreendam, Satã, e a todas as suas obras, eu rezo em seu nome.

Ela chegou ao pé da cama, e o vento passou a uivar, empurrando-a para trás com tamanha violência que ela precisou se agarrar aos lençóis que prendiam os pés de Gretchen. Olhou para o corpo alquebrado, esfarrapado e ensanguentado de Gretchen, e viu as mãos invisíveis esfregando e sujando sua amiga. Ela falou em voz alta e clara:

— Pelo poder de Phil Collins, eu o repreendo! Pelo poder de Phil Collins, que sabe que é muito improvável que você volte para mim, em seu nome eu ordeno que você deixe em paz essa serva do Genesis.

O vento estava gritando, e a casa balançou quando o baú de vime voou na parede do fundo. Abby se segurou aos pés de Gretchen com uma das mãos e continuou a recitar:

— Pelo poder de *Pássaros feridos* — gritou ela. — Pela força sagrada de *Minha doce Audrina* e *O primeiro amor*… Eu o renego e o repreendo, Andras. Pelos poderes de aparelhos perdidos, Jamaica, trancinhas afro malfeitas, vaga-lumes e Madonna, por todas essas coisas eu o repreendo.

A cabeceira de vime foi arrancada pelo vento e voou na direção de Abby, raspando na lateral de sua cabeça antes de atingir a parede. Sangue escorreu de sua orelha cortada. O vento gritava.

— Pelos mistérios e poder do Bom Cachorro Max, do E.T., o extra-terrível, e de Geraldine Ferraro, a primeira vice-presidenta de todos os tempos, por *Eye of the Tiger*, pelo grito de amor do coala, pela paixão e redenção de Bad Mamma Jama, que sempre vai ter janta no forno. Em nome de Glee, e Margaret, e Lanie Ott, eu ordeno que você vá embora. Pelo poder do Sujinho e em nome das Go-Go's, eu o forço a sair!

O vento sacudia o quarto, as paredes chacoalhavam, a cama vibrava. Gretchen estava deitada sem forças, tremendo como se não tivesse ossos.

— Eu te amo — gritou Abby para a tempestade. — Eu te amo, Gretchen Lang. Você é meu reflexo e minha sombra, e eu não vou deixar que se vá. Nós estamos unidas para sempre! Até a volta do cometa Halley. Eu te amo muito e te amo loucamente, e nenhum demônio é maior do que isso! Eu jogo minha pedrinha, e seu nome é Gretchen Lang, e em nome de nosso amor, VÁ EMBORA!!!

Tudo parou. O vento, a tempestade, as vozes, as mãos. Então Gretchen se levantou de repente, se sentou ereta na cama, abriu os olhos e soltou um grito que vinha segurando desde o nascimento, um grito feito de tudo que já a machucara na vida, um grito tão estridente e tão alto que as paredes se partiram, o teto rachou e lascas de tinta choveram enquanto Abby se segurava à cama. Um fluido horrendo jorrou da boca de Gretchen, e lágrimas pretas se derramaram de seus olhos.

Por toda Charleston, telefones começaram a tocar, e o grito de Gretchen se tornou insuportável. Abby sentiu uma tempestade de ideias malignas passar por ela: homens de olhos vazios parados atrás das grades, cúpulas de abajur humanas, a dor nos olhos do Bom Cachorro Max por não entender o que estava acontecendo, Gretchen cambaleando nua para fora do abrigo, a sra. Lang batendo na filha, o cheiro do quarto de Margaret, o silêncio em mesas de jantar, Glee gritando e se debatendo enquanto era carregada da torre do sino, homens rindo e cortando a língua de uma mulher, removendo seu coração, enterrando-a viva em um túmulo sem identificação — havia muitas imagens, e elas machucavam bastante, e Abby sentiu tudo... Até que terminou.

O quarto estava um caos. O ombro de Abby latejava. Gretchen estava deitada no colchão, coberta de poeira de tinta do teto, a cabeça virada para um lado, imóvel. Então seu peito se ergueu enquanto ela inspirava, e baixou quando ela emitiu um ronco delicado. Abby percebeu que ela estava dormindo.

E sorrindo.

Abby afastou a mão da cama e cambaleou para fora do quarto com pernas rígidas como madeira, em seguida se encolheu. A luz do sol plena inundou a casa, e o oceano reluziu pelas janelas. Elas tinham passado a noite inteira ali. Abby ouviu vozes abafadas ao longe, se virou para a frente da casa e ouviu uma porta de carro bater. Foi mancando até a janela.

Três carros de polícia tinham parado no jardim, assim como o Mercedes do sr. Lang, e todos saíam dos carros. Então o pai de Gretchen viu Abby e apontou, e os policiais correram na direção da casa.

Abby caminhou com dificuldade para o quarto de hóspedes.

— Gretchen! — murmurou ela. — Gretchen! Eles estão chegando!

Ela se ajoelhou ao lado da cama, cortando os lençóis dos pulsos de Gretchen, que acordava. Ela olhou para Abby e sorriu, e era sua amiga novamente.

— Abby?

Pés pesados subiam correndo a escada de madeira que levava à casa, fazendo tudo tremer.

— Gretchen — disse Abby, cortando o último nó e rasgando os lençóis.

— Eu ouvia você — falou Gretchen. — Você era a única coisa que eu conseguia ouvir, e eu estava me afogando, e você estendeu a mão e me puxou para fora.

Alguém chutou a porta da frente, e eles entraram na casa, seus sapatos produzindo estrondos pelo chão, sacudindo as paredes a caminho do quarto, gritando.

— Eu te amo — disse Abby.

Ela abraçou Gretchen, que retribuiu o gesto.

— E Max? — sussurrou Gretchen na sua orelha. — O que eu fiz com Max?

— Não foi você. Max sabe que não foi você.

Era isso o que Abby dizia quando braços a agarraram por trás e a puxaram para longe. Ela estava se debatendo no ar, e Gretchen a segurou o máximo que pôde. Mas então os policiais afastaram seus braços, e Gretchen gritou e estendeu as mãos na direção da amiga.

— Abby! — gritou enquanto era abraçada pela mãe.

— Tire-a daqui — ordenou uma voz grave.

A casa de praia dos Lang estava cheia de homens em uniforme azul.

— Tire-a daqui agora!

— Gretchen! — exclamou Abby, estendendo as mãos.

Abby foi puxada para fora do quarto de costas, a polícia se pôs entre elas, o sr. e a sra. Lang estavam ali, e a última coisa que Abby viu foi Gretchen tentando alcançá-la por cima dos ombros da mãe. Então eles a tiraram da casa, desceram a escada no frio e a jogaram na traseira de uma viatura. O motor foi ligado, e a casa de praia começou a desaparecer às suas costas.

Um grito baixo soou:

— Abby!

Ela se virou no assento, pressionou o rosto contra a janela traseira e viu que Gretchen tinha escapado. Ela estava descendo a escada da frente e atravessando o jardim, e todos tentavam pegá-la, mas ela corria pela rua com pés descalços ensanguentados, o short e a camiseta imunda, uma expressão abatida de tristeza enquanto gritava uma última vez:

— Abby!

Ela apertou a mão ilesa contra a janela traseira, e o carro ganhou velocidade, levando-a embora mais rápido, e ela não conseguia mais ver Gretchen. Não podia ver sua melhor amiga, seu reflexo, seu espelho, sua sombra, a si mesma.

— Gretchen — sussurrou Abby.

Ela desaparecera.

Eles disseram que o tribunal seria fechado, mas para Abby daria no mesmo se acontecesse no meio da Marion Square: havia dois advogados representando os Lang, dois agentes da polícia estadual, o procurador da cidade e seu assistente, dois meirinhos, o repórter do tribunal e um psicólogo consultor especializado em satanismo e crimes rituais. A única pessoa que não se encontrava no local era Gretchen.

    Abby estava sentada no banco de madeira duro que cheirava a lustra-móveis. Com o ombro doendo, o braço em uma tipoia e pontos na orelha, escutava o juiz acabar com seus pais. Eles eram inadequados, irresponsáveis e deviam sentir vergonha de si mesmos. E eles sentiam. A mãe de Abby arrumara o cabelo como se estivesse indo a uma festa, o que deixou Abby extremamente triste, e mordia o interior da bochecha em silêncio. O pai esfregava as coxas com os olhos cintilantes. Os Lang foram chamados, e Abby foi mandada para o corredor com uma policial estadual. Mas pôde ouvir cada palavra gritada, mesmo através da porta fechada: do juiz, dos advogados, dos Lang, mas nunca de seus pais. Eles só ficaram sentados escutando.

    — Parece que está uma loucura lá dentro, não é? — disse a policial.

    A audiência do juizado especial para menores aconteceu uma semana depois que Abby e Gretchen foram encontradas na casa de praia. Abby quis fugir para ver Gretchen e se certificar de que o exorcismo funcionara, mas seu pai pregara sua janela e instalara um cadeado em sua porta. Quando queria ir ao banheiro, ela tocava uma campainha, e sua mãe esperava do lado de fora com a porta aberta.

Um investigador da polícia estadual foi à sua casa, sentou-se na sala de estar e fez perguntas a Abby: como elas chegaram à casa de praia? Onde ela arranjou o GHB? Quem mais estava envolvido? Ele fingiu preocupação, fingiu que agia pensando no bem dela, mas Abby se lembrava do que acontecera ao tentar contar a verdade ao Major, ao padre Morgan e aos Lang, e não disse uma palavra. Depois de meia hora de silêncio, ele parou de se fazer de amigo. Chamou os pais dela de lado e, falando alto o suficiente para Abby ouvir, explicou como seu futuro seria arruinado se não começasse a cooperar.

"Tarde demais", pensou Abby.

Quando finalmente deixaram que Abby voltasse ao tribunal, seus pais pareciam arrasados. Abby achou que o juiz a deixaria dizer alguma coisa, mas logo ficou claro que ninguém esperava que ela se pronunciasse. Eles tomariam todas as decisões sobre sua vida e não lhe dariam uma oportunidade para opinar.

O advogado dos Lang falava sobre uma unidade de tratamento para adolescentes de risco em Delaware, sobre medida protetiva, sobre quantos anos Abby seria obrigada a viver sob custódia, quando um homem que parecia um contador entrou e sussurrou no ouvido do juiz, que convocou uma pequena reunião em sua sala com todos, exceto a família Rivers. Abby estava sentada ao lado dos pais, entorpecida e fria, no tribunal vazio, exceto por eles três e um meirinho, esperando que o restante voltasse e a enviasse para o norte, e seu ombro doía, sua orelha latejava, mas ela estava satisfeita por pelo menos ainda poder sentir algo.

O juiz voltou e informou que uma pessoa precisava dar seu testemunho, e o advogado dos Lang pareceu exasperado e fez um grande teatro batendo seu bloco de anotações sobre a mesa. A mãe de Gretchen estava chorando, o maxilar do sr. Lang estava cerrado, e alguns minutos depois as portas se abriram, e o exorcista entrou conduzido por três policiais. Ele não olhava Abby nos olhos. Ela sentiu tudo acabar. Ele contaria a todos sobre Andras, e sobre como Abby o procurara e os dois planejaram aquilo, e ela ia parecer louca. Eles iam botá-la sob o efeito de drogas. Iam mandá--la para Southern Pines. O irmão Lemon ia piorar muito a situação.

Mas então o exorcista salvou sua vida.

Ele confessou tudo. Afirmou que Abby estava na casa de praia tentando salvar Gretchen. Que a forçara a roubar o feto para seus próprios rituais satânicos. Que raptara Gretchen. Que atirara em Max. Comprara álcool para menores. Coagira Abby a participar da coisa toda. Ela estivera sob sua influência. Ele era um acólito de Satã e estava fora de controle.

Houve uma reunião em frente à tribuna do juiz com todos, exceto Abby, então tudo acabou. Eles tiveram que mandar uma pessoa buscar algemas do tamanho do exorcista.

Quando Abby e os pais chegaram em casa, alguém havia quebrado duas de suas janelas e pichado "Assassina de bebês" na porta da frente. O nome da garota não aparecera nos jornais, mas todos sabiam o que ela fizera. Uma semana depois, a mãe informou que eles iriam se mudar para Nova Jersey. Havia demanda de enfermeiras por lá. O pai vendeu o Sujinho sem sequer contar a Abby que pusera um anúncio no jornal. Então Charleston desapareceu, como se nunca tivesse existido.

Eles arranjaram um terapeuta para a filha em Nova Jersey, mas Abby se recusava a falar com ele. Sabia que, quanto mais tempo permanecesse calada, mais preocuparia todo mundo, mas de que adiantaria falar? Nada que ela dissesse mudaria o que acontecera. Eles jantaram na única cabine reservada de um restaurante chinês na noite de Natal, e ela dormiu durante a virada do Ano-Novo. Janeiro chegou. Era a primeira vez que Abby via neve. Seus pais conseguiram alugar uma casa em um condomínio e venderam a deles com prejuízo. Abby pensou em ligar para Gretchen. Queria saber se sua vida voltara ao normal, queria saber se ela estava bem, se alguma coisa boa tinha resultado de tudo aquilo, mas estava proibida de entrar em contato com os Lang, por isso não falava com ninguém, e todo dia era igual ao anterior.

Fevereiro. Quanto mais tempo Abby passava sem falar, mais fácil se tornava o silêncio. Tentou escrever uma carta para Gretchen, mas pareceu insignificante e falsa. Mandou uma carta para Glee e outra para Margaret; as duas voltaram marcadas com "Devolver ao remetente". Foi à biblioteca e leu os jornais de Charleston. O caso contra o exorcista estava desmoronando porque ninguém queria testemunhar. Ninguém conseguia localizar Glee e a família, e os pais de Gretchen só queriam que tudo acabasse. Ele estava na cadeia, mas em algum momento a polícia precisaria decidir o que fazer com ele.

Os pais de Abby estavam ansiosos para recomeçar. Matricularam Abby na escola Cherry Hill West. Ela poderia terminar o primeiro ano durante as férias de verão e começar o segundo no outono.

— Sei que você é inteligente o bastante para isso — disse sua mãe quando eles chegaram em casa.

Abby não respondeu.

Seu pai e sua mãe trabalhavam fora. O pai arranjara um emprego no departamento de jardinagem do Wal-Mart, e sua mãe, em um retiro para idosos. Todo dia, saíam e deixavam Abby sozinha. Falaram sobre mandá-la a um novo terapeuta, mas estavam tão ocupados reconstruindo suas vidas que nunca chegaram a fazer isso.

Abby tinha tarefas diárias para recuperar as matérias a tempo da escola de verão, mas elas não exigiam muito tempo. Havia uma vizinha que se assegurava que ela nunca saísse de casa, por isso Abby passava a maior parte do tempo assistindo à TV. Antes do meio-dia, havia os game-shows *Family Feud*, *Roda da fortuna* e *O preço certo*. À tarde, ela se distraía com as novelas *All My Children*, *The Bold and the Beautiful*, *Santa Barbara* e *Another World*. Mas, cada vez com mais frequência, ela perdia *O preço certo* e só saía da cama a tempo dos programas vespertinos.

Em uma manhã de março, ela estava deitada olhando para o teto e tentando não pensar em nada quando uma buzina soou do lado de fora. Ela a ouviu tocar uma, depois duas, então três vezes. Abby a ignorou, mas a buzina não parava de soar, penetrando em seu cérebro, *biiip biiiiiiiip biiiiiiiiiiiiiiip*, recusando-se a deixá-la em paz. Finalmente, Abby andou pesadamente até a sala de estar e se ajoelhou no sofá para olhar pela janela e descobrir quem diabos estava ali fora. Seu coração deu um pequeno pulo.

O volvo branco da sra. Lang estava parado em frente à casa.

Nuvens densas de escapamento saíam do cano de descarga gotejante, e o sol nascente atingia suas janelas embaçadas e as deixava douradas. Em transe, Abby vestiu o casaco, calçou um par de tênis e abriu a porta da frente, esperando que o carro tivesse desaparecido.

Ele continuava lá. Ela desceu a calçada, arrastando pés dormentes. Quanto mais se aproximava, mais real ele se tornava. Ela ouviu seu motor ligado. Viu uma forma vaga atrás do volante. Sentiu a maçaneta gelada sob os dedos. Ouviu o ruído da porta se abrindo. Ar quente emanou do interior do veículo, e ela sentiu cheiro de hibiscos e rosas.

— Ei! — disse Gretchen. — Quer uma carona?

Abby não conseguiu encaixar as peças.

— Você sempre me levava para todos os lugares — continuou a amiga. — Achei que estava na hora de retribuir o favor.

Às suas costas, a porta de uma casa se abriu.

— Abby? — chamou a sra. Momier, sua vizinha.

Ela estava na varanda da frente, com os braços em torno do corpo e uma expressão preocupada.

— Você não deveria sair de casa.

— Vamos — chamou Gretchen. — Eu sou procurada em, tipo, pelo menos dois estados a essa altura. Entre.

Abby sentou no banco do Volvo e bateu a porta. Os aquecedores estavam fortes, ressecando e esticando a pele de seu rosto. Gretchen arranhou o câmbio quando trocou de ponto-morto para primeira, e o Volvo estremeceu e sacolejou, emanando um cheiro de óleo de motor queimado enquanto ela pegava a rua e triturava a segunda marcha.

— Eu liguei, mas eles não deixaram você atender — explicou Gretchen. — Escrevi, mas nunca recebi resposta. Não aguentava mais esperar, por isso peguei emprestado o carro da minha mãe e aqui estou.

Abby olhou para a amiga. Seu rosto estava oleoso, e uma espinha crescia ao lado de seu nariz. Seu cabelo estava eriçado atrás, e o carro cheirava como se ela tivesse dormido dentro dele. Mas seus olhos estavam límpidos, e seu queixo erguido quando girou o volante para a esquerda e saiu do estacionamento do condomínio.

— Não sei muito bem quanto tempo nós temos — continuou Gretchen. — Eu telefonei da estrada para avisar que estou bem, mas tenho certeza de que meus pais estão surtados. Porque, quando digo que peguei emprestado o carro da minha mãe, acho que o termo técnico é que eu o roubei.

Ela entrou no estacionamento de uma Blockbuster e parou o Volvo com um solavanco. O motor engasgou e morreu enquanto ela estacionava em uma vaga. Gretchen puxou o freio de mão, então se virou no assento e olhou para Abby.

— Outra pessoa estava vivendo minha vida — falou Gretchen. — E a única coisa que eu podia fazer era assistir. Eu me vi embebedando meus amigos, mentindo para eles, transando com Wallace e envenenando Margaret, e não me lembro de nada além de alguns vislumbres.

Um funcionário da Blockbuster com uma camisa azul e dourada passou por elas para destrancar a loja e lhes lançou um olhar entediado pelo para-brisa.

— Eu acordava e não tinha ideia de onde estava nem de como chegara ali — prosseguiu. — De onde vinham os cortes e hematomas. Eu me lembro do seu rosto, e de passar alguma coisa nele, e me lembro de ouvir você chorar e de me sentir infeliz, e me lembro do Bom Cachorro Max...

A voz de Gretchen vacilou antes de continuar:

— Durante todo o inverno, depois de voltar da casa de praia, tudo foi muito sofrido, e eu sentia como se nunca fosse melhorar. Havia algo de errado dentro de mim. Eu estava vazia, envergonhada e sabia que fora arruinada de um jeito que nunca poderia ser consertado. Precisava apertar o botão de reset e começar do zero. Por isso, alguns dias antes do Natal, entrei no quarto de meus pais, peguei a arma do meu pai e a carreguei comigo durante o dia inteiro até que ficasse quente. Aprendi a abrir e fechar a trava de segurança e a colocar as balas e puxar o cão para trás. Então fiquei sentada na minha cama por muito tempo, até não conseguir pensar em nenhuma razão para não fazer aquilo, sabe?

Abby estava imóvel. Do lado de fora, um cliente chegou e jogou fitas de vídeo na fenda para devolução da locadora, fazendo com que elas descessem pela canaleta de forma barulhenta.

— Eu a botei na boca — disse Gretchen. — Tinha gosto de veneno, e eu estava morrendo de medo e precisava muito fazer xixi, mas mantive o dedo no gatilho e pude sentir exatamente de quanta pressão eu precisaria para deixar de me sentir daquele jeito o tempo inteiro. Aí me dei conta de que você acharia que eu tomei essa decisão por sua causa, porque você sempre acha que tudo é sua culpa, e eu sabia que precisava explicar que estava puxando o gatilho porque eu era uma fodida, não por nada que você tivesse feito. Por isso decidi escrever um bilhete dizendo que não era sua culpa, e o bilhete se transformou em uma carta, e em algum ponto entre as páginas cinco e oito, eu perdi a vontade de me matar.

Gretchen enfiou as mãos nas de Abby. Estavam quentes e úmidas.

— Você sempre me resgata, e eu não sei por quê. Mas todo dia eu digo a mim mesma que minha vida deve valer alguma coisa, porque você sempre me salva. Eles não podem nos manter separadas. Não me importa o que aconteça. Você nunca parou de tentar me salvar. Eu amo você, Abby. Você é minha melhor amiga, meu espelho, meu reflexo, eu mesma, e é tudo o que eu amo e odeio, e nunca vou desistir de você.

Atrás delas, um carro de polícia passou devagar. Gretchen parou de falar enquanto o observava.

— Você se lembra do quarto ano? — perguntou Abby.

As palavras pareceram estranhas em sua boca.

— Da minha festa de aniversário no Redwing Rollerway?

Gretchen pensou por um minuto e disse:

— Minha mãe me obrigou a dar uma Bíblia de presente para você.

— Ninguém apareceu — falou Abby. — Eu me senti muito humilhada. Aí você chegou no último minuto e salvou o dia.

O policial passou de novo, e dessa vez parou atrás delas, com o motor ligado.

— O que aconteceu na casa de praia? — perguntou Abby. — Tudo me parece muito real, mas todo mundo insiste em afirmar que eu inventei. Preciso saber se aquilo aconteceu de verdade ou se foi só imaginação.

Gretchen pôs uma das mãos em cada bochecha de Abby e a puxou para perto até que tocassem as testas.

— Não foi imaginação — disse Gretchen. — Eu preciso que me conte tudo. Você é a única pessoa de quem eu posso ouvir isso sem enlouquecer. Preciso saber de tudo.

Abby começou a falar. Ainda estava falando quando uma segunda viatura apareceu, e não parou quando puseram as duas no banco de trás. Ela continuou a contar enquanto esperavam que sua mãe chegasse à delegacia, e ainda não terminara na hora em que chegaram em casa.

Depois de uma breve discussão, a mãe de Abby ligou para os pais de Gretchen, e o sr. Lang comprou uma passagem de avião para o dia seguinte. As duas dormiram no quarto de Abby e conversaram a noite inteira.

Elas pararam por um instante quando o sr. Lang chegou na manhã seguinte, exausto, e começou um sermão sobre o que aconteceria com Gretchen e Abby se dependesse dele. O sr. Rivers esperou até que ele terminasse de desabafar e disse:

— Acho que já houve problemas suficientes, Pony. Por que não paramos por aqui? Deixe que as garotas troquem cartas. Se elas puderem pagar a conta, deixe que se telefonem. Não vê que isso está acabando com elas por dentro?

Abby e Gretchen continuaram a conversar por todo o caminho até o aeroporto, então Abby foi para casa e escreveu uma carta para Gretchen, e nessa noite, às 23h06, seu telefone tocou. Elas continuaram a telefonar, a escrever cartas e a gravar fitas uma para a outra, cujas capas eram desenhadas com canetas prateadas e douradas, ou enfeitadas com papel de embrulho, gravando mensagens entre as músicas, enviando o anuário de suas escolas para a outra assinar, mandando rolos de papel higiênico com selos na embalagem para descobrir se os correios os entregariam (entregaram), trocando cartões de aniversário gigantes, colagens, doces estranhos, sprays de espuma artificial, chaveiros ridículos, cartões de pêsames inapropriados e sem nenhuma razão, e Abby mandava para Gretchen um cartão-postal cafona sempre que o time de vôlei da Cherry Hill West jogava fora da cidade.

Elas continuaram a se falar por anos.

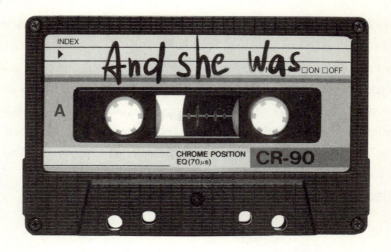

O exorcista acabou passando oito meses na cadeia, mas, como ninguém apareceu para testemunhar, jogaram um monte de acusações menores na ficha dele e reduziram sua sentença ao tempo que ele ficara preso. Foi solto e desapareceu. Abby sempre quis lhe escrever uma carta. Começou algumas, mas nunca soube para onde mandá-las, e depois de algum tempo a vida seguiu seu rumo, como sempre, e o outono de 1988 começou a esmaecer.

No início, eram coisas pequenas. Abby perdeu um telefonema porque tinha um jogo fora da cidade. Aí Gretchen não respondeu uma carta e nunca fez nada para compensar. Elas ficaram ocupadas com os exames do vestibular e as inscrições em faculdades, e, embora ambas tivessem tentado uma vaga em Georgetown, Gretchen não foi aceita, e Abby acabou indo para a George Washington.

Na faculdade, elas iam para os laboratórios de computação e mandavam e-mails uma para a outra, sentadas em frente a telas pretas e verdes e digitando uma letra de cada vez. Ainda escreviam, mas os telefonemas se tornaram semanais. Gretchen foi madrinha no pequeno casamento civil de Abby, mas às vezes as duas passavam um mês sem se falar.

Depois dois meses.

Depois três.

Havia períodos em que ambas se esforçavam para escrever mais, mas depois de algum tempo isso passava. Não era nada sério, era apenas a vida. Os recitais de dança, a conta do aluguel, os primeiros empregos de verdade, as caronas, as brigas que pareciam tão importantes, a roupa para lavar, as promoções, as férias, os sapatos comprados, os filmes assistidos, os almoços embalados. A neblina do cotidiano turvava as coisas essenciais e as fazia parecer distantes e pequenas.

Abby só voltou a Charleston uma vez. No ano em que conseguiu seu primeiro emprego de verdade, ela recebeu o telefonema que todo mundo recebe duas vezes na vida. Botou um vestido na mala, dirigiu até Nova Jersey, sentou-se na igreja, ficou de pé no cemitério e desejou sentir algo além de cansaço.

O plano era passar alguns dias com o pai, mas na primeira noite ela despertou de um sonho do qual não conseguia se lembrar e soube que precisava visitar Charleston outra vez. Comprou uma passagem antes mesmo que seu pai saísse da cama.

Foi só quando estava se registrando no Hotel Omni do centro (agora chamado de Charleston Place) que percebeu por que voara até ali. Precisou apenas de alguns telefonemas antes de parar o carro alugado diante da entrada de visitantes do Lar Franke e de uma garota alegre lhe informar que ele estava dando uma aula de tai chi no Centro de Bem-Estar. Abby foi até lá, olhou pela janela e esperou o exorcista terminar de ensinar a pose de repelir o macaco aos idosos com oitenta e tantos anos que enchiam a sala.

Depois da aula, ele ajudou seus alunos mais velhos a se levantarem, então parou na frente de Abby pela primeira vez em mais de dez anos. Parecia o mesmo, só que ganhara uma barriguinha e usava um boné de beisebol para esconder a careca. Vestia calças largas e uma regata.

Abby se adiantou e estendeu a mão.

— Oi, Chris. Não sei se você se lembra de mim.

Ele estendeu a mão por reflexo, mas estava claro que não lembrava.

— Eu dei aula para um de seus pais?

— Sou Abby Rivers — explicou ela. — Vim para me desculpar por destruir sua vida.

O irmão Lemon pareceu confuso por um minuto e, quando ela estava prestes a lhe refrescar a memória, ele se lembrou.

— Eu era a...

— Garota do exorcismo — concluiu ele.

Os dois assentiram. Abby esperava que ele fosse embora com raiva, a repreendesse, largasse sua mão e desaparecesse.

— Venha — chamou ele. — Tenho um intervalo antes da aula de hidroginástica de baixo impacto às quatro horas. Vamos tomar um smoothie.

Logo ela estava sentada no Tasti Bites and Blends enquanto o exorcista bebia um Suco Dragão Verde grande com dose dupla de gérmen de trigo e ela dava golinhos em uma garrafa d'água.

— Eu vim agradecer — disse Abby. — Pelo que você fez. Por ter se apresentado no tribunal. Você não sabe como foi no momento certo. Eles estavam prestes a me mandar para Southern Pines.

— Seus pais não deixariam isso acontecer. De qualquer forma, era a coisa certa a fazer. Como está sua amiga?

— Gretchen. Ela está bem. Aquilo... funcionou. Não do jeito que eu pensava, mas funcionou.

— Que bom.

O exorcista sugou seu canudo com força.

— Mas não acho que você vá ficar muito feliz — falou Abby, preenchendo o silêncio. — Ela não vai à igreja nem nada. Na verdade, eu também não.

— Quem liga para onde você passa as manhãs de domingo? — O irmão Lemon sorriu. — Eu tentei visitar você depois que fui solto, mas fiquei sabendo que tinha se mudado. E, com tudo o que aconteceu, não parecia uma boa ideia mandar uma carta. Mas é uma bênção reencontrar você. Ver que seguiu em frente, cresceu. Onde está morando?

— Nova York.

— Meu amor adora a Broadway — disse ele. — Vimos *O fantasma da ópera* quando passou por aqui, e *O rei leão*. São só companhias itinerantes, mas muito boas mesmo assim. Ainda estamos esperando por *Mamma Mia!* Você viu?

— A música é ótima — respondeu Abby, sem saber ao certo por que estava conversando sobre o ABBA com Chris Lemon.

— Bom... Talvez Barbara e eu viajemos até lá um dia.

— Eu sinto muito. Sinto muito mesmo que você tenha sido preso. Desculpe por nunca ter agradecido.

O irmão Lemon a encarou por um instante, em seguida baixou a cabeça, deu um gole longo e triste em seu smoothie e voltou a erguer o rosto.

— Na verdade, é uma bênção ver você de novo, porque eu lhe devo desculpas — disse ele. — Me desculpe pelo que eu fiz, pelo que falei, pela forma como agi, pelas minhas escolhas... Sinto muito por tudo isso. Eu penso sobre nós naquela casa e em como perdi o controle e machuquei a sua amiga. Treinei por dois anos para chegar em terceiro lugar no concurso Músculos Perfeitos de Myrtle Beach e nem consigo me lembrar da música que estava tocando durante a minha apresentação. Mas fecho os olhos e me recordo exatamente da sensação de ficar sobre a cama jogando sal naquela garota como se eu fosse um machão, achando que era um veículo da ira de Deus. Os seis meses que passei no centro de detenção do xerife Al Cannon não foram moleza, mas serviram como minha expiação por ser possuído pelos demônios do orgulho, da vaidade e do egoísmo. E, ao ver você agora, sei que fiz a coisa certa.

— Como aquilo aconteceu? Eu sou uma garota legal, você gosta de musicais, Gretchen cuidava do clube de reciclagem da escola. Como fomos parar naquele quarto? Como acabamos quase matando uns aos outros? Como isso aconteceu?

— Honestamente, não sei. Mas o que sei é que não escolhemos nossas vidas. Tenho hidroginástica em quinze minutos; deixe-me lhe dar uma carona até seu carro.

Eles entraram na picape e, durante o caminho de volta, ele começou uma conversa banal sobre Nova York, e Abby deu respostas banais. Quando estavam se despedindo no estacionamento do Lar Franke, Abby tentou uma última vez.

— Você não me odeia? Por fazer com que você fosse preso?
— Se você me perdoar, eu perdoo você — respondeu ele.
— Só isso? É meio... frustrante. Eu esperava que você fosse gritar comigo ou algo assim.

O irmão Lemon se aproximou, sua sombra bloqueando o sol.

— Abby, não foi coincidência que meus irmãos e eu tenhamos nos apresentado na sua escola. Não é coincidência que você e Gretchen se amem. E não foi coincidência o momento que meu pai e eu escolhemos para que eu me entregasse no tribunal. O diabo é barulhento, impetuoso e cheio de teatro. Mas Deus é como um pardal.

Eles ficaram parados por um minuto sob o sol do início da tarde.

— Vá para casa, agora — disse o irmão Lemon. — Eles reduzem meu salário se um dos alunos se afoga. Vejo você em Nova York qualquer dia.

Abby o observou ir embora, e quando se virou viu um Golf marrom estacionado no fim da fileira de carros. Seu coração não saltou de felicidade, ela não gritou de empolgação, só teve um pensamento prático: "O pobre do Sujinho precisa de um banho."

Então a luz do sol se refletiu no espelho retrovisor de um carro e ela notou que não era o Sujinho, apenas o Subaru de alguém. Nunca contou a Gretchen sobre a viagem.

Abby e Gretchen ainda mantiveram contato, mas por telefonemas e cartas, depois cartões-postais e mensagens de voz, e finalmente e-mails e likes no Facebook. Não houve brigas, nenhuma grande tragédia, só cem mil momentos triviais que elas não compartilharam; cada um foi criando um centímetro de distância entre elas e, com o tempo, somavam quilômetros.

Mas havia momentos em que elas não tinham tempo para distância. Quando o pai de Gretchen teve um derrame e ela recebeu um telefonema a chamando para Nova Jersey. Quando a filha de Abby nasceu e ela lhe deu o nome Mary em homenagem à sua mãe, e o pai de Abby e Gretchen eram as duas únicas pessoas que sabiam que qualquer que fosse a guerra que Abby e a mãe tenham travado finalmente terminara em rendição. Quando Gretchen fez sua primeira apresentação solo. Quando Glee reapareceu em suas vidas e as coisas ficaram confusas por um tempo. Quando Abby pediu o divórcio. Quando essas coisas aconteciam, elas descobriam que, embora aqueles centímetros pudessem somar quilômetros, às vezes eles não passavam de centímetros, afinal.

Depois do divórcio de Abby, por mais que ela tentasse segurar a barra, tudo continuava a desmoronar. Mary não dormia e não parava de puxar o cabelo, e Abby não conseguia impedi-la. Em meio a tudo isso, Gretchen apareceu na sua porta algumas semanas antes do Natal e se mudou para sua casa. Isso não resolveu tudo, mas agora elas eram duas, e Abby achou melhor ser infeliz juntas que sozinha.

Na véspera de Natal, depois de Mary gritar até dormir outra vez, Gretchen serviu vinho em copos de água para as duas, e elas ficaram na sala sentindo-se arrasadas, sabendo que precisavam embrulhar os presentes de Mary, mas sem energia para se mexer.

— Espero que você não leve para o lado pessoal — disse Gretchen depois de algum tempo —, mas eu odeio sua filha.

Abby estava exausta demais até para virar a cabeça.

— Você chama a polícia se eu matá-la?

— Eu estava guardando uma coisa para você — falou Gretchen.

Abby ficou sentada observando as luzes da árvore de Natal enquanto sua amiga ia até a cozinha e voltava com uma lata de Coca e dois copos.

— Você a deixou na bolsa de ginástica — explicou. — Aquele dia, na casa de praia. Meus pais jogaram fora, mas eu a resgatei no lixo. É a que Tommy Cox te deu, não é?

Os olhos de Abby se focaram na lata vermelha e branca, coberta de condensação congelada, sobre a mesa de centro; um artefato de um antigo naufrágio trazido pelas ondas.

— Não acredito — disse Abby. — Você guardou?

— Feliz Natal.

Gretchen abriu a lata, que soltou um chiado forte, e a serviu em dois copos. Ergueu o seu em um brinde:

— A 1982.

Abby pegou seu copo, e elas fizeram tim-tim. Ficou um pouco decepcionada quando deu um gole. Esperava sentir um sabor mágico, mas só tinha gosto de Coca-Cola.

— Às vezes eu me pergunto o que nos mantém juntas — comentou Gretchen, olhando para o copo com uma expressão pensativa. — Você também? Tipo, quando a vida ficou difícil, houve épocas em que praticamente não conversamos, e eu sempre me perguntei por que continuávamos a insistir.

Abby deu um gole longo. Não queria dizer nada, mas tinha pensado a mesma coisa.

— Acho que, para mim, é o Max — acrescentou Gretchen.

Seu comentário surpreendeu Abby.

— O cachorro? O Bom Cachorro Max?

— Pensar em Max ainda é o que mais dói. Isso não é louco? Ele era só um cachorro e nem era muito inteligente… Eu já fiquei noiva, quase tive um bebê, amigos meus morreram, e, nas poucas vezes em que me encontrei com Margaret, ela deixou bem claro que nós nunca faremos as pazes. Mas eu tenho sonhos com Max, e você é a única pessoa que sabe que não fui eu. Todo mundo acha que eu matei meu cachorro, até meus pais, e a única pessoa que sabe que eu não fiz isso é você.

Abby pensou por um momento, então disse:

— É por isso que eu não volto a Charleston. Todo mundo se lembra de mim como a adoradora do diabo que roubou o feto da faculdade de medicina. Eu nunca contei essa história a Devin, e não sei se algum dia vou contar a Mary.

Elas ficaram em silêncio por alguns minutos, observando as luzes mudarem de cor na árvore.

— O cometa Halley vai passar daqui a quarenta e seis anos — comentou Gretchen. — Acha que ainda seremos amigas?

Abby observou as luzes vermelhas ficarem verdes, depois amarelas, depois azuis.

— Vamos ter quase noventa anos. Não consigo pensar tão longe.

Porque, em seu coração, Abby não queria dar a verdadeira resposta. Ela amava Gretchen, mas o que durava tanto assim? Nada era forte o suficiente para resistir à passagem do tempo.

Mas ela estava errada.

Quando morreu, aos oitenta e quatro anos, havia uma pessoa segurando sua mão. Houve uma pessoa que se sentava ao seu lado todo dia. Que fazia Glee ir embora quando falava alto demais e Devin, o ex-marido de Abby, visitá-la, embora ele odiasse doenças com intensidade fóbica. Houve uma pessoa que lia para ela quando seus olhos não conseguiam mais enxergar as páginas do livro, que lhe dava sopa de abóbora quando ela ficou muito fraca para se alimentar sozinha, que erguia seu copo de suco de maçã quando ela não tinha mais forças para levá-lo à boca. E que umedecia seus lábios com uma esponja quando ela perdeu a habilidade de engolir. Houve uma pessoa que permanecia ao seu lado mesmo depois que Mary ficava aflita demais e precisava sair do quarto. Houve uma pessoa com ela por todo o caminho, até o fim.

Abby Rivers e Gretchen Lang foram melhores amigas, com altos e baixos, por setenta e cinco anos, e não existem muitas pessoas que podem dizer isso. Elas não eram perfeitas. Nem sempre se entendiam. Faziam besteiras. Agiam como babacas. Elas brigavam, discutiam, faziam as pazes, levavam uma à outra à loucura, e não conseguiram rever o cometa Halley.

Mas tentaram.

O EXORCISMO DA MINHA MELHOR AMIGA

GRADY HENDRIX

Elenco (em ordem de aparição):

Peter Mansfield

Alex Shortridge

Matthew Gibson

Adam Richards

Ralph Moore

Katie Crouch

Allen Hutcheson

Ryan Deussing

Kevin Hauck

Johnny Krell

Shannon Flynn

Jessica Hardin

Sean Anderson

Caroline Oakley

Ellen Middaugh

Os produtores também gostariam de agradecer:
Aos cidadãos da Quirk Books
À equipe de vendas da PRHPS
Ao Centro de Treinamento de Atuação Canina

intrinseca.com.br

@intrinseca

editoraintrinseca

@intrinseca

1ª edição	OUTUBRO DE 2021
impressão	PANCROM INDÚSTRIA GRÁFICA
papel de miolo	POLEN SOFT 70G/M²
papel de capa	COUCHÉ FOSCO 150G /M²
tipografia	MINION PRO